KB271296

DiMenSion WAR

디멘션 워

미르영 퓨전 판타지 소설
FUSION FANTASTIC STORY

디멘션 워 2

미르영 퓨전 판타지 소설

초판 1쇄 찍은 날 § 2008년 9월 8일
초판 1쇄 펴낸 날 § 2008년 9월 18일

지은이 § 미르영
펴낸이 § 서경석

편집장 § 문혜영
편집책임 § 이재권
편집 § 서지현

펴낸곳 § 도서출판 청어람
등록번호 § 제1081-1-89호
등록일자 § 1999. 5. 31
어람번호 § 제1-0988호

주소 § 경기도 부천시 원미구 심곡동 163-2 서경B/D 3F (우) 420-010
전화 § 032-656-4452 팩스 § 032-656-4453
http://www.chungeoram.com
E-mail § eoram99@chollian.net

ISBN 978-89-251-1466-8 04810
ISBN 978-89-251-1464-4 (세트)

차원대전(次元大戰)

DIMENSION WAR

미르영 퓨전 판타지 소설
FUSION FANTASTIC STORY

디멘션 워

2

그날부터 세상이 변하기 시작했다

도서출판 청어람

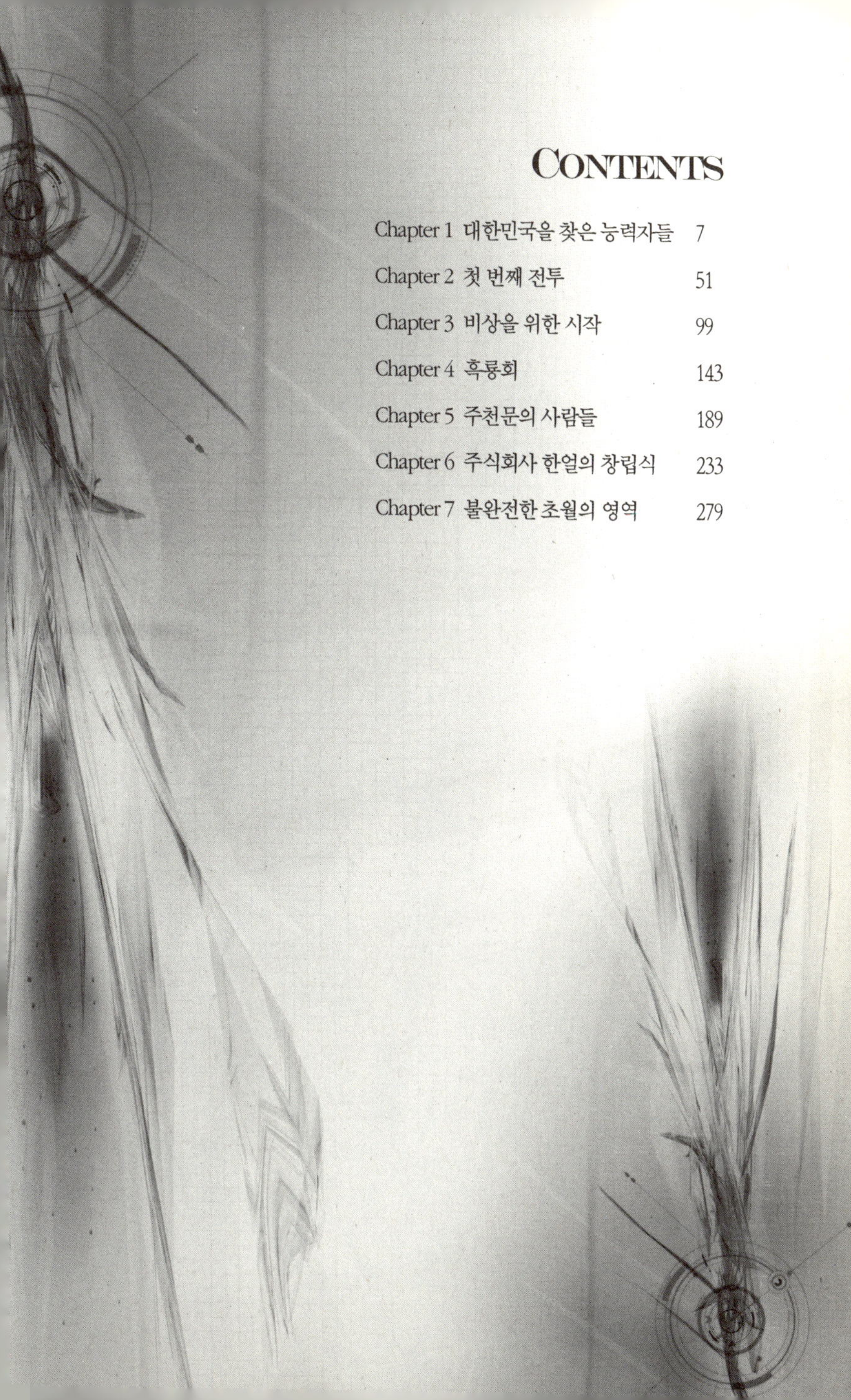

CONTENTS

Chapter 1
대한민국을 찾은 능력자들

기이이잉!

창공을 박차고 오르는 비행기의 굉음이 울리는 공항은 언제나 붐빈다. 아시아의 허브로서 자리 잡아가고 있는 인천국제공항은 오늘도 여지없이 붐볐다.

이른 아침이었지만 해외여행을 위해 떠나는 관광객들과 업무차 떠나는 사람들, 그리고 도착하는 항공기에서 내리는 여행객들로 붐비고 있었다.

"그들이 타고 오는 항공기는 어떤 거죠?"

이른 아침부터 인천국제공항에 나온 최경아는 조동원에게 차를 타고 오며 확인한 사항을 다시 한 번 물었다.

“잠시 후, 두바이 발 대한항공 편을 타고 도착할 거요. 이번에 도착하는 자들은 모두 세 명이지만 뒤이어 도착하는 자들도 있을 거라는 보고요.”

조동원의 설명에 최경아가 눈살을 찌푸렸다. 순차적으로 대한민국으로 들어오는 자들로 인해 어떤 일이 벌어질지 그녀로서도 확실히 알지 못하고 있었기 때문이다.

“아직 정체는 밝혀지지 않은 건가요?”

“소속은 아직 확실하지 않지만 그들에게 반하는 사람들이 암살 사건에 연루된 자들이고 보면 아마도 그 친구들 때문이 분명할 거요.”

“아무래도 말살이겠죠?”

타깃맨들이 들어온다면 단 하나의 목적밖에는 없을 것이기에 최경아는 조동원도 자신과 생각이 같은지 물었다.

“그럴 겁니다. 전에도 놈들은 말살을 택했으니까.”

“그 사람을 얼마나 보호할 수 있을까요?”

“그 당시도 1급 보호 대상이었음에도 감쪽같이 해치운 자들입니다. 아마도 보호 자체가 소용없을 겁니다. 원장님이 무엇을 기대하는지는 모르지만 이번 계획에 대해서는 난 지금도 반대하고 있는 입장입니다.”

조동원은 이번 계획에 대해 처음부터 반대를 했다. 얻는 이익에 비해 위험성이 무척 크기 때문이다.

졸지에 부모를 잃고 고아가 된 유한철을 보호해 주지는 못할망정 이렇게 놈들의 타깃이 되도록 그냥 놔둔 것이 그의 성정에 맞지 않았다.

"어쩔 수 없는 일이에요. 원장님이 판단하신 일이니 우리는 그저 따를 뿐, 더 이상 의문을 가지는 것은 안 좋아요."

자신도 그리 내키지는 않지만 김한석이 무엇을 원하고 있는지 정확하게 알아야 하는 최경아였다. 자신과 자신의 동료들이 무엇 때문에 이용당하고 있는지 정확하게 파악해야 했던 것이다.

그래야만 앞으로를 대비할 수 있는 대책을 세울 수 있을 것이기에 이번 계획에 대해 김한석의 속내를 알고자 반론을 제기하지 않고 그냥 따르고 있었던 것이다.

"알고 있지만 답답해서 하는 말입니다. 놈들을 타격하지도 못하고 이렇게 지켜만 봐야 하는 것이 속이 상해서 그렇습니다."

"할 수 없지요. 그 사람이 아버지의 능력을 이어받았기를 바라는 수밖에……."

분해하는 조동원의 마음을 아는 듯 최경아가 말끝을 흐렸다.

'어차피 능력이 없다면 우리가 보호를 한다고 해도 그 사람은 죽은 목숨이다. 백무요에 전해지는 전설을 그 사람이 찾았기를 바라는 수밖에…….'

백무요에 전해지는 전설을 얻었다면 위험할 일은 별로 없을 것이라는 것이 최경아의 생각이었다.

인간의 범주를 벗어난 힘이기에 아무리 뛰어난 타깃맨이 온다고 해도 무사할 것이다. 말 한마디로 자신의 심신을 안정시켰던 것을 볼 때 그녀의 생각은 그리 어긋나는 것이 아니었던 것이다.

"타깃이 나왔습니다."

최경아는 한철에 대해 생각을 하다 귓가로 들려오는 이어폰 소리에 곧바로 입국 게이트로 향했다. 유한철이 GB에서 비밀 금고를 꺼낸 후 움직이기 시작한 그들의 수족이 타고 있는 비행기가 지금 도착한 것이다.

조동원도 들었는지 그녀의 뒤를 따랐다.

"저잔가요?"

입국 게이트에 도착한 최경아는 간편한 차림으로 게이트를 빠져나오고 있는 세 사람 중 하나를 눈짓으로 가리키며 조동원에게 물었다.

"그렇습니다. 원래는 KGB 출신으로 소속을 옮겨 얼마 전까지 러시아 해외정보국(SVR) 소속이었던 미하일 체르넨이라는 잡니다. 서방 세계에서는 일명 도살자로 불리는 자로 여러 건의 암살 사건에 관련이 있고, 지금은 러시아 마피아와 줄이 닿아 있다는 정보도 있는 자로 매우 위험한 인물입니다."

"탄탄해 보이는군요."

조동원은 자신이 파악하고 있는 미하일에 대한 정보를 최경아에게 들려주었다. 정보를 들으며 미하일을 관찰한 최경아는 그가 상당한 훈련을 거친 자임을 알 수 있었다.

최경아의 말처럼 검은 선글라스를 쓰고 게이트를 나서는 미하일은 상당히 다부진 몸을 하고 있었다. 1미터 90센티미터 정도 되어 보이는 키에, 잘 발달된 흉부는 그가 상당한 운동으로 다져진 자임을 말해주고 있었다.

"러시아 대표하는 무술인 삼보는 물론 여러 가지 격투기의 달인이라고 들었습니다. 언제고 기회가 되면 부딪쳐 보고 싶은 자 중 하납니다."

설명을 하는 조동원의 눈빛이 매의 눈처럼 빛나고 있었다. 오랜 세월 타깃맨으로 이름을 날렸던 미하일을 보고 그 또한 살상 무예로 다져진 사람이었기에 투기가 일었던 것이다.

"조 사무관님, 기세를 감추세요."

조동원의 기세가 일어나는 것을 느낀 최경아가 질책했다. 자신들이 지켜보고 있다는 것을 알고 있을지도 모르지만 애써 알려줄 필요는 없었기 때문이다.

"실수를 했군요. 미안합니다."

자신의 실책을 깨달은 조동원은 마음을 가라앉혔다. 자신이 지나치게 흥분하고 있다는 것을 자각한 것이다.

'한순간에 냉정해질 수가 있다니, 국정원 최고의 요원이라 불리는 것도 과언이 아니다.'

조금 전과는 달리 어느새 싸늘한 눈초리로 미하일과 그를

따르는 사람들을 바라보는 조동원을 보며 국정원장이 어째서
그를 전적으로 신뢰하고 있는지 알 수 있었다.

"보스, 떨거지들이 붙은 모양입니다."
"후후후, 우리를 어떻게 하지는 못할 것이니 그냥 가자!"
모르는 척 자신에게 보고를 하고 있는 카르넨코의 말에 미
하일도 아무렇지 않은 듯 대답했다.
그 또한 입국 게이트를 나오면서부터 여기저기 감시의 눈
길이 있다는 것을 알고 있었던 것이다. 자신들이 나온 게이트
를 한눈에 감시할 수 있는 곳에 은밀한 시선들이 있음을 알았
던 것이다.
작전을 수행하기 위해 전 세계를 돌아다니는 미하일은 이
미 여러 번 겪은 일이라 그런 것에 무감각하기도 했지만 설혹
자신들을 체포한다고 해도 문제가 되지 않았기에 편안한 시
선으로 출국장을 나섰던 것이다.
'그래도 놈들의 신원은 파악해야겠군.'
조금 앞서 걷던 미하일은 자신들을 감시하고 있는 사람들
이 누구인지 뻔히 알기에 부하들에게 명령을 내렸다.
"호텔에 도착하면 누가 붙었는지 알아봐야 하니까 지켜보
고 있는 자들의 얼굴을 파악하도록."
"알겠습니다, 보스."
미하일의 명령을 들은 카르넨코는 염사의 능력을 발휘했

다. 대답을 하며 고개를 숙이는 카르넨코의 몸에서 기이한 기운이 흘러나왔다. 가방을 다시 드는 척하며 조동원 일행의 영상을 뇌리에 담은 것이다.

"끝났나?"

"예!"

"그럼 가지."

미하일의 말에 세 사람의 발걸음이 빨라졌다. 공항 로비를 가로지른 그들은 도로변에 대기 중인 택시를 잡아탔다.

"성남시 분당으로 갑시다."

유창한 한국어에 택시 기사가 놀란 듯했지만 이내 빠르게 차를 몰았다.

택시가 떠난 잠시 후, 조동원과 최경아가 세 사람의 뒤를 쫓아 밖으로 나왔다. 그들에게 검은색 밴 화물 택시가 다가왔고, 그들은 빠르게 차에 올라탔다.

"빨리 쫓도록!"

멀리 떠나가는 택시를 행여 놓칠세라 조동원은 올라타자마자 지시를 내렸다. 밴이 빠르게 택시를 쫓기 시작했다.

"화물차를 개조해 사용하다니 재미있군요."

최경아는 화물 택시를 이용하는 것을 보고 상당히 재미있다는 듯 미소를 지었다.

"인천국제공항에 대기할 수 있는 차량이 몇 종류 없어서 말입니다. 여러 가지 장비도 실을 수 있고, 우리가 활동하기에 이게 제일 나은 것이라 그렇습니다."

"그나저나 저자들이 우리의 정체를 알아차린 것 같은데 재미있군요."

"눈치를 채다니 무슨 말이요?"

최경아의 말이 뜻밖이었는지 조동원이 놀라 물었다. 지금 자신과 함께 움직이는 팀은 국정원 내에서도 일류로 통하는 팀이기에 입국한 자들이 눈치를 챌 리 없었기 때문이다.

"요원들이 실수한 것은 없으니 그리 걱정하지 말아요. 미하일이라는 자의 수하 중 하나가 능력을 사용했어요. 아마도 염사 계열인 것 같은데 우리 모습을 담은 것 같아요. 목적지로 가서 우리가 누구인지 분석할 작정인 것 같더군요."

"그렇다면 큰일 아닙니까?"

"호호호, 어차피 알아도 상관은 없어요. 그들도 알고 우리도 알고. 아마 조 사무관님의 정체만 알아내겠지요."

조동원은 최경아의 말에서 그녀가 모종의 조치를 취했다는 것을 알았다.

'역시 상당한 능력자라고 하더니. 이런 사람들과 작업을 하려면 이들의 능력에 대해서 공부 좀 해야겠군.'

조동원도 오래전 유럽에서 능력자라 불리는 이들과 한 번 부딪쳐 보기는 했다. 하지만 그들은 그저 육체적 능력이 비정상적으로 뛰어난 자들이었다. 이렇듯 최경아가 말하는 것 같은 능력을 지닌 자들은 아니었던 것이다.

　인간의 능력을 초월한 사람들과 협력해서 일을 하는 것이 쉽지만은 않다는 것을 느낀 조동원은 능력자들에 대해 알아봐야겠다고 생각했다.

　인천국제공항을 빠져나온 택시는 빠르게 분당 쪽으로 향했다. 인천을 빠져나와 곧장 서울외곽순환도로를 타고는 한 시간여 만에 분당에 도착했다.

　미하일 일행이 탄 택시가 멈춘 곳은 성남시 분당구에 있는 야탑역 근처였다. 야탑역 인근에서 내린 그들은 홈에버가 있는 건물로 들어섰다.

　"고속버스 터미널과 함께 붙어 있는 건물이었는데 준공 당시 문제가 있어 비어 있는 공간이 많은 건물입니다."

　전에 이곳 일원을 관할한 적이 있는 조동원은 미하일 일행을 바라보며 최경아에게 설명했다. 사람들이 많이 오가는 곳이라 인파에 묻힌다면 추적하기가 쉽지 않은 곳이었기에 조동원은 얼굴이 굳어져 있었다.

　"놓칠지도 모르니 일단은 따라붙어야겠습니다."

　"그렇게 서두를 것 없어요. 놈들이 어디로 가든 알 수 있으니까요."

　최경아가 발걸음을 서두르려는 조동원을 제지했다.

　"……."

"아까 능력을 쓴 자에게 끈을 붙여놨어요. 그자의 뇌파를 아니까 그걸 쫓아가면 될 거예요."

"참 대단한 능력입니다."

"별말씀을!"

감탄하는 조동원에게 별거 아니라는 듯 말을 한 최경아는 미하일 일행을 쫓기 시작했다. 어차피 서로가 알고 있는 상태라 자신들이 추적하는 것을 알아차려도 그만이기에 자연스럽게 뒤를 쫓았다.

"지하로 가는군요."

"지하는 거의 빈 공간일 텐데 이상한 일입니다."

원래 고속버스 터미널에 붙어 있는 상가 건물로 입주 예정자들이 소송에 휘말려 입주를 못해 빈 상점이 많았다.

특히 지하는 대부분 비어 있었기에 조동원은 의문이 들었다.

"아마도 빈 상점을 이용해 비트를 만들어놓은 것 같군요. 그렇지 않다면 이곳에 올 이유가 없으니까요"

거점을 만들어놓았다면 문제가 될 수도 있기에 최경아는 곤란한 표정이 되었다.

"조심해야겠습니다. 우리가 쫓는 것을 알고 있기에 만약 정면으로 마주친다면 어쩔 수 없이 상대를 해야 할지 모르니 말입니다."

"그래야 될 것 같군요."

피차 모른 척하고는 있지만 어쩔 수 없는 경우라는 것이 있다. 조동원과 최경아는 미하일 일행이 어디에 머물지를 확인해야 했고, 미하일은 두 사람에게 자신이 있는 곳을 알려줄 필요가 있었다. 쓸데없는 일을 피하기 위해서다.

미하일이 입국한 목적이 무엇인지는 두 사람 다 짐작하고 있었다. 유한철을 제거하는 것이 그들의 목적임이 틀림없었다. 그들이 이렇듯 자신들의 추적을 알면서도 모르는 척하는 것은 자신들이 유한철과 관계가 없다는 것을 알려주는 일종의 신호였다.

그렇지만 그렇다고 그들이 자신들의 목적을 잊은 것은 아니다. 감시를 뚫고 아무도 모르게 유한철을 제거할 수 있다는 자신감의 발로임을 두 사람 다 짐작하고 있다.

그들은 어느 순간부터 정체를 드러내지 않고 활동할 것이다. 미하일 일행을 잡으려면 그가 실력을 발휘할 때뿐이다. 지금 잡아봤자 그가 가진 지금의 신분으로는 어떻게 할 수 있는 것이 아니었다. 그들은 지금 격투기 관련 행사를 위해 민간외교 사절로 온 것이기 때문이다.

건물 지하에는 상가형 점포가 길게 늘어섰지만 모두 문이 굳게 잠겨 있어 을씨년스런 분위기를 풍기고 있었다. 간혹 켜져 있는 형광등의 불빛도 먼지가 끼어서인지 그리 환하지 않았다.

하지만 미하일 일행은 별 신경이 가지 않는 듯 빠르게 복도를 걷고 있었다.

'이 느낌은 뭐지? 마치 끈적끈적한 것이 달라붙은 것 같은 느낌이라니……'

미하일을 따라 걷고 있는 카르넨코는 얼굴에 표정이 나타나 있지는 않았지만 사실 지금 기분이 별로 좋지 않았다. 뭔가가 계속 자신을 따라다니는 듯한 느낌이 공항에서부터 들었기 때문이다.

카르넨코는 기분 때문인지 무심코 자신의 능력을 끌어올렸다. 일종의 천리안 계열의 능력으로 주변을 살피는 데는 탁월했다.

'보이지는 않지만 확실히 누군가 따라오고 있다.'

자신의 능력으로도 잘 확인은 되지 않지만 지금 자신들의 뒤를 쫓아오는 자들이 있다는 느낌에 카르넨코는 신경이 곤두섰다. 모습은 보이지 않지만 누군가 정확하게 자신들의 뒤를 쫓는 자들이 있었던 것이다.

'그들인 모양이군.'

"으음."

카르넨코는 공항에서 자신이 인지한 사람들을 떠올리다 한 사람의 얼굴이 기억나지 않는 것에 놀라 신음을 흘렸다.

"카르넨코, 불안한가?"

의문이 섞인 카르넨코의 신음에 미하일이 물었다.

"아닙니다. 신경이 쓰여서 말이죠. 방금 전 염사로 찍어놓은 자들을 생각했는데 한 사람의 모습이 생각나지 않습니다. 마치 하얀 백지처럼 아무것도 생각이 안 납니다."

"후후후, 그럴 거다. 우리를 쫓아오는 자들 중 하나는 ESP니까."

"정말이십니까? 저는 전혀 느끼지 못했는데……."

능력자들에 대해서는 나름대로 철저히 교육을 받은 카르넨코였다. 자신의 능력이 클래이어보이언스(Clairvoyance:천리안) 계열로 능력자들을 알아보는 데 탁월했음에도 알아보지 못했다는 것이 의아한 듯 미하일을 주목했다.

"우리와는 다른 계열이니 그렇다. 사용하는 슈퍼내츄럴파워도 다르고."

"으음! 아무래도 아시아권이니 금강승 계열인가 보군요?"

좌도밀교를 계승하고 있다는 금강승들 또한 능력자들과 비슷한 능력을 가지고 있다는 것을 알기에 카르넨코가 물었다.

"글쎄, 그건 겪어봐야 알겠지만 아마도 그렇지는 않을 것 같다. 대한민국이라는 나라의 뿌리가 워낙 깊으니……."

카르넨코의 물음에 미하일은 애매모호한 대답을 한 후 고개를 저었다. 그로서도 정확히 알 수가 없었기 때문이다.

"보스, 저곳인 것 같습니다."

카르넨코가 뭔가를 발견한 듯 앞쪽을 가리켰다.

“그런 것 같군.”

미하일의 시선이 간 곳에는 자그마한 쪽문 같은 것이 나 있는 닫혀 있는 상점 하나가 있었다. 지금까지 줄지어 있던 상점들과는 전혀 다른 재질의 문으로 은백색의 통철로 된 문이었다.

미하일은 거침없이 쪽문으로 다가갔다. 그리고는 조금 닳은 듯한 반들거리는 부분에 손을 댔다.

우웅!

그의 손바닥이 닿자 쪽문이 미세한 진동음을 흘리며 흔들렸다.

철컥!

잠금장치가 풀리는 소리와 함께 문이 열리자 세 사람은 안으로 들어갔다. 세 사람이 안으로 들어가자 문이 닫히고 희미한 빛이 상점 문 전체에 감돌았다. 그리고 하단부에 나 있던 쪽문의 모습이 완전히 사라졌다.

“이런!!”

자신들이 쫓는 자들의 기운이 완전히 감각에서 벗어나자 최경아가 탄성을 질렀다.

“무슨 일입니까?”

“사라졌어요.”

“예?”

"놈들의 흔적이 완전히 사라졌어요. 이럴 리가 없는 데……."

최경아로서도 의아했다. 지금까지 선명했던 기운이 갑자기 완벽하게 사라졌다는 것이다. 조금 전 얼핏 느꼈던 특이한 기운이 그렇게 만든 것이 분명했다.

"빨리 쫓아야겠군요."

최경아의 얼굴이 심상치 않다는 것을 느낀 조동원의 발걸음이 빨라지기 시작했다.

"여기예요. 여기에서 그들의 기운이 사라졌어요."

조동원을 쫓아 한참을 따라온 최경아는 미하일 일행이 사라진 곳에 멈추어 서서는 상점 문을 바라보았다.

"그럴 리가요? 이 상가는 완전히 폐쇄된 것 같은데 말입니다."

바닥은 완전히 마감이 되어 있었고, 그 어디에도 문으로 보이는 흔적은 없었다. 완전히 막힌 곳이었던 것이다.

"비밀 통로 같은 것은 없나요?"

"그런 것 같습니다. 상가 하나를 통으로 막아놓은 것 같습니다."

"으… 음! 큰일이군요. 이제 그들을 놓친 것 같으니 말이에요."

"일단 성남시청으로 가시죠. 이곳의 설계도를 얻어야 할 것 같으니 말입니다. 이곳에서 건물을 빠져나가는 길이 있다면 놈들의 이동 경로를 추적할 수 있을 테니 말입니다."

"잠깐만요."

서둘러 나가려는 조동원을 최경아가 제지했다. 그녀는 벽으로 되어 있는 곳으로 가더니 양손을 짚었다.

"으… 음."

시시각각 심각한 표정을 짓던 최경아가 얼마 후 손을 뗐다. 많은 힘을 사용했는지 안색이 좋지 않았다.

"뭔가 알아냈습니까?"

"아무래도 이곳에 결계가 쳐져 있는 것 같아요. 그리고 희미하게 능력자들이 쓰는 슈퍼내츄럴파워가 느껴지는 것을 보니 우리를 막아놓고 다른 곳을 통해 이곳을 떠난 것 같아요."

최경아는 낭패감에 젖은 듯했다. 자신들이 추적했던 자들의 능력이 그녀의 예상보다 더 뛰어났던 것이다.

"그럼?"

"놈들을 쫓는다는 것은 이미 틀린 것 같아요."

"아무래도 지리산으로 향해야 될 것 같군요. 놈들의 목표는 바로 그 사람일 테니 말입니다."

최경아의 말에 조동원은 순간적으로 유한철을 떠올렸다. 이곳에서 사라졌다면 그들이 갈 곳은 유한철이 있는 지리산밖에는 없을 것이기 때문이다.

"가요. 서둘러야 될 것 같아요."

최경아도 조동원의 말에 정신을 차린 것 같았다.

"시간이 없을 테니 헬기를 준비시켜야겠습니다."

"그것이 좋을 것 같아요. 어쩌면 생각보다 빨리 이번에 그 사람의 능력을 알아볼 수도 있을 것 같네요."

미하일 일행이 지리산으로 향했다면 유한철과 부딪칠 공산이 컸다. 그렇다면 자신이 확인하고 싶어하는 것을 알 수도 있기에 최경아의 눈이 순간적으로 빛났다.

빠르게 건물을 빠져나온 두 사람은 대기하고 있는 밴을 타고 서울공항으로 향했다. 서울공항은 성남에 있는 군 공항으로, 대한민국을 방문하는 외국 사절들이 주로 이용하며 대통령이 출국하거나 입국할 때 전용으로 이용하는 공항이었다.

빠르게 도로로 차를 몬 조동원과 최경아는 서울공항으로 향한 후 이미 떠날 준비를 마친 헬기에 몸을 실었다.

조동원과 최경아가 건물을 나섰을 무렵. 미하일 일행은 몇 가지 일을 마치고 조직에서 마련해 놓은 비트에서 떠날 준비를 하고 있었다.

"보고는 끝났나?"

한쪽 구석에 있는 책상에 앉아 모니터를 바라보며 인상을 쓰고 있는 카르넨코를 향해 미하일이 물었다.

"끝났습니다, 보스."

"그 여자의 영상은 아직도 잡히지 않았나?"

"아무리 노력해도 잡히지가 않습니다."

영상 전송을 위해 계속해서 최경아에 대한 이미지를 그려봤지만 아무것도 생각이 나지 않자 카르넨코는 고개를 저었다.

"할 수 없지. 우선 그자의 정보부터 확인해야겠다."

"제가 염사로 잡은 영상이 전송됐으니 도착할 때쯤이면 그자에 대한 정보가 들어올 겁니다."

"좋아. 이젠 출발하도록 하지. 그들도 그곳으로 올 테니 우리에겐 얼마 시간이 없을 거다. 빠르게 끝내고 돌아가는 거다."

"알겠습니다. 그럼 지금부터 텔레포트 게이트를 가동하겠습니다."

자리에서 일어난 카르넨코는 동료와 함께 중앙에 놓여 있는 책상을 치웠다. 책상을 치우자 대리석 같은 바닥의 모습이 훤히 드러났다. 바닥에는 판타지 소설에나 나올 만한 기이한 문양의 마법진 같은 것이 그려져 있었다.

검은색 선이 이중으로 크기를 달리해 원을 이루고 있었고, 원과 원 사이에는 알 수 없는 문자와 기호들이 빼곡히 그려져 있었다.

지름이 3미터가량 되는 안쪽의 원에서부터 중앙까지는 아무것도 없이 맨바닥이었는데, 미하일을 비롯한 세 사람은 안쪽에 있는 원에 들어섰다.

"유린, 시작해라."

"알겠습니다, 보스."

미하일의 말에 유린은 서서히 손을 들었다. 미하일이나 카르넨코와는 다른 능력을 지닌 유린은 웅얼거리는 목소리로 뭔가를 중얼거리기 시작했다.

"대지의 기운이여! 경계의 너머를 지향하는 나의 의지대로 약속된 장소로 인도하라!"

웅얼거리는 목소리가 끝나고 맑은 음성이 그의 입에서 흘러나오자 바닥에 그려져 있는 원들이 반응을 했다.

원과 원 사이에 있는 문자와 기호들이 푸른빛을 발하고 빠르게 돌기 시작한 것이다.

팟!

그리고 잠시 후, 세 사람은 푸른빛에 휩싸여 원 안에서 사라졌다. 그들은 마법진을 이용해 목적하던 곳으로 공간 이동을 한 것이다.

*　　　*　　　*

―함장님!

"왜?"

수련을 끝마치고 집으로 돌아와 참을 먹으려고 하는데 갑자기 미네르바가 나를 불렀다.

―하이드마나포스가 포착되었습니다.

"하이드마나포스가?"

―예! 아무래도 공간 이동을 위한 것 같습니다.

하이드마나포스라면 내가 가지고 있는 기운 중 하나다. 미네르바로부터 설명을 들은 바로는 그 옛날 지구에서 말하는 마법이 발현될 때 그 기반이 되는 힘이라고 했다.

"재미있군. 하이드마나포스가 발현됐다는 말이지……."

슬슬 나를 향해 놈들의 손길이 몰려드는 것 같아 기분이 좋아졌다. 놈들을 찾는 것에 대해 곤혹스러운 마음이 없지 않았는데 알아서 찾아오다니 나로서는 좋은 일이었다.

―아무래도 만약을 대비해 함장님이 계시는 주변에 배리어를 설치하는 것이 좋을 것 같습니다.

"이곳에 이미 결계 같은 것이 설치되어 있다고 하지 않았나?"

백무요에 기이한 기운이 서려 있어 언젠가 한번 물어본 적이 있었다. 미네르바의 답변으로는 이곳에 결계 같은 것이 쳐져 있다고 했었다.

―그렇기는 합니다만 함장님이 계시는 백무요 인근에 쳐져 있는 결계는 상당히 오래된 것이라 보수가 필요합니다. 운용하는 힘이 에테르에너지 계열로 뛰어난 것이기는 하지만 오래되었고 그동안 보수도 하지 않은 탓에 원래 가지고 있는 힘의 10%도 되지 않습니다.

"다시 설치해야 하는 건가?"

─아닙니다. 제가 칠 수 있는 배리어보다 성능 면에서 더 뛰어난 것입니다. 그러니 복구하고 기능을 강화시키는 것이 더 나을 듯합니다. 그리고 제가 다시 배리어를 친다면 이곳을 강제로 뚫고 들어올 자는 아마 없을 겁니다.

"그렇게까지 할 필요가 있을까?"

가공할 능력을 가지고 있는 미네르바답지 않게 과한 반응이었다.

─아직까지 지구의 능력자들이 어떤 힘을 가지고 있는지 완전히 파악하지 못하고 있습니다. 일례로 함장님은 저를 강제로 재기동시킬 정도였으니 대비하는 것이 좋습니다.

"좋아. 미네르바의 생각이 그렇다면 그렇게 하도록 해. 나도 내 집 앞마당에 불순한 목적을 가진 자들이 들어오는 것 자체가 싫으니까 말이야."

─알겠습니다.

잠시 후 백무요 주변의 기운이 서서히 변하는 것이 느껴졌다. 뭔가 장막 같은 것이 더욱 선명해지는 느낌이다. 백무요에 올라와 기이한 일을 겪고 난 후 뭔가 이곳을 감싸고 있다는 것이 느껴지기는 했지만 이토록 선명한 느낌은 아니었다.

'이런 정도라면 미네르바의 말대로 쓸데없는 일은 피할 수 있겠다.'

곳곳에 선명한 기운이 드러났다. 보기보다는 강한 기운이었다. 나에게 영향을 미치지는 않겠지만 누군가 능력을 가진 자가 들어오려 한다면 상당한 곤란을 겪을 것이 분명했다.

─함장님, 복구가 다 끝났습니다.

"좋아, 어떤 놈들이 오려는지 한번 지켜보자고."

어느 정도 데블나이트를 수련했고, 선무도를 통해 약간의 능력을 활성화한 상태였기에 자신은 있었다. 미네르바 또한 겐트리온 연합의 전사 급은 된다고 했기에 놈들을 기다려 보기로 했다.

─준비를 해놓고 있겠습니다.

지구의 능력자들을 상대하는 것이 처음인 미네르바는 약간 긴장한 듯했다. 하지만 그것은 두려움이 아니라 일종의 호기심이 분명했다.

지구의 능력자들은 겐트리온 우주의 능력자들과는 조금 다른 능력을 사용하기에 미네르바로서는 새로운 데이터를 얻을 수 있었기 때문이다.

*　　*　　*

후드드득!

비가 내리고 있었다. 장맛비처럼 굵은 빗줄기가 온 산야에 내리고 있었다.

"저곳인가?"

5분 전, 텔레포트게이트를 통해 지리산 인근 별장에 온 미하일은 산 중턱을 바라보고 있었다.

비가 창문을 두드리며 흘러내리고, 산 중턱에는 비구름이 끼어 자세히 보이지는 않았지만 그는 산 중턱에서 일고 있는 기이한 기운을 느끼고 있었다.

그가 온 곳은 지리산이 바라보이는 곳에 위치한 별장이었다. 별장 인근의 사람들에게는 서울에 사는 중소기업의 사장의 것이라고 알려진 이 별장은 그가 속한 조직에 협력하는 한국 내 조직의 안가였다.

이곳의 좌표는 한국 내에서 활약하고 있는 조직원이 이미 설정해 놓은 것이라 이동해 오는 것은 그리 어렵지 않았지만 산 중턱을 바라보는 그의 마음은 무거웠다.

며칠 되지 않는 시간에 한국에 이동 게이트와 안가를 마련한 것을 보면 자신이 제거해야 할 타깃이 무척이나 중요하다는 것을 반증했다.

거기다 산에서 희미하게 느껴지는 기운을 보면 쉽게 상대할 수 없는 강적임이 분명했다.

두려운 것은 아니지만 한국에 들어올 때 생각한 것보다 일이 어려워질 것이 틀림없었다.

별장에 오자마자 빨리 일을 끝내고 돌아가려던 생각을 바꾼 것도 그 때문이다.

미하일은 상대에 대한 정보를 원했다. 이런 상태에서 무작정 달려든다는 것은 실패를 자초하는 것이기 때문이다. 미하일은 지금 조직으로부터 자신이 요청한 정보를 기다리고 있는 중인 것이다.

"보스!"

"소식이 온 건가?"

자신의 뒤에 다가선 카르넨코를 향해 미하일은 조용한 어조로 물었다.

"보스께서 요청하신 것은 별다른 내용이 없습니다. 이름은 유한철이라는 자이고, 나이는 20세라는 것이 전부입니다. 그리고 그자의 피를 이었다는 것을 제외하고는 특이할 만한 사항은 없습니다."

"있으나마나한 정보로군. 그럼 그자에 대해서는 뭔가 나온 거라도 있나?"

타깃에 대해서는 조직의 상부도 상세한 정보를 가지고 있지 않은 것이 분명했다. 말살된 자의 자식이라는 것만이 유일하게 특이할 만한 정보라는 것을 제외하고는 아무것도 알 수 없을 것 같기에 미하일은 공항에서 본 자의 정보를 물었다.

"우리를 미행했던 자의 신원은 확실히 밝혀졌습니다. 이름은 조동원. 한국의 CIA라고 할 수 있는 국정원의 정보사무관으로 있는 자로 암호명은 블랙타이거라고 합니다."

"으음!"

카르넨코의 보고를 들은 미하일은 신음을 삼켰다. 블랙타이거라는 이름을 그 또한 알고 있었기 때문이다. 미행했던 자가 자신이 알고 있는 블랙타이거라면 결코 쉽게 볼 자가 아니었던 것이다.

7년 전 베를린에서 벌어졌던 피의 학살을 집행한 자이며, 한국의 CIA라고 할 수 있는 국정원의 무서움을 서방 각국에 뼈저리게 일깨운 자가 바로 블랙타이거였던 것이다.

"그자가 국정원의 요원이라고는 하지만 곤란할 정도는 아니라고 봅니다만?"

카르넨코는 대수로운 것이 아닌 일에 심각한 표정을 짓고 있는 미하일을 향해 의문이 섞인 목소리로 물었다.

"아니, 만약에 우리를 미행하던 그자가 내가 알고 있는 블랙타이거라면 곤란하다."

카르넨코의 의견을 미하일은 일거에 묵살했다. 카르넨코가 모르고 있는 사실을 그가 알고 있었기 때문이다.

"무슨 말씀이십니까?"

예상치 못한 말에 카르넨코는 미하일을 쳐다보았다. 고심하는 빛이 자신이 알고 있는 것과는 다른 정보를 알고 있는 것이 분명했다.

카르넨코도 블랙타이거에 대해 어느 정도는 알고 있었다. 아무리 스파이 간의 혈전, 그것도 유수의 유럽 몇몇 첩보국을 대상으로 승리를 거둔 자라 하지만 자신들은 능력자였다.

자신과 유린, 거기다 둘이 힘을 합쳐도 상대하기 어려운 보스라면 손쉽게 제거할 수 있는 대상이었기에 미하일의 대답은 카르넨코로서는 의문이 아닐 수 없었던 것이다.

"넌 당시의 일을 모르겠지만 난 아주 잘 알고 있다. 도움을 주기도 했으니까. 그때 블랙타이거를 상대한 자들은 프랑스의 DGSE(대외보안총국), DRM(군사정보국), 그리고 영국의 SIS(비밀정보국)와 독일의 MAD(군정보국) 등 모두 네 개의 정보기관에서 1급이라 불리는 요원들이었다."

"하지만 그들 정도라면 저 혼자서도 충분히 상대할 수 있는 자들입니다."

"후후후, 그렇기는 하지. 그 당시 블랙타이거를 상대했던 자들은 모두 열다섯 명이었다. 그들은 블랙타이거를 상대하다가 모두 죽었다. 각국에서 1급이라 칭해지는 스파이들이 말이야. 우리 세계에서 몇 안 되는 혈전 중의 하나였는데 그는 일 대 십오의 싸움에서 그들을 모두 죽이고 살아난 자다. 그것만으로도 놀라운 일인데 한 가지 숨겨진 사실이 하나 있다."

"숨겨진 사실이요?"

"그렇다. 블랙타이거에 죽은 자들은 알려진 것처럼 1급 스파이들만은 아니었다. 그들 또한 능력자들이었지."

"하지만……."

"후후후, 안다. 그들에게서는 슈퍼내츄럴파워가 하나도 나타나지 않았다는 것을. 능력자가 죽으면 한동안 그 주변에 그들이 가진 기운이 머무는데도 불구하고 그자들이 죽은 장소

에서는 그 기운이 하나도 머물고 있지를 않았지. 하지만 나만
은 남들이 모르는 사실을 알고 있다. 프랑스의 DGSE의 마스
터 중 하나가 그곳에서 능력을 발휘했음을 말이다."

"그렇다면?"

"그래, 그자가 그곳에 있던 기운을 모두 지웠지. 모두 참혹
하게 죽었기에 세상 사람들이 의심을 가질 수도 있는 일이었
으니 그들이 능력자라는 증거 자체를 완전히 지운 거지."

"예? 그, 그것이 사실입니까?"

카르넨코는 미하일의 말을 믿을 수 없었다. 미하일이 말한
대로 네 곳에서 능력자들을 파견했다면 조동원이 지금까지
살아 있다는 사실 자체가 불가능했던 것이다.

"모두 사실이다. 블랙타이거가 능력자 열다섯 명을 어떻게
모두 학살했는지 밝혀지지는 않았지만 그가 죽인 것은 틀림
없으니까."

"그렇다면 한국에서는 초강수를 둔 것이로군요."

미하일의 말이 사실이라면 대한민국의 정보 부서인 국정
원에서 의지를 보인 것이 분명했다. 영국이나 프랑스, 독일
같은 곳의 능력자와는 다른 자신들이지만 카르넨코는 이번
임무가 예상보다 위험할 수 있다는 것을 알 수 있었다.

"후후후, 걱정 마라. 자네는 이 비가 그냥 온다고 생각하
나?"

"그럼?"

"비는 점점 거세질 테고 헬기를 타고 온다고 해도 중간에
착륙을 해야 할 테니 그들이 이곳에 도착할 수 있는 시간은
아무리 빨리 잡아야 세 시간이다."

"그렇군요."

말을 끝내고 하늘을 바라보는 미하일을 보며 카르넨코는
조직에서 이번 작전에 상상 이상의 노력을 기울이고 있다는
것을 느낄 수 있었다.

"이제 슬슬 움직여야겠지. 저곳에서 무엇이 우리를 기다리
고 있을지는 모르지만 그것이 무엇이 됐든 우리의 발길을 막
을 수는 없을 테니까. 후후후."

미하일은 희미한 미소를 흘리며 산 중턱을 바라보았다.

*   *   *

"제기랄!! 하필 이런 때에."

빗줄기를 뚫고 차를 몰고 있는 조동원의 입에서 욕설이 절
로 나왔다. 마음이 급했기 때문이다.

헬기를 타고 오는 도중 예고도 없던 강한 빗줄기로 인해 시
야가 확보되지 않아 헬기를 강제 착륙시켰다.

그리고 근처 파출소에서 긴급하게 징집한 경찰차를 탄 최
경아와 조동원은 급한 마음으로 지리산 쪽으로 향하고 있었
지만 마음이 불안했기 때문이다.

무엇인가 초조한 듯 비가 내리는 창밖을 바라보던 최경아
가 조동원에게 물었다.

"아무리 빨라도 두 시간은 걸리겠군요?"

"덕유산 인근을 지나고 있으니 그럴 겁니다. 비가 너무 와
서 더 이상 속도를 내기도 어렵고… 이놈의 기상청은 믿을 수
가 없으니……."

맑을 거라는 예보와는 달리 전국적으로 퍼붓는 장대 같은
비를 보며 조동원이 투덜거렸다. 마음이 타고 있는 것이다.
유한철에 대한 염려로 불안해하는 조동원에게 최경아가 예상
외의 말을 던졌다.

"어쩌면 오늘 날씨는 기상청의 실수가 아닐지도 몰라요."

"예?"

조동원은 의아한 듯 최경아를 바라보았다. 맞히는 것보다
맞지 않을 확률이 더 높아 역으로 생각하면 된다는 기상청의
예보가 실수가 아니라는 말이 의문스러웠던 것이다.

"원거리에 게이트를 연 것도 그렇고, 놈들이 지금까지 보
인 행동은 능력자들 사이에서도 거의 금기시되는 거예요. 비
라고 내리게 하지 못할 이유가 없지요."

"으… 음."

조동원은 신음을 삼켰다. 헬기를 타고 오며 놈들이 공간을
열고 이동했다는 소리를 들었다. 판타지 소설에나 나오는 텔
레포트처럼 순간적으로 지리산 쪽으로 이동했다는 소리를 믿

을 수는 없지만 최경아는 확신을 가지고 있는 것 같았다.

비밀에 가려진 능력자들의 힘이 어떤 것인지는 잘은 모른다. 하지만 얼마 전 보여준 능력과 김한석 원장이 믿고 있는 것을 볼 때 그녀의 말이 사실이 가능성이 매우 컸다.

그녀의 말이 정말 사실이라면 유한철에게 닥친 위험은 피할 수 없을지도 모른다는 생각이 들었다.

'제기랄!! 운이 따라주기를 바라는 수밖에……'

뾰족한 방법이 없었다. 현지 경찰에 연락을 취해 유한철을 보호할 수도 있겠지만 그것은 쓸데없는 일이 될 확률이 컸다. 오히려 희생자만 늘릴 확률이 컸다.

거기다 유한철에게는 연락할 방법조차 없다. 자리를 피하라고 연락을 하고 싶지만 아무런 방법을 찾을 수 없는 조동원은 빗길이지만 급한 마음만큼이나 가속 페달에 힘을 주었다.

'부우웅!'

*　　　*　　　*

"하이드마나포스가 사용되었다고 했지?"

한 시간 전. 미네르바는 나에게 하이드마나포스란 에너지가 사용되었다고 보고했다. 그것도 공간 이동이라는 목적을 달성하기 위한 것이라고 했다.

수도권 인근에서 사용되어 지리산 인근까지 꽤 강력한 힘을 이용한 공간 이동이었는데 이동을 감추는 기법이 사용되어 정확한 좌표를 찾는 것은 어려웠다고 했다.

하이드마나포스를 발견한 이후로 미네르바는 계속해서 이동 좌표를 찾고 있었지만 정확히 찾을 수는 없다고 한다. 그로 인해 미네르바로서도 당혹스러운지 지금 내 집 주변을 정밀 스캔하며 혹시 모를 침입자에 대비하고 있는 중이다.

백무요에 있는 결계를 복구시키고 배리어를 쳤다고는 하지만 지구의 능력자들이 어떤 능력을 가지고 있는지 알지 못하기에 혹시나 내게 위험이 닥칠지도 모른다고 생각했기 때문인 것 같았다.

─그렇습니다. 약 10킬로미터 동남향에서 한 시간 전에 하이드마나포스가 포착되었습니다만 그 이후 움직임이 없습니다.

"으… 음, 한 시간이라……."

한 시간 전에 포착되었다면 이제 슬슬 누군가 나타날 때가 되었다.

─이곳으로 온 자들이 어떤 식으로 움직일지는 모르지만 대비를 하는 것이 좋을 것 같습니다.

"어떻게 하는 것이 좋을까?"

능력자들이 산길을 타고 오는 것이라면 예상보다 빠른 시간 안에 누군가 나타날 것이 분명하기에 그들을 어떻게 대해야 할지 고민이 되었다.

─함장님, 정밀 스캔을 하고 있지만 제 본체가 이동하지 않는 이상 함장님의 보호 프로그램에 허점이 생길 수도 있습니다.

"오는 놈들이 강력하다는 뜻인가?"

─그렇습니다. 이곳으로 이동할 때 사용된 힘의 크기로 봐서는 그럴 확률이 매우 높습니다. 이곳에 올 자들은 함장님의 능력을 상회할 수도 있을 것 같습니다.

"놈들을 상대할 방법은?"

미네르바는 대략적인 힘의 비교 우위를 파악한 상태 같았기에 놈들을 상대할 방법을 물었다.

─1차적으로 제가 워프를 통해 지구 가까이 가서 좀 더 확실한 보호 프로그램을 가동하는 방법이 있습니다.

"그건 패스!"

아직은 미네르바의 직접적인 도움을 받고 싶은 생각이 없기에 제의해 온 방법은 거절했다. 또한 네르키즈가 혹시나 군사 강대국에게 발견될 가능성이 있기에 별로 좋은 방법이 아니었다.

─그렇다면 지금은 함장님의 에너지가 일부이지만 활성화된 상태이니 전투기술들을 활용하는 방법이 있습니다.

"데블나이트 말인가?"

─아닙니다. 데블나이트는 아직 사용하실 단계가 아닙니다. 제가 제안드린 것은 지금 지구상에 존재하는 무예들을 단

기 활성화를 통해 의식에 각인시킨다면 백무요로 올 자들을 상대하는데 꽤 괜찮은 방법 같아서 말입니다.

"가능한 건가?"

꽤나 재미있을 것 같은 방법이었기에 가능성을 물었다.

―함장님의 상태라면 충분히 가능합니다.

"그럼 해야지. 하지만 지금까지 배워온 것을 써먹을 수는 없는 거야?"

―아닙니다. 제대로 된 위력은 나오지 않겠지만 어느 정도 실어낼 수는 있을 겁니다. 제가 이 방법을 함장님께 권해드린 이유는 데블나이트의 전투기술을 바탕으로 지구의 전투기술을 사용한다면 매우 효과적일 것 같아서였습니다.

"확실히 그러는 편이 좋겠지. 기운을 실어내지 못한다 뿐이지 지구의 무예라는 것도 오랜 세월 갈고 다듬어진 것이니까."

―그럼 시행할까요?

미네르바가 두 번째 방법을 시행할 것인지 물어왔다.

"좋았어. 언제 올지 모르니까 빨리 시작하자고."

―알겠습니다. 준비가 필요하니 잠시 기다리십시오.

미네르바의 목소리가 잦아들자 이렇게 하는 것이 잘한 것인지 모르겠다는 생각이 들었다. 그것은 마음 한구석에 남아 있는 우려 때문이었다.

미네르바의 제안에 기대가 되지 않는 것은 아니다. 지구상에 존재하는 무예를 한꺼번에 모두 마스터할 수만 있다면 누구라도 그럴 것이다.

그렇다고 마냥 기쁜 것만은 아니다. 이번 일이 어딘가 미네르바의 계획 속에 들어 있다는 생각이 뇌리를 떠나지 않고 있기 때문이다.

내가 그런 생각이 드는 이유는 겐트리온 연합의 전투기술인 데블나이트가 범상치 않은 것에서 연유한다. 미네르바의 설명으로는 데블나이트가 겐트리온 연합의 가장 기초적인 전투기술이라고는 했지만 내가 보기에는 아니었던 것이다.

완성만 할 수 있다면 그야말로 궁극의 힘을 쓸 수 있는 기술이 바로 데블나이트다. 그럼에도 지구의 무예를 익히게 하는 것을 보면 필시 이유가 있을 것이 자명했다.

미네르바가 무엇을 생각하고 있는지, 노리고 있는 것이 무엇인지 모르지만 느낌상으로 나를 해코지하려는 것은 아니었기에 박자를 맞추고 있는 것뿐이지 결코 좋은 기분은 아니었다.

생각은 잠시뿐이었다. 어느새 준비가 끝났는지 미네르바의 음성이 들려왔다.

―함장님, 준비가 끝났습니다. 그럼 아침에 강천우 씨로부터 배우셨던 선무화를 떠올리십시오. 선무화라면 함장님께서 가지고 계신 4대 힘을 어느 정도는 일깨울 테니 훨씬 빠른 속도로 인식하실 수 있을 겁니다.

"알았어. 그럼 부탁해."

미네르바의 말에 나는 가부좌를 틀고 자리에 앉았다. 해가 뜨기도 전에 찾아와 점심이 될 때까지 긴 시간 동안 아저씨가 알려주었던 선무화의 구결을 의식적으로 떠올렸다.

九轉一惹 三極至明 三眞覺壹 救命眞意 天人之命…….
아홉이 돌고 하나를 당기니 셋의 끝은 밝음이 지극하리라. 셋의 진실한 깨달음은 오롯한 하나에서 비롯되고, 마침내 천명을 구해 진정한 뜻을 얻으리라. 천인의 명은…….

선무화(仙武化)는 주문수행술(呪文修行術)이다. 중국에서 전해진 단전을 이용한 수행법과는 차원이 다른 수련법으로 언제부터 내려오는지조차 알 수 없을 정도로 오래된 우리 민족 고유의 수련법인 것이다.

선무화는 처음 주문을 외우는 것으로 시작된다. 고유의 주문을 외우며 단계를 조절하는 특이한 호흡을 통해 수련하는 것으로 주변 환경의 여러 가지 다양한 편벽되고 치우친 기운을 조절하는 것을 목표로 한다.

그렇게 주변을 조화롭게 하고 스스로를 바른 것으로 인도하며 수행자로 하여금 무한 속에 있는 태초의 근원을 향해 정진의 길로 들어서게 하는 것을 목표로 하는 수련법인 것이다.

단전호흡을 배웠던 나로서는 우리 민족 고유의 수련법이

주문수행술이라는 것이 의아했지만 아저씨의 설명과 미네르바의 해석으로 어느 정도 의문을 불식시킬 수 있었다.

단전호흡을 배우며 수행하던 중에 배울 수 있었던 수련법들이 선무화의 수련법 중에 속해 있는 것의 아류 정도라 할 수 있는 것들이었던 것이다.

선무화의 수련은 네 가지를 바탕으로 한다. 묵념(默念), 청심(淸心), 조식(調息), 그리고 보정(補正)을 기초로 감식촉(感息觸)을 활성화시키는 것이었는데 단전을 활성화하는 단전호흡과는 달리 선무화는 이를 주문으로 행한다.

이장 아저씨의 말씀으로는 세간에 많이 알려진 천부경 또한 이 주문수행법의 하나로 까마득한 고대 시절 우리 민족의 원천에서 갈라져 나온 것이라고 했다.

특히 선무화는 다른 수렵법과는 다르게 의지를 활성화시키는 것으로 선무화를 익히다 보면 천부인에 대해서도 자연스럽게 알 수 있다는 설명도 덧붙였었다.

선무화를 통해 감식촉이 활성화되면 정신적인 감각과 숨을 쉬는 법, 그리고 몸으로 느끼는 것이 각기 여섯으로 분화되는데 그 각각의 여섯 가지 분화는 인간으로서는 구별하기 모호한 세계였다.

희구애노탐염(喜懼哀怒貪厭:기쁨, 두려움, 슬픔, 성냄, 탐냄, 싫음)의 육감을 성하게 할 수 있고, 분란한열진습(芬欄寒熱渼

濕:향내, 숯내, 추위, 더위, 진동, 습기)을 근원으로부터 호흡하는 것이 가능하게 되며, 성색취미음저(聲色臭味淫牴:소리, 빛깔, 냄새, 맛, 음탕함, 살닿음)의 감각을 깨우치게 된다고 했다.

정신을 가다듬고 호흡을 일치시키며 의식 속에 각인된 선무화의 구결을 외우고 또 외웠다. 그렇게 진실한 마음으로 구결을 외우자 몸이 서서히 변화하기 시작했다. 감식촉이 활성화되면서 그동안 느끼지 못한 신비로운 세계를 느낄 수 있었던 것이다.

희한하게도 사물들이 느끼는 기쁨, 두려움, 슬픔, 성냄, 탐냄, 싫음이 뚜렷이 느껴졌다. 시냇물은 속삭이는 소리로 즐거움을 알려주었고, 주변의 초목들은 비가 내림을 슬퍼했다.

그것은 놀라운 세계였고, 경험이었다. 사물들의 본질에 내재된 그들의 느낌을 알 수 있었던 것이다.

육체의 감각도 놀랍기는 마찬가지였다. 들리지 않던 소리가 들리기 시작했고, 보이지 않던 것도 보였다. 인체 감각으로 들을 수 없는 고주파나 저주파 같은 소리가 명확하게 들려왔고, 인간의 눈으로 볼 수 없는 빛의 영역까지 시야가 확대되고 있었다.

그것은 후각이나 촉각 또한 마찬가지였다. 너무도 미세해 잘 느낄 수 없는 냄새가 자연스럽게 느껴지고, 수만 가지 혼합된 냄새들 속에서 그 하나하나를 선명하게 구별할 수 있었다.

더욱 놀라운 것은 손으로 직접 만지지 않아도 사물의 감촉을 느낄 수 있다는 것이었다.

그러던 중 무엇인가 내 의식 속으로 쏟아져 들어오기 시작했다.

'이, 이것은!!'

그동안 느낄 수 없었던 새로운 것들로 인해 마음이 요동쳤다.

―함장님!! 정신 차리십시오!!

마음이 흔들리자 미네르바가 경고를 해왔다.

"으… 음."

위험한 순간에 미네르바의 경고로 마음을 안정시켜 흔들리는 기운을 조절해 적절히 대처할 수 있었다.

"고마워, 미네르바. 자칫 잘못했으면 큰일 날 뻔했어."

나를 일깨워 준 미네르바에게 감사를 표시했다.

―아닙니다. 저도 선무화란 것이 이렇듯 빨리 함장님의 모든 감각을 일깨울 줄은 몰랐습니다. 모두 제 불찰입니다.

미네르바로서도 놀랐는지 초자아 컴퓨터답지 않게 뇌리로 들리는 소리가 가늘게 떨리고 있는 것이 느껴졌다.

"이제부터는 감각보다는 나 자신의 변화에 대해 생각을 해봐야겠어. 이번에도 도와줘, 미네르바."

―알겠습니다, 함장님. 최선을 다하겠습니다.

미네르바의 대답을 들으며 선무화의 중심이 되는 네 가지를 생각했다. 조금 전에 느꼈던 감각들을 흔들리지 않고 온전히 알 수 있는 방법이었기에 다시 선무화의 구결을 끊임없이 외웠다.

스스로를 향해 침잠해 들어갈수록 선무화로 이루려는 경지는 언제나 묵념(默念), 청심(清心), 조식(調息), 보정(補正)을 바탕으로 자신의 변화를 인지하고 세상을 바라보는 힘이라는 것을 절실히 느낄 수 있었다.

'내가 느끼고 알고 있는 모든 것을… 그리고 내가 가지고 힘들을 의지대로 조율할 수 있을지도 모른다.'

문득 선무화를 완성하면 세상 만물이 가지고 있는 본질을 더 잘 알 수 있을 것이라는 느낌이 들었다. 그들이 가지고 있는 마음과 느낌을 완전하게 알 수 있을 것이기에 어쩌면 본질에 대한 조율도 가능할 것이라는 생각이 들었다. 내가 가지고 있는 힘까지도 말이다.

미네르바의 말대로 내 몸속에 있는 힘들을 조율하고 펼칠 수 있는 방법이 선무화에 있음을 느끼며 나는 천천히 무아지경에 빠져들어 갔다.

그러는 동안 자연스럽게 수많은 움직임들이 의식 속에 가득 차기 시작했다. 고대로부터 이어져 왔던 수많은 무예의 동작들이 차곡차곡 의식 속에 담겨지고 있었던 것이다.

‘드디어 왔군.’

한참을 선무화와 미네르바가 전해준 동작들에 빠져 있던 나는 내 감각 속으로 찾아온 이질적인 느낌에 수련을 중단하고 깊은 의식 속에서 깨어났다.

"그들인가?"

―하이드마나포스를 사용한 것을 보면 그자들이 틀림없습니다. 경계 범위 안에 있는 자들을 살펴본 결과, 사이코 매트릭스 계열의 능력도 보유한 자들로 보입니다.

미네르바의 친절한 설명이 들려왔다. 하이드마나포스에다가 사이코 매트릭스까지 사용하는 자들이라니 의외였다.

"그래. 그럼 나가봐야겠군."

방해를 받은 것이 아쉬움은 남았지만 내가 생각해도 어느 정도는 만족할 만한 성과를 얻은 것 같아 자리에서 일어나 방을 나섰다.

사이코 매트릭스 계열의 능력을 사용하는 자들이라면 예사 자들이 아니었기에 직접 상대해 보고 싶었던 것이다.

쏴아아아!

방을 나서자 하염없이 가는 비가 내리고 있었다.

"비가 온다고 했었나?"

―아닙니다. 지금 내리고 있는 비는 자연적인 강우가 아닙니다.

"그럼 인공 강우라는 말이야?"

─그렇습니다. 고고도에서 구름을 만들 수 있는 인자가 약 다섯 시간 전 뿌려졌고, 한반도 상공에 떠 있는 미국의 기후 위성을 통해 조작되어 지금 한반도 전역에 비가 내리고 있는 중입니다.

"그래? 재미있군."

인공 강우라는 것이 그리 쉬운 일은 아니다. 상당한 자금이 소요될 뿐만 아니라 실패할 확률도 높은 일이었다. 나 하나를 상대하기 위해 인공위성을 동원해 인공 강우까지 시도할 정도라면 상대해야 할 자들이 만만치 않을 것이다.

"이곳에 오는 자들이 만만치 않을 것 같으니 준비를 좀 해야 할 것 같아, 미네르바. 어머니가 남기신 유산이 훼손되면 불효가 될 테니 이곳에서 그자들을 맞이하는 것보다는 미리 나가서 마중을 해야 할 것도 같고."

하나 남은 유일한 유산이기에 나를 찾아오는 자들과 싸우게 되면 망가질 수도 있었다. 오고 있는 자들이 어떤 목적을 띠고 있는지 확인을 해야 하기는 하지만 그런 일은 절대 사양이었다.

─걱정하지 마십시오. 그에 대한 준비는 모두 끝났습니다.

"알았어, 미네르바. 혹시라도 놈들이 이 근처로 들어올 수 없도록 지켜줘."

─알겠습니다.

백무요 주변에 원래부터 있었던 결계를 복구시키고 미네

르바가 배리어를 치기는 했지만 만약의 경우를 생각하지 않을 수 없었기에 다시 한 번 당부했다.

　신발을 신고 문을 나서며 그들이 오는 방향을 향해 빗속을 뚫고 산길을 걸었다.

Chapter 2
첫 번째 전투

쏴아아!

"보스, 우리가 오는 것을 알아차렸나 봅니다."

하염없이 내리는 빗속을 뚫고 감각을 이용해 전방을 살피던 카르넨코는 한철의 기척을 발견하자마자 이내 미하일에게 보고했다.

"알고 있다."

미하일도 한철의 출현을 알고 있었다. 그의 눈에는 놀람과 의문의 빛이 동시에 나타나고 있었다.

자신들이 가지고 있는 기운은 물론이고 움직이는 기척을 철저히 숨기고 산길을 타고 오는 중이었다. 거기다 비까지 내리고 있는 중이라 아무리 능력자라 하더라도 자신들이 오고 있다는 것을 알아차린다는 것은 무척이나 어려운 일이었다.

그럼에도 오는 것을 알고 있는 것인지 자신들을 향해 다가오고 있는 한철의 기운을 느끼며 미하일은 알 수 없는 불안감에 자꾸 신경이 쓰였다.

'만약 우리가 온 것을 미리 알아차린 것이라면 이번 일은 그리 쉽지 않을 것 같구나. 하지만 그자들일 가능성은 없는데……'

한국에도 능력자들이 있음은 정보도 아니었다. 몇 년 전 한국의 최고 능력자가 죽는 사건으로 인해 국정원 내에 능력자를 전담하는 부서가 신설되었다는 것도 알고 있었다.

국정원에서 양성하고 있는 자들이 상당히 강력한 능력자들이라는 것은 알고 있지만 그렇다고 자신들을 어찌할 수 있는 존재들은 아니었다. 이곳에서 자신들을 마중하는 존재는 다른 자가 분명했다.

'역시 최고의 능력을 가졌던 자의 피를 이어받았다는 것인가?'

국정원에서 보낸 능력자들은 아직도 추적을 해오고 있는 중이라 도착하지 않았다는 확신이 들었기에 국정원의 MP일 확률이 없다고 생각한 미하일은 자신들을 맞이하러 오는 존재가 타깃인 한철임을 알았다. 한철이 인비저블맨이라 불린 자의 자식이라는 것을 상기할 수 있었던 것이다.

자신들이 알고 있는 인비저블맨의 피를 이어받았다면, 그리고 스스로의 능력을 완전히 각성한 상태라면 자신들이 온 것을 알아차리는 것은 어렵지 않을 것이라 생각이 들었던 것이다.

점점 가까워져 오는 기운을 보면 자신들을 향해 오는 것이 분명했던 것이다.

'그렇다고 우리를 상대로 살아남을 수 있는 것은 아니다. 그자 또한 한 줌 재로 사라졌으니까. 자칫 귀찮아질 수도 있으니 그들이 오기 전에 빨리 끝내야겠다.'

인비저블맨은 타깃이 된 후 10일 만에 세상에서 사라졌다. 그를 제거하는 데 동원된 능력자는 단 한 명이었다. 자신보다는 높은 능력을 가진 자였지만 카르넨코와 유린이 합세하면 인비저블맨을 제거했던 자 또한 쉽사리 제압할 수 있기에 다가오는 한철이 그리 염려가 되지는 않았다.

아무리 뛰어난 피를 이어받은 자라도 부모의 한계를 넘는 것은 쉽지 않을뿐더러, 뛰어넘는다고 하더라도 그 차이는 얼마 나지 않기에 자신과 수하들이라면 한철을 충분히 제거할 수 있다고 생각한 것이다.

그가 걱정하는 것은 오히려 다른 것이었다. 지금쯤 이곳으로 오고 있을 조동원과 최경아였다. 둘 다 만만치 않은 상대이기도 하지만 그 둘에게 이번 작전이 노출된다면 성가신 일이 벌어지기에 빨리 한철을 제거하고 떠나야겠다는 생각이 들었다.

상황을 빨리 정리해야겠다는 생각이 드는 즉시 미하일은 카르넨코와 유린에게 텔레파시를 보냈다.

"가지고 있는 모든 능력을 개방해 저자를 최대한 신속하게 제거하고 이곳을 떠난다."

"모두 말입니까?"

능력을 개방한다면 자신들의 흔적이 남을 수도 있기에 카르넨코가 텔레파시로 물었다. 어떤 일이든 증거를 남기지 말아야 하는 것이 자신들이 절대로 지켜야 할 기본 수칙이었다. 이번 일에 흔적을 남길 경우 자칫 무서운 일이 벌어질 수도 있음을 상기시킨 것이다.

"카르넨코, 지금 이곳으로 오는 자는 한때 한국 최고의 능력을 가졌던 자의 아들이다. 비록 아무 일도 없을 테지만 사냥을 하는 사자는 작은 사냥감에도 최선을 다하는 법이다. 그리고 증거가 남겨질 염려는 하지 마라. 이 비가 우리의 흔적을 모두 씻어줄 테니까."

미하일은 카르넨코와 유린을 바라보며 미소를 지었다. 아무런 느낌도 담기지 않은 미소였지만 두 사람은 마음이 가라앉았다. 이번 기회에 자신들의 능력을 돌아보라는 의미 같았기 때문이다.

"알겠습니다, 보스. 그런데 저자는 나이가 어려 보이기는 하지만 보기보다 상당한 능력자인 것 같군요."

세심히 한철의 기운을 살피던 유린이 텔레파시를 보냈다. 그리 강한 것 같지는 않았지만 한철에게서 능력자 특유의 기운이 흘러나오고 있음을 느낀 것이다.

'틀림없이……'

한철이 누구의 아들인가를 알기에 미하일은 당연히 최고의 능력자라고 생각하고 있었다. 그렇지만 한철의 몸에서 흘러나오는 기운이 비슷하기는 하지만 자신들과 전혀 다르다는 것을 끝내 알 수는 없었다.

*   *   *

"호오, 상당한 자들인데?"

─그런 것 같습니다. 거의 1킬로미터나 떨어져 있는데 함장님의 기운을 확실히 인지한 것 같습니다.

"빠르군."

미네르바의 대답이 끝나기도 전에 거의 반 이상의 거리를 단축했다. 평지도 아니고 산길을 불과 몇 초도 되지 않아 500미터의 거리를 좁힐 수 있다면 거의 인간이 아니라고 봐야 했다.

─함장님께서 일부나마 힘을 사용하게 되신 것은 축하드릴 일이나 지금 상태에서 데블나이트는 함부로 사용하시지 마시길 권유드립니다.

"칫! 알았어."

내가 나서려는 것을 알아차린 것인지 미네르바가 잔소리를 해왔다. 선무화를 어느 정도 깨닫고 난 뒤에 내 몸에 깃들어 있는 힘들을 극히 일부나마 사용할 수 있게 됐기에 시험하려 했는데 들켜 버린 것이다.

―함장님께서는 지구상에 존재하는 거의 모든 무술을 인식하고 펼칠 수 있게 됐습니다. 데블나이트는 공간에 있는 기운을 끌어다 쓰는 특징이 있는 이상 함장님께는 아직 맞지 않을 수도 있으니 이번 기회에 함장님께서 자신만의 전투기술을 완성하시라는 의미로 드린 말씀이었습니다.

내가 불만이 있다는 것을 알았는지 미네르바가 차분하게 설명을 해왔다. 하지만 지금은 차분하게 미네르바의 설명을 듣고 있을 시간이 없었다, 이미 적이 가까이 다가왔기 때문이다.

"그 이야기는 나중에 하자고. 일단 저들부터 만나봐야 할 것 같으니까."

―알겠습니다, 함장님. 그럼 건투를 빕니다.

적으로 보이는 자들이 가까이 왔기에 미네르바는 내 의식 속으로 격려를 실어 보내고는 잠잠해졌다.

'드디어 놈들과 부딪치는 것인가?

비를 맞으며 나를 바라보고 있는 세 사람을 보며 기묘한 느낌이 들었다. 부모님의 죽음, 미네르바를 만난 것과 함께 오

늘의 만남으로 인해 내 인생에 세 번째 커다란 변화가 있을
것임을 느낄 수 있었다.

*　　　*　　　*

　미하일이 보기에도 자신을 맞이하러 나온 한철은 나이가
그리 많아 보이지 않았다. 일찍 결혼했다면 그만한 자식이 있
었을 만큼 자신 앞에 서 있는 한철이라는 표적은 무척이나 젊
었던 것이다.
　'으… 음.'
　그렇다고 만만히 볼 수 있는 상대가 아니라는 것을 미하일
은 직감적으로 느낄 수 있었다. 멀리서 봤을 때와는 느껴지는
기운 자체가 달랐던 것이다.
　'무, 무서운 자다.'
　수하들과 함께 포위하듯 한철과 마주 선 미하일은 급하게
자신의 의지를 뒤흔드는 기묘한 느낌에 가슴이 철렁였다. 한
철의 기운이 자신이 생각했던 것과는 전혀 다르다는 것을 대
면하고 나서야 확실히 인지한 것이다.
　"카르넨코, 유린, 심상치가 않다."
　미하일은 텔레파시로 수하들에게 주의할 것을 당부했다.
자신들이 가진 모든 능력을 개방해도 쉽지 않은 싸움이 될 것
을 짐작한 것이다.

"기다리느라고 힘들었다. 아무리 여름이라지만 이런 비는 확실히 몸에 좋지가 않으니까."

"으… 음."

미하일은 자신의 뇌리로 파고드는 음성에 저절로 신음이 나왔다. 놀랍게도 자신의 뇌리를 울리고 있는 음성이 텔레파시로 전해진 것이었던 때문이다.

자신들이 사용하는 것보다 선명한 상태로 전해지는 텔레파시다. 자신들과 같이 오랫동안 서로 간의 동조를 통해 향상시킨 것도 아니고, 처음 보는 자신들에게 단번에 텔레파시를 성공시킨 한철의 능력이 믿어지지가 않았다.

'카르넨코와 유린에게도 보낸 것이 틀림없다. 동시에 세 사람에게 텔레파시를 성공시키다니……'

안색이 굳어진 수하들을 보면서 미하일은 지금까지 따라오던 불안감의 정체를 알 수 있었다. 어쩌면 이 자리에서 죽을지도 모른다는 것을 예감할 수 있었다.

세 사람에게 이 정도의 선명한 텔레파시를 보낼 수 있는 자라면 자신들의 능력을 모두 동원하더라도 상대가 안 될 것이라는 것을 오랜 경험이 말해주고 있었던 것이다.

'조직에서 실수를 한 것이 분명하다. 어떻게 이런 자에 대한 정보가 전무할 수 있다니……. 아니, 어쩌면……?'

조직에서 보내온 정보는 물론 자신들이 지금까지 판단한 것이 모두 틀렸다는 것을 생각하던 미하일은 한 가지 가능성이 있음을 알 수 있었다.

'어쩌면 우리는 이자의 능력을 시험하기 위해 보내진 것일 수도 있다.'

자신은 물론이고 카르넨코와 유린은 오랜 조직 생활에서 오는 회의감으로 인해 몇 년 전부터 은밀히 은퇴를 준비 중이었다. 냉전이 종식된 이후, 암살과 무기 거래 등 비인간적인 자신들의 조직 생활에 대해 회의를 품고 있었던 세 사람은 스파이 생활을 청산하고 남미 쪽에서 신분을 숨기고 살아가려고 준비 중이었던 것이다.

아마도 그런 자신들의 생각을 조직에서 눈치 챈 것이 분명했다.

조직의 율법 중 가장 상위에 위치한 것은 절대 침묵의 율법이다. 은퇴를 하게 되면 죽어도 비밀을 엄수하겠지만 조직에서는 자신들의 그런 마음을 믿어주지 않고 있는 것이 틀림없었다.

한철이 가지고 있는 능력에 대해 알아보는 것과 동시에 한철을 통해 자신들의 처리를 맡긴 것이 틀림없다는 것을 확신한 미하일은 불안한 눈으로 카르넨코와 유린을 쳐다보았다.

"이곳에서 살아 나간다고 해도 조직에서 우리를 제거하기 위해 사람들을 보낼 것 같다."

"보스!"

"정말 그런 겁니까?"

두 사람도 어느 정도 인식을 하고 있었던 모양이다.

"어차피 죽을 자리다. 동요하지 마라. 그리고 이곳에 오기 전에 상의한 대로 행동해라."

"아, 알겠습니다."

"으음."

두 사람은 미하일의 말을 듣고 동요를 멈췄다. 자신들의 생각이 탄로가 났지만 임무대로만 한다면 가족들에게는 손을 뻗치지 않을 것이기에 동요를 가라앉히며 한철을 주시했지만 자신들의 뇌리를 파고드는 한철의 텔레파시에 다시 한 번 격동해야 했다.

"그렇게 머리들 굴리지 말라고. 머리가 어지러우니까."

"벽을 쌓고 지금부터 아무것도 생각하지 마라."

싸울 준비를 하던 미하일은 빠르게 수하들에게 텔레파시를 보냈다. 자신의 뇌리에 텔레파시가 들려오자 한철이 자신들의 마음을 읽고 있다는 것을 알아차린 미하일은 수하들에게 텔레파시를 보낸 후 자신의 의식에 벽을 둘렀다.

"마음마저도 읽는 건가?"

놀랍게도 유창한 한국어가 미하일의 입에서 흘러나왔다.

"한국말도 할 줄 아는 줄은 몰랐군."

놀란 듯 한철이 입을 열었다. 러시아 쪽 사람들이라는 것을 의식을 읽어내 파악은 했지만 이토록 한국말이 유창할 줄은 미처 몰랐던 것이다.

"다시 한 번 묻겠다. 마음을 읽은 건가?"

미하일이 심각한 어조로 물었다. 만약 읽은 것이 사실이라면 심각한 문제에 봉착할 수 있었던 것이다.

"너무 빨리 알아차리는 바람에 다 읽지는 못했다. 당신들이 이곳에 온 목적 정도라고나 할까?"

"으… 음."

거짓을 말하고 있지는 않은 것 같았다. 자신들이 이곳에 온 목적을 알았다면 이미 대부분을 안 것이나 마찬가지였다.

"쩝! 아쉽게 됐어. 조금만 늦었어도 당신들이 온 곳에 대해서 알 수 있었는데 말이야."

미네르바의 도움없이 스스로의 능력으로 타인의 의식을 완전히 살피려던 것이 실패하자 한철이 아쉬운 듯 입맛을 삼켰다.

'다행이로군. 하지만 저 정도의 능력이라면 마스터 급이라고 할 수 있는데 벗어나는 것은 정말 포기해야겠구나.'

조직의 실체에 대해서는 알아내지 못한 것 같아 다행이었다. 그러나 지금까지 보여준 한철의 능력은 문제가 컸다. 텔레파시에 천리안이라고 할 수 있는 클래이어보이언스의 능력이라면 거의 마스터 급에 해당하는 것이었기 때문이다. 아니, 어쩌면 그 이상일 수도 있겠다는 생각이 들었다.

"후후후, 그럼 슬슬 시작해 볼까. 부모님의 죽음에 대해 알고 난 후 결심한 것이 있어서 말이야."

빗속을 뚫고 들려오는 목소리는 더할 나위 없이 싸늘했다. 싸늘한 살기를 동반한 목소리로 인해 미하일은 자신 심장의 박동이 빨라지기 시작했다는 것을 알 수 있었다.

'일단 저자에 대해 알려야 한다.'

자신들이 지금까지 전해받은 정보는 완전히 잘못되었다는 것과 한국에 새롭게 나타난 마스터에 대해 조직에 알려야 했다. 자신들이 살기 위해서가 아니라 남아 있는 가족들을 위해서다.

미하일은 한철의 시선을 피해 유린에게 수신호를 보냈다. 능력자로서는 전투력은 약간 처지지만 공간을 이동하는 것만큼은 뛰어난 능력을 가졌기에 이곳에 오기 전 만약의 사태를 대비해 의논했던 대로 달아날 것을 명령한 것이다.

팟!

"엇!"

신호를 보내는 것이 끝나기가 무섭게 한철의 신형이 사라졌다. 잠시 한눈을 팔았다고는 하지만 순식간에 자신의 시야에서 한철이 벗어나는 것을 보며 미하일이 헛바람을 삼켰다.

'어디지?

눈을 돌려 다시 신형을 찾았을 때는 한철의 신형이 유린의 앞에 나타나 있었다. 찰나의 순간처럼 어느새 한철의 어깨가 유린의 가슴을 향해 파고들어 가고 있었던 것이다.

'저, 저럴 수가!!'

　자신의 시야를 벗어나는 가공할 순간가속도였다. 빠르게 배가되는 속도에 담긴 가공할 힘이 한철의 어깨에 실려 있을 것이기에 부딪치는 순간 유린의 가슴은 완전히 박살이 날 것이 분명했다. 미하일은 다급하게 러시아말로 소리를 질렀다.

　"피해라!"

　유린의 몸이 반응했다. 순간적으로 그의 몸이 흐릿해진 것이다.

　콰직!

　자신이 가진 능력을 이용해 가슴을 정면으로 들이받히는 것을 피하기는 했지만 어깨 부분이 걸리며 단숨에 뼈가 부러져 나갔다.

　"크윽!"

　비명 소리와 함께 유린의 신형이 한철의 면전에서 완전히 사라졌다. 마법의 기술이라는 블링크를 이용했지만 이미 상당한 타격을 받은 상태였다.

　털썩!!

　"유린!"

　완벽하게 피하지 못한 탓인지 몇 미터 떨어지지 않은 곳에 바닥을 뒹굴며 유린이 나타나자 미하일이 소리를 질렀다.

　"크으윽!"

　무척이나 고통스러운 듯 유린은 어깨를 부여잡고 고통에 떨고 있었다. 어깨뼈가 완전히 박살난 듯 앞으로 팔을 제대로 쓰지 못할 것 같았다.

　유린이 사라졌다가 나타나자 빠르게 한철의 신형이 다가가는 것이 보였다. 미하일로서는 다급할 수밖에 없었다.

　"카르넨코! 막아라!"

　파파팟!

　카르넨코에게 소리를 치며 미하일도 신형을 움직였다. 비가 내리는 산길이라 미끄러운 탓인지 미하일은 땅을 찍듯이 움직이며 한철을 향해 박차고 나갔다.

　카르넨코도 지금 벌어지는 상황에 어리둥절했지만 오랫동안 훈련되어 온 대로 미하일의 명령에 반응했다.

　"배리어!"

　갑작스러운 명령이었지만 카르넨코의 반응은 무척이나 훌륭했다. 정신력을 이용해 강력한 물리력을 행사할 수 있는 텔레키네스 파워가 어느새 카르넨코의 몸에서 흘러나와 한철의 몸을 가로막았다.

　미하일이 유린을 구하는 동안 자신이 친 배리어라면 어떻게 해서든 시간을 벌 수 있을 것이라 카르넨코는 믿어 의심치 않았다.

　눈에 보이지 않는 방어막이지만 총알 같은 것은 그대로 팅겨낼 수 있는 것이다. 정신력으로 만들어진 방어막이었지만 마스터 급에 이르렀다는 미하일조차 뚫으려면 애를 먹어야 할 정도로 강력한 물리력을 동반하고 있었다.

‘네놈도 끝이다.’

자신을 향해 달려드는 한철을 보며 카르넨코는 회심의 미소를 지었다. 그가 친 배리어는 단순한 것이 아니었던 것이다.

거기다 다가오는 힘에 대해서는 배나 강력한 힘으로 되돌려 보내는 반탄의 힘까지 겸비하고 있었기에 카르넨코는 한철이 틀림없이 자신의 배리어로 인해 상당한 타격을 입을 것이라 생각했다.

턱!

“하하하, 네놈이…….”

빠르게 다가들던 한철의 몸이 배리어에 부딪친 후 튕겨 나가자 카르넨코는 회심의 웃음을 지었다. 자신의 의도대로 되었다고 생각한 것이다. 하지만 그의 웃음은 그리 오래가지 않았다.

“어, 어떻게 저럴 수가!!”

웃으며 장내를 바라보던 카르넨코의 입이 벌어지며 눈이 커졌다. 유린의 주변으로 퍼져 빗물을 튕겨내고 있던 자신의 배리어가 한철의 간단한 손짓에 맥없이 찢어지고 있었던 것이다.

“크으윽!”

자신이 친 배리어가 찢어지기 시작하자 카르넨코의 입에서 처절한 신음이 흘러나왔다. 정신을 집중해 배리어를 형성한 것이 강제로 해체되는 과정에서 정신에 충격을 받은 것이다. 뇌에 강력한 충격을 받은 카르넨코는 코로 피를 흘리며 모로 쓰러지기 시작했다.

*　　　*　　　*

지금 내가 사용할 수 있는 힘은 극히 한정적이다. 네 가지 힘이 얽혀 있다 보니 불안정한 상태이기도 하지만 아직은 그 힘을 온전히 다룰 만한 의지력이 내게는 부족하기 때문이다.

적들이 사용하는 힘은 사이코 매트릭스다. 인간의 정신력을 매개로 하는 능력이다. 보통 사람들이 부르기를 초능력이라 하는 것들이다. 이적을 행하는 능력, 타고났거나 극한의 수련을 통해서만 간신히 얻을 수 있는 능력이다.

미네르바가 보기에는 초보적인 수준을 벗어나지 않았다고 하지만 나에게는 상당히 위협적인 힘이었다.

처음에는 몸 안에 잠재한 힘을 사용하지 않으려 했다. 미네르바가 알려준 무예만으로도 충분히 대적할 수가 있다고 생각했던 것이다. 하지만 이들을 마주한 순간 어쩔 수 없이 내가 가진 힘을 사용해야 한다는 것을 느꼈다. 미네르바와 내가 준비한 것들이 이들에게는 전혀 소용이 없다는 것을 마주 서는 순간 바로 알 수 있었기 때문이다.

내 생각이 옳다는 것은 금방 증명이 되었다. 자리를 벗어나 어디론가 도망가려는 적을 먼저 박살 내고, 그를 완전히 무력화시키기 위해 다가가려 했을 때 나를 가로막은 투명한 벽이 내 안에 잠자고 있는 힘을 나도 모르게 일깨워 낸 것이다.

나를 가로막은 자가 사용하는 힘은 매우 강력했다. 몸이 막히는 순간 강한 진동과 함께 강력한 힘을 나에게 되돌려 보내 하마터면 내상을 입을 뻔했다. 그 순간 몸 안에 잠재했던 힘이 튀어나와 반탄력을 막아냈다.

미네르바가 인식시킨 무예로는 절대 상대할 수 없는 힘이라는 것을 알자 나도 모르게 튀어나온 절대 힘은 아주 조금이기는 했지만 미약하지는 않았다.

불안정한 상태라 위험하기에 될 수 있으면 사용하지 않으려다 강력한 사이코 매트릭스를 깨뜨릴 수 있는 힘은 동종의 힘밖에는 없기에 사용하기로 했다.

위험하지 않을 정도로 선무화로 인해 다룰 수 있게 된 힘 중 일부분만 사용했다. 소용이 있을까 하는 생각이 들기도 했지만 결과는 대만족이다. 나를 가로막고 있는 힘을 이렇듯 손으로 찢어낼 수 있으니 말이다.

방어막을 찢고 난 후 어깨가 부서지는 부상을 당했지만 달아난다면 안 좋을 것 같기에 제일 먼저 처리를 하려 한 자에게 다가갔다.

'빠르군.'

두어 걸음을 남겨놓았을 때 나에게 다가오는 자의 기척이 느껴졌다. 놈들의 뇌리에서 읽은 사실로는 미하일 체르넨이라는 자였다. 상당한 능력을 지닌 듯 빠르게 다가와 나에게 주먹을 뻗고 있다.

휘익!

상체만을 비틀어 그의 주먹을 피했다. 복싱에서 사용하는 위빙이다. 미네르바가 인식시킨 지구상의 무예 중 하나인 복싱의 회피 동작이었다.

그러나 적의 공격은 하나만이 아니었다. 공기를 파열시키며 내뻗어진 주먹이 다시 들어가며 이번에는 왼손이 나를 향해 찍듯이 달려나왔다.

팡!

이번에도 회피 동작으로 피하자 그의 주먹이 허공을 격한 타점에서 공기를 파열시켰다. 맞기만 한다면 어디 한 군데 부서질 것 같은 강력한 주먹이다.

연이어 그의 주먹이 날아왔다. 은은한 기운이 그의 손을 완전히 감싸고 있다. 사이코 매트릭스의 힘을 둘렀다. 아마도 그의 손은 지금 강철보다 단단하게 변해 있을 것이다. 공격과 동시에 사이코 매트릭스의 힘을 신체에 실을 수 있다니 놀라운 자다.

탁!

오른손으로 미하일의 손을 쳐내며 그자의 품으로 파고들

었다. 내가 미하일을 상대하기 위해 선택한 방법은 유술. 옷
깃이 잡히는 순간 허리의 반동을 이용해 그대로 바닥에 메다
꽂았다.

펙!

"크윽!!"

비명 소리가 그의 입에서 흘러나왔다. 전력을 다해 공격해
들어오는 그에게 힘을 보태어 반격한 탓에 상당한 충격이 전
해졌을 터이다.

'상당한 자로군.'

충격을 줄일 사이도 없이 떨어진 탓에 정신이 없을 테지만
미하일은 아랑곳하지 않고 자리에서 일어나고 있었다. 일어
나는 즉시 머리를 한 바퀴 움직이며 이상이 없는지 체크하는
것 같더니 다시 나에게 달려들었다.

'컴뱃삼보로군.'

그의 동작은 러시아 고유 씨름에다 유도와 갖가지 살인 공
격을 가미한 러시아만의 고유 무술인 컴뱃삼보였다. 붉은 베
레라 불리는 러시아의 특전사인 스페츠나츠가 필수적으로 익
히는 무술로 살인적이라 불리는 것이다.

콤비네이션이 통하지 않자 접근전을 시도하려는 것으로
보였기에 나 또한 마다하지 않았다. 이번 기회를 나에 대한
시험의 기회로 삼았기 때문이다.

팔목을 잡아오는 빠르고 억센 손길을 느끼면서 나 또한 미

하일의 손을 마주 잡았다. 이제부터는 어느 누가 순간적인 힘
이 강하냐의 한판 승부였다.

서로가 오른손으로 상대의 왼손을 잡은 상태였다. 미하일
은 아래에서 난 위에서 손을 맞잡게 되자 미하일은 순간적으
로 내 왼손을 떨쳐 내려 했지만 난 손을 미끄러뜨려 그의 손
등을 잡았다. 그와 동시에 그의 왼발이 내 오른발의 중심을
무너뜨리려 안쪽으로 파고들어 왔다.

우득!

"큭!"

중심을 무너뜨리고 관절기를 쓰려던 그의 의도는 보기 좋
게 빗나갔다. 그의 공격을 예상한 내가 아래로 쓰러지며 그의
손을 아래쪽으로 꺾어버린 것이다.

고통에 찬 비명을 흘렸지만 미하일은 훈련받은 전사다웠
다. 고통의 와중에도 손을 떨쳐 내고 팔뚝으로 내 팔꿈치 안
쪽을 누르고는 그대로 내 손을 잡아챘다.

팔꿈치에 고통이 일었다. 강한 힘으로 오래 잡아채이면 좋
지 않을 것이 분명하기에 그의 힘이 더해지는 것과 동시에 내
오른손이 품으로 파고든 미하일을 내려쳤다.

퍽!

"끅!"

하마터면 팔꿈치 관절이 부러질 뻔했지만 연수를 향해 내
려친 수도(手刀)가 미하일을 잠재웠다.

"큰일 날 뻔했군. 그 와중에 반격이라니. 이로써 셋 모두 항거 불능으로 만든 건가?"

세 사람을 둘러보았다. 유린이라 불리는 자는 아직도 바닥에 누워 일어나지 못하고 있었고, 카르넨코라는 자는 내가 찢어발긴 배리어로 인해 심리적 충격을 받고는 코로 피를 흘리며 바닥에 쓰러진 채 멍한 표정이었다.

"미네르바, 이자들을 네르키즈로 전송시켜. 그리고 비를 내리게 하는 그놈도 정지시켜 버리고. 아니, 기분 나쁜 놈이니까 아예 이제부터 네가 통제해 버려."

─알겠습니다, 함장님!

미네르바의 말이 끝나자 세 사람이 그 자리에서 사라졌다. 전함 네르키즈로 전송시킨 것이다.

그리고 그동안 비를 내리게 한 인공위성을 미네르바가 통제하도록 했다. 지금까지는 그럴 필요가 있어 그냥 놔두었지만 집중호우로 이어질 수도 있기에 이제는 중지시켜야 했던 것이다.

그리고 미네르바가 통제한다면 꽤나 쓸모가 있을 것 같기도 했기 때문이다.

"어떤 놈들인지 헛돈 썼군. 잘 써주마."

하늘을 바라보았다. 빗줄기가 점점 가늘어지고 있었다. 인공 강우가 현실적으로 가능하다고 하지만 천문학적인 돈이 드는 것이라고 했다. 돈이 얼마나 많기에 나를 제거하기 위해 사용되었는지는 모르지만 이번에 꽤나 큰 손해를 보았을 것이다.

＊　　　＊　　　＊

배리어가 찢어지는 순간 카르넨코는 엄청난 충격을 받아야 했다. 정신 동력을 이용해 친 배리어라 강제적으로 제거될 경우 정신에 직접적인 영향을 미치기 때문이다.

머리가 깨어질 것 같은 통증과 함께 코에서 피가 흘렀다. 움직이지도 못하는 상태에서 멍하니 불안한 마음으로 이번에 타깃이 된 한철을 살폈다.

보스인 미하일이 움직이는 것을 보았을 때는 불안감이 많이 가셨었다. 중급의 능력자이고 상당한 격투 능력을 갖춘 보스라면 이번 위기를 타개할 수 있을 것이라 생각한 것이다.

하지만 그것은 헛된 바람에 지나지 않았다. 보스인 미하일은 너무나 무기력했다. 단 몇 수에 그렇게 쓰러질 줄은 카르넨코조차 몰랐다.

모든 것이 다 끝났다고 생각한 순간 놀라운 일이 벌어졌다. 눈앞이 흐릿해지며 자신이 어디론가 이동하고 있다는 것을 안 것이다.

마법진을 이용한 텔레포트는 작전을 통해 몇 번인가 해본 적이 있지만 이번 경우는 달랐다. 마나의 힘도 아닌 이질적인 힘에 의해 자신이 무척이나 먼 거리를 이동했다는 것을 느낀 것이다.

시야가 밝아져 왔을 때는 색다른 공간이었다. 모든 것이 하얀 것으로만 채워진 공간이었다. 적의 스파이를 체포했을 때 가두어놓는 하얀 지옥이라는 비밀의 방과 유사한 면이 있었다.

러시아 국가정보국인 FSB의 전신인 KGB 내에서 적국의 스파이를 세뇌해 이중간첩으로 사용하기 위해 만들어졌던 것이 바로 하얀 지옥이다.

의식 자체를 황폐화시켜 버리고 새로운 의식을 집어넣는 일종의 정신 개조 프로그램인 하얀 지옥을 카르넨코도 몸소 겪어보았기에 전신이 떨렸다. 적에게 잡혔을 경우를 대비한 훈련이었지만 카르넨코는 그곳에서 지옥을 맛보았던 것이다. 그것은 자신의 보스인 미하일과 동료인 유린도 마찬가지였다.

그들 또한 자신과 마찬가지로 몸을 가늘게 떨고 있었다.

'부상을 당하지 않았었나?

유린이 천천히 자리에서 일어나고 있었다. 어깨가 부서졌던 부상이 무색하게 일어나는 모습이 무척이나 자연스러웠다. 유린도 자신의 몸 상태가 조금 전과는 다르다는 것을 알아차린 듯 어깨를 만지며 어리둥절한 표정이었다.

보스인 미하일도 마찬가지였다. 손목뼈가 으스러진 것이

분명했는데 왼손으로 바닥을 짚고 일어난 것이다. 무엇인가 이상한 듯 바닥에서 일어난 후 미하일은 주변을 돌아보기에 여념이 없었다.

"카르넨코, 어떻게 된 일이냐?"

"아마도 공간을 이동해 온 것 같습니다."

"……."

"사실인 것 같습니다. 그자가 사용한 공간 이동 기법은 우리들이 사용하는 것보다 훨씬 정교한 것 같습니다."

어리둥절해하는 미하일을 향해 유린이 확답을 주었다.

"정말이지, 믿지를 못하겠군. 그런 자가 한국에 있었다니……."

자신들을 전부 합친 것보다 훨씬 강한 자였다. 마스터 급을 상회할지도 모르는 능력에다가 공간 이동의 기술까지 가지고 있다면 심각한 문제였기에 미하일의 얼굴이 있는 대로 굳어졌다.

─본 함선에 오신 것을 환영합니다.

세 사람이 주변을 살피며 상황을 파악하기 위해 애쓸 때 허공에서 미네르바의 목소리가 울렸다.

"누구냐?"

갑작스러운 소리에 미하일이 신경질적인 반응을 보이며 소리를 질렀다. 다른 이들도 주위를 살피며 미하일 주변으로 모여들었다.

─호호호, 재미있으신 분들이군요. 아직도 기운이 남아 있으니 말입니다. 하지만 괜한 소란은 곤란하니 거두도록 하지요.

"헉!"

"이런!"

잠재의식 속에 가두어두었던 힘을 암암리에 끌어올리던 미하일은 자신의 힘이 소멸하듯 사라지는 것을 느끼며 헛바람을 삼켰다. 슈퍼내츄럴파워라는 자신의 초능력이 너무도 허무하게 사라진 것이다. 미하일과 같이 기운을 끌어올리던 카르넨코도 마찬가지였다.

─원래는 모두 제거해야 하지만 함장님의 명령이 있었기에 당신들의 생명은 거두지 않았습니다. 그리고 당신들의 힘은 이 순간부터 모두 금제되었으니 쓸데없는 난동을 부리지 마시기 바랍니다. 만약 쓸데없이 허튼짓을 할 경우 그에 상응하는 대가를 치를 것입니다.

경고하는 듯한 미네르바의 말에 주위를 둘러보던 미하일이 입을 열었다.

"우리에게 원하는 것이 뭐냐?"

─원하는 것은 없습니다. 당신들에 대한 결정은 전적으로 함장님의 권한이니 말입니다.

"함장이라니?"

계속해서 함장이라는 단어를 사용하는 것에 의문이 든 미하일이 미네르바를 향해 물었다.

　―방금 전에 당신들과 싸우셨던 분이 제 통제권자이신 함장님이십니다.

　"으… 음."

　―함장님께서 오시면 당신들이 알고 있는 것을 모두 말씀하셔야 할 겁니다. 무척이나 궁금해하시는 것들이 많으니 말입니다. 그리고 이미 짐작하시겠지만 거짓은 허용이 되지 않습니다. 그에 따른 대가도 무척이나 크니 염두에 두십시오.

　'틀렸군. 그럼 자결하는 수밖에.'

　이미 겪어본 한철의 능력은 감당이 되지 않는 것이었다. 거기다 자신에게 목소리를 보내오는 미지의 존재도 만만치 않아 보였다. 비밀을 토설했다가는 자신의 가족들이 어떻게 되는지 뻔하기에 미하일은 취조가 시작되기 전 자결을 할 생각으로 어금니에 장치되어 있는 것을 건드렸다.

　'없다! 그사이 제거한 것인가? 그렇다면 할 수 없이… 이, 이럴 수가…….'

　"어떻게 된 일이냐?"

　자신의 의지대로 자결을 할 수 없게 된 미하일은 두려움을 느끼며 미네르바에게 물었다. 자신이 완전히 무기력하게 되었다는 것을 느낀 것이다.

　자신의 어금니 속에 있던 청산가리 캡슐은 온데간데없이 사라졌고, 혀를 깨물려 해도 깨물 수가 없었다. 자살하려고 하는 자신의 의지와는 달리 신체가 반응을 하지 않고 있는 것이다.

—호호호, 헛된 생각은 하지 마십시오. 이곳으로 워프되는 동안 당신들의 이에 장치되어 있는 자살 도구들은 모두 제거됐습니다. 그리고 당신들의 몸은 제가 통제하는 상태라 스스로 죽으려고 해도 몸이 반응하지 않을 겁니다. 그러니 당신들은 스스로 목숨을 끊을 수 있는 어떤 수단도 없음을 이제부터 명심하셔야 할 겁니다.

"으… 음."

"이, 이런……."

"그, 그럴 수가!!"

세 사람이 믿을 수 없다는 듯 서로를 바라보았다. 카르넨코와 유린도 자결을 하려다가 미하일과 똑같은 상황을 겪었기에 의혹이 이는 눈으로 미하일을 바라보고 있는 중이었다.

하지만 수하들과 마찬가지로 아무것도 알 수 없었던 미하일은 고개를 흔들 수밖에 없었다.

—그럼, 함장님의 취조에 앞서 지금부터 제가 몇 가지 묻겠습니다. 쓸데없이 감추거나 하지는 마십시오. 이미 대부분은 파악되었고 확인 차원에서 하는 질문이니 말입니다.

"……."

단정하듯 말을 이어가는 미네르바의 목소리에 장내에 있던 세 사람은 입을 다물 수밖에 없었다. 지금 자신들이 듣고 있는 이야기들이 사실일 가능성이 매우 컸기 때문이다.

―당신들은 러시아 국가정보국 소속으로 알고 있습니다. 러시아 국가정보국에서 공식적인 통로를 통해서 당신들에게 명령을 내린 적이 없는 것으로 알고 있는데 당신들에게 명령을 내린 사람은 누굽니까?

"……."

예상대로 모든 것을 알고 있는 미네르바의 질문에 세 사람이 침묵으로 일관했다.

―일곱 자매[Seven Sisters]라? 의외로군요.

"어!!"

갑작스러운 말에 미하일이 사색이 되었다. 아주 잠깐이지만 이번에 연락책이 된 자의 소속을 떠올렸을 뿐인데 어김없이 알아낸 것이다.

한철을 상대할 때와 마찬가지로 자신의 생각이 읽혔다는 느낌에 미네르바가 능력자인지 궁금증이 일었다.

"능력자인가?"

―호호호, 전 당신들이 생각하는 능력자는 아닙니다. 하지만 어느 정도 당신들과 같은 능력을 사용할 수는 있지요.

"……?"

미네르바가 초자아 컴퓨터라는 것을 모르는 미하일은 의문 섞인 표정만 지을 뿐이었다. 이야기하는 투로 봐서는 거짓은 아닌 것 같았다. 또 다른 마스터 급의 등장이 아니라는 사

실에 안도의 한숨을 쉬기는 했지만 그저 모르는 척 넘어갈 일
은 아니었다.

"능력자가 아니라면 어떻게?"

─그리 궁금해하실 것은 없습니다. 어차피 알아도 소용이
없는 일이니까요. 그리고 이제 기본적인 사항은 모두 알았으
니 묻는 것은 그만 하도록 하지요. 함장님께서는 앞으로 네
시간 후면 올 테니 모두들 편히 쉬고 있도록 하십시오. 당신
들에 대한 결정은 그때 내려질 테니.

"자, 잠깐!!"

미하일이 다급히 불렀다. 그러나 미네르바의 목소리는 더
이상 들려오지 않았다.

"그자가 올 때까지 기다려야겠군. 하지만……"

미하일은 불안함이 엄습함을 느꼈다. 자신이 속한 조직이
나 적을 상대할 때도 느껴보지 못한 기분이었다.

자신들과 같은 자들의 능력을 무력화시키고 머릿속에 있
는 정보를 간단히 빼내간다는 것은 자신들이 속한 조직으로
서도 무척이나 힘든 일이었기 때문이다.

미하일과 두 사람이 망연자실하고 있을 무렵, 미네르바는
함교에 있었다. 유한철과 처음 대면했을 때의 모습인 푸른색
의 하늘거리는 토가 차림으로 고민에 빠진 모습이었다.

─함장님께서 명령하신 대로 알아내기는 했지만 아직은

부족하다. 미하일이라는 자가 알고 있는 것은 빙산의 일각일 뿐일 테니까 말이야. 그럼 우선 일곱 자매에서 나왔다는 그자부터 찾아야 하나? 그렇지만 함장님이 내가 처리한 일에 대해 좋아하실지 모르겠구나.

미네르바가 빠진 고민은 다른 것이 아니었다. 미하일에게서 얻은 정보를 이용해 그에게 명령을 하달한 조직을 캐기 위해 임의대로 행동한다면 강미연의 집을 뒤졌을 때와 같이 한철의 미움을 살 수도 있었기 때문이다.

의지는 물론 인간의 감정도 약간이나마 가지고 있는 미네르바는 당시의 일로 마음이 상해 자신의 통제권자인 한철을 골려주기는 했지만 당시 기분이 좋지는 않았었다.

골려주는 일이야 어차피 한철이 수련해야 할 프로그램의 강도를 조금 더 상향 조정한 것뿐이었다. 그런 투정은 통제권자를 최우선적으로 보호해야 할 자신의 사명에도 크게 어긋나지 않았기에 문제가 되지는 않았다.

하지만 한철이 당시 자신을 대하는 태도는 미네르바로서도 다시는 겪고 싶지 않은 일이었기에 망설이고 있는 것이다.

―어차피 제일 명령에 부속된 일이니 실행하도록 하자. 선무화를 익히시는 이상 머지않아 3단계 차폐도 개방될 것이니 문제 삼지는 않으시겠지.

미네르바는 결심을 굳히고 자신의 판단대로 하기로 했다. 앞으로 한철이 상대해야 할 적이 가공할 힘을 가지고 있음을 알 수 있었기에 그에 따르는 준비를 해야 했던 것이다.

*　　　*　　　*

붐비는 인천공항에서 한 인물이 출국 게이트 앞을 서성이고 있었다. 벌써 몇 시간째 서성거리는 청년을 바라보는 공항 보안요원들의 눈에 안타까움이 비치고 있었다.

"마중 나오기로 한 사람이 안 나온 모양이로군."

"그런 것 같은데, 벌써 몇 시간째 저러고 있으니 아마 오기는 틀린 모양인데……."

공항 보안요원들도 몇 번이고 도움을 주려고 말을 걸었지만 괜찮다는 청년의 말에 이제는 그저 지켜볼 뿐이었다.

"가지. 어린아이도 아니니 마중을 나오지 않는다면 알아서 하겠지."

"그렇게 하는 것이 좋겠군. 이제 순찰 돌 시간도 됐으니 말이야. 가세."

서성이는 청년에 대해 신경을 접은 보안요원들이 자리를 떠나 다시 순찰을 하기 시작했다.

공항 보안요원들이 바라보고 있던 청년은 민유준이었다. 180센티미터의 키에 훤칠한 외모를 가지고 있는 민유준은 마중을 나오기로 한 한철이 보이지 않았기에 벌써 몇 시간째 공항 로비를 배회하고 있었던 것이다.

한철의 말에 한국행 비행기에 몸을 실어 돌아온 유준은 지금 속에서 열불이 나고 있었다.

"으드득!"

얼마나 화가 났는지 이가 갈리는 소리가 민유준의 입에서 흘러나왔다. 자신을 마중 나오겠다고 하던 한철은 인천국제공항에서 코털조차 볼 수 없었다.

자신을 그냥 오라고 할 한철이 아니었기에 계속해서 붙잡는 막스플랑크연구소의 소장에게 미련없이 사표를 제출하고 온 터였기에 배신감이 더했다.

"이 녀석, 어찌 올 생각을 안 하는 거야, 정말! 비행기 표까지 보내올 정도라면 내가 몇 번 게이트에서 나올지 알았을 텐데 말이야."

벌써 다섯 시간이 넘었다. 이제 슬슬 해도 저물 시간이고 아무리 기다려도 한철은 오지 않을 것 같았다. 오랜만에 고국에 돌아와 공항 근처를 헤매는 것도 한두 시간이지 이제는 다시 독일로 돌아가고 싶은 심정이 굴뚝같았다. 하지만 자신의 목숨보다 소중한 한철의 요청으로 한국에 온 터라 그럴 수는 없기에 일단 공항을 떠나 예약해 놓은 호텔로 가기로 했다.

"에라, 모르겠다. 일단 공항 사무소에 연락처를 남기고 호텔로 가야겠다."

민유준은 더 이상 기다릴 수 없다고 생각했는지 공항 사무소에 들러 자신의 인적사항과 묵을 호텔을 남긴 후 서울로 가는 택시를 잡아탔다.

"아저씨, 인터컨티넨탈 호텔로 가줘요."

"알겠습니다, 손님."

민유준은 택시를 잡아타고 미리 예약해 두었던 호텔로 향했다. 공항 도로를 달려 강남구 삼성동에 위치한 인터컨티넨탈 호텔에 당도하기까지는 두 시간이 조금 더 걸렸다.

독일에서 오기 전 이미 호텔 예약이 끝난 상태였다. 호텔 로비에서 예약을 확인하고 자신의 객실로 올라온 유준은 짐도 풀지 않고 호텔 객실에 마련된 컨넥터를 이용해 자신의 노트북을 연결시켰다.

"어떻게 그런 일이 있을 수 있는지……."

유준은 비행기 안에서 있었던 일을 상기하고는 자신의 노트북을 이용해 인터넷 안에 담겨 있을지도 모르는 자료를 검색하기 시작했다.

유준은 고국으로 돌아오는 동안 놀라운 경험을 했다. 비행기 앞좌석에 붙어 있는 패널형 영화감상 장치에서 다른 사람과는 달리 누군가가 남겨놓은 메시지를 보았던 것이다.

헤드셋을 끼고 들려온 음성은 더욱 놀라운 것이었다. 그것은 한 회사에 대한 정보와 아울러 한철이 그 회사를 인수하기 위한 치밀한 시나리오를 설명하고 있었던 것이다.

비행기 안에서 들었던 것이 아니었다면 유준은 공항에서 벌써 독일로 다시 돌아가고도 남았을 것이다. 그 안의 내용

중 마지막 문구가 아니라면 말이다.

　비상(飛上) 삼족오(三足烏).

　자신과 한철이 주도가 되어 이끌어가던 교내 동아리의 명
칭이 바로 삼족오였다. 원래는 국사를 연구하는 국자감이라
는 명칭을 가진 동아리였지만 우리 민족의 원류를 찾아 진정
한 역사의식을 가지고 민족의 부흥을 위해 노력하자고 다짐
하며 재탄생시킨 동아리가 바로 삼족오다.
　중학생이 주도되어 동아리의 명칭과 취지를 변경시켰지만
기존의 선배는 물론 사회에 진출한 선배들까지 동아리의 변
신을 환영해 마지않았다.
　그렇게 영역을 넓힌 삼족오에서 활동했던 회원들의 모토
중 가장 중요했던 것이 바로 비상 삼족오였다. 민족의 정기를
부흥시키고 세계 속에 우뚝 설 수 있는 기회가 오면 쓰기로
한 것이 바로 비상 삼족오라는 문구인 것이다.
　비상(飛上) 삼족오(三足烏)라는 말은 동아리 회원이라면 누
구나 쓸 수 있지만 그렇다고 결코 함부로 쓸 수 있는 날은 아
니었다. 민족의 부흥을 위한 기회를 잡을 수 있는 일이 그리
쉽지 만은 않은 까닭이다.
　그리고 잘못 썼다가는 동기들은 물론 선후배들에게 뼈마
디가 수십 군데 부러져야 용서받을 일이다.

그것은 바로 삼족오 동아리 회원들 전체를 소집하는 비상 암호였던 것이다.

"어디, 볼까?"

자신의 비밀 때문에 이제는 잘 만지지는 않지만 컴퓨터는 한때 유준의 장난감이었다. 아니, 수족이었다. 그러나 지금은 아니었다. 꼭 필요한 경우가 아니라면 일부러 컴퓨터는 쳐다보지도 않았다.

중학교 때 미국의 국무성과 CIA의 메인 컴퓨터를 해킹하지 않았더라면 계속해서 다루고 있었을 테지만 지금은 거의 사용하지 않았던 것이다.

독일로 유학 간 이후로도 연구할 때 이외에는 일절 사용하지 않고 있던 것을 사용하기 시작한 것이다.

타타타타!

기이할 정도로 빠른 손놀림이 끝난 후 노트북의 화면에는 몇 가지 영상이 떠올랐다. 각종 선박에 대한 자료로 수송선은 물론 전투형 군함까지 상당한 숫자의 이미지와 그 제원에 대한 설명이 화면상에 떠올랐다 사라졌다.

타타타타!

다시금 손이 움직이고 이번에는 다른 형태의 군함과 수송선들의 이미지가 떠올랐다.

유준의 손놀림은 한동안 계속되었다. 그가 찾아낸 이미지들과 설명은 채 1분도 못 되는 시간 동안 떠올랐다가 사라져 갔다. 해상에서 쓰일 만한 전력에서부터 전투기와 전폭기, 헬기 등 공중 전력, 야포와 전차 등 지상 전력까지 그가 찾아낸 것들은 모두 전쟁과 관련된 것들이었다.

그렇게 유준이 작업을 끝낸 시간은 처음 노트북을 만지고 나서 두 시간이 지났을 때다.

"휴우! 오랜만이라서 조금 힘들군. 그냥 그걸 사용할 걸 그랬나?"

유준에게는 아무에게도 말하지 못하고 있는 조금은 특별한 능력이 있었다. 그가 가진 능력은 자신의 가장 절친한 친구인 한철도 자세히 모르고 있는 그만의 비밀이었다. 그가 뇌분석학으로 유명한 독일의 연구소로 유학을 떠난 이유도 자신이 가지고 있는 특별한 능력 때문이었다.

자신이 감추어두고 있는 특별한 능력을 사용하면 방금 전에 한 작업 같은 것은 몇 분도 되지 않아 금방 끝날 수 있는 일이었지만 유준은 그렇게 하고 싶지 않았다. 감추어둔 능력을 사용하면 자신이 인간이라는 사실을 자각할 수 없기 때문이다.

그리고 이번 일은 한철의 일이라 그저 순순하게 자신의 인간적인 능력으로 해내고 싶었기에 자신의 특별한 능력은 사용하지 않기로 한 것이다.

그러나 유준이 의식하지 않고 있었지만 아무에게도 걸리

지 않고 정보들을 무사히 해킹을 할 수 있었던 것은 그가 가진 특별한 능력 때문이었다. 자신도 모르는 사이에 그가 가진 특별한 능력이 작용하고 있었던 것이다.

'가급적 쓰지 않기로 했으니 쓸데없는 생각은 접고 정보나 분석해 보자.'

자신이 가지고 있는 능력에 대한 생각을 접은 유준은 다시 컴퓨터에 집중하기 시작했다.

유준이 지금까지 본 자료들은 모두가 극비로 다루는 군사정보들이었다. 미 국무성은 물론 CIA, 러시아의 FSB(연방보안국), 이스라엘의 건재를 보장한다는 모사드의 APM(분석국), 일본의 내각조사실의 내각정보집약센터까지 전 세계에서 난다 긴다 하는 정보기관의 데이터뱅크를 뒤져 찾아낸 정보들이었다.

유준이 추적을 당할 위험이 있음에도 이들 정보부서의 컴퓨터를 해킹한 것에는 이유가 있었다. 비행기 안에서 들었던 계획대로라면 반드시라고 할 만큼 꼭 필요한 자료들이었기 때문이다.

"전부 스탠드 어론형이라 조금 힘들기는 했지만 무사히 정보는 얻었고, 잠시 쉬었다가 그 녀석이 내게 남긴 과제를 한 번 분석해 봐야겠다."

정보 분석을 끝내고 피로감을 느낀 유준은 잠시 소파에 앉아 쉬었다. 오랜 비행기 여행과 공항에서의 기다림에 이어 곧바로 컴퓨터를 통해 분석 작업을 한 탓에 피곤이 몰려든 것이다.

　"슬슬 시작해 볼까."
　잠시 쉰 유준은 소파에서 일어나 다시 컴퓨터 앞에 가서 앉았다. 기력을 회복한 것인지 유준이 다시금 컴퓨터를 두드리는 소리가 경쾌하게 호텔 방 안을 맴돌았다.
　유준이 찾고 있는 것은 이번에 한철이 계획한 일의 중심축이 되는 것들이었다.
　몇 번의 움직임이 있고 난 후, 노트북의 화면에는 한 회사의 현황이 떠오르고 있었다. IMF 이후 파산 직전까지 갔다가 공적자금이 투입된 후 다시금 기사회생해 정상 상태로 돌아오고 있는 한 회사에 대한 자료였다.
　"미우해양조선이라……."
　자산 규모 4조원, 연 매출액 1조원의 선박 건조 회사의 명칭이 유준의 입에서 흘러나왔다.
　대부분의 지분을 자산관리공사에서 가지고 있는 회사로 이제 어느 정도 회복 단계에 들어와 국내 굴지의 그룹들이 M&A 대상으로 물망에 올려놓고 군침을 흘리고 있는 기업이었다. 유준은 지금 자산관리공사의 컴퓨터를 해킹해 미우해양조선의 자료들을 검색하고 있었던 것이다.
　특히 그가 관심있게 지켜보고 있는 것은 이 회사가 관리대상으로 들어가기 전 방산업체로 참여해 개발한 신형 잠수함에 대한 자료였다.

한동안 뚫어지게 바라보는 유준의 눈에서는 알 수 없는 빛이 지나갔다. 섬광처럼 지나간 그 빛은 보통 사람이라면 절대로 볼 수 없는 것이었다.

"으음, 어지럽군. 능력을 사용하지 않으면 여기까지가 내 한계인가?"

알 수 없는 말을 흘리며 유준이 컴퓨터를 껐다.

삐리링!

특유의 소리와 함께 컴퓨터가 잠에 빠져들자 유준은 침대로 다가가 벌렁 누웠다.

"이제 그 녀석만 찾으면 되는 건가? 공항에 오지도 않고, 이상하군."

평소의 한철이라면 틀림없이 공항에 마중을 나와 있어야 했다. 그렇지만 아무런 연락도 없이 나오지를 않았다.

걱정이 든 유준은 더 이상 쉴 수가 없어 자리에서 일어나 컴퓨터로 다시 다가갔다. 이번에는 한철의 소재를 찾아보려 했던 것이다.

딩동!

"누구지?"

찾아올 사람도 없고, 프론트를 호출하지도 않았는데 벨 소리가 울렸다. 유준은 고개를 갸웃거리며 방문으로 다가갔다.

"누구십니까?"

"유한철님이 보내서 왔습니다."

"예? 한철이가요?"

의심이 들 만도 하건만 유준은 급히 문을 열었다. 방금 들려 온 목소리는 비행기 안에서 몇 시간 동안 자신의 귀를 간질이던 그 목소리였기 때문이다.

딸각!

문을 열자 아름다운 여인의 얼굴이 눈에 들어왔다. 비행기 안에서 헤드셋을 통해 들려왔던 목소리만큼이나 아름다운 얼굴이었다. 그녀의 얼굴은 한철이 네르키즈에 승선해 보았던 미네르바의 또 다른 모습이었다.

"죄송합니다. 제가 늦게 도착해 알아보니 유준님께서 이 호텔로 가셨다는 소식을 듣고 이제야 찾아왔습니다."

이미 유준의 행방에 대해 독일에서부터 체크를 다 해놓고도 천연덕스럽게 말하는 미네르바였다.

"그러셨군요. 안으로 들어오십시오."

사과하며 고개를 숙이는 미네르바를 향해 유준이 손짓으로 들어오도록 했다.

"한철이는요?"

미네르바를 들어오게 한 유준은 그녀가 탁자에 앉자마자 한철의 일부터 물었다.

"급한 일이 있어 오시지 못하고 저를 대신 보내셨습니다."

"일이 있었다고 안 올 놈이 아닌데……. 실례지만 한철이와의 관계가……?"

한철이와의 관계가 어떤 것이지 알지 못함을 기억해 낸 유준이 물었다.

"보스께서 하시는 일을 돕기 위해 비서 일을 보고 있습니다."

"아! 그러시군요."

행여 여자 친구가 아닐까 하는 기대감을 가졌던 유준은 조금은 실망스러운 표정을 지었다.

"보스라……. 그런데 급한 일이란 것이 무엇이기에 그놈이 공항에도 나타나지 않은 거랍니까?"

한철과 미네르바의 관계를 확인한 유준은 조금은 통명스러운 목소리로 물었다.

"지금은 말씀드릴 수 없습니다만 상당히 중요한 일입니다. 그리고 한동안 유준님께서는 서울에서 일을 보셔야 하기에 제가 대신 온 것입니다."

"한철이가 서울에 없는 건가요?"

미안한 표정으로 변명하는 미네르바를 보며 유준은 한철이 서울에 있지 않음을 알 수 있었다.

"그렇습니다. 지금은 지리산 인근에 계십니다."

"지리산이요?"

"보스의 어머님 되시는 분께서 남기신 집이 지리산 인근에 있습니다."

"그렇군요. 그런데 실례지만 성함이……."

아직까지 이름을 물어보지 않았음을 기억해 낸 유준은 조심스러운 표정으로 미네르바의 이름을 물었다.

"한지예라고 합니다."

이미 생각해 놓은 이름이기에 한지예로 화신한 미네르바는 간단하게 대답했다.

한지예는 국가 전산망을 해킹해 등록해 놓은 가공의 인물이지만 법적으로는 아무런 하자가 없는 인물이었다.

분당으로 되어 있는 주소지 동사무소는 물론, 각급 학교의 전산망을 해킹해 기록을 조작해 놓고 원본의 서류들을 수정하거나 원본과 다를 바 없는 관련 서류를 관련 기관의 보관지에 워프로 전송해 놓은 상태였기에 누가 한지예라는 인물을 조사한다고 해도 법적으로 하자가 하나도 없는 가공의 인물이었던 것이다.

"예쁜 이름이시군요."

"칭찬 감사합니다."

"그런데 제가 서울에서 할 일은 무엇이지요?"

유준은 자신이 서울에서 할 일이 있다는 소리에 무엇을 해야 하는지 물었다. 대략의 계획은 이미 비행기를 타고 오며 들었지만 정확한 자신의 역할은 아직까지 모르고 있었기 때문이다.

"유준님께서 하실 일은 회사를 하나 차리는 겁니다. 유준
님께서도 반가워하실 몇 분이 도와주실 겁니다."

"반가워할 사람이요?"

"그렇습니다. 서울에서 사시는 분은 공항에서 이곳으로 오
기 전에 미리 연락을 해놓았고, 다른 분들은 서울에 도착하실
때쯤에 연락을 드렸으니 얼마 안 있어 모두 이리로 오실 겁니
다."

"그렇군요."

무엇인가 알 수 없는 느낌에 유준이 대답을 하며 한지예로
화신한 미네르바를 바라봤다.

'묘한 여자다. 마치 거울을 통해 나를 보는 것 같은 느낌은
뭐지? 그나저나 한철이 이놈은 이런 여자를 비서로 두고, 크
크크, 아주 재미있을 것 같은 기분이야. 아주.'

자신의 질문에 묘한 미소로 화답하는 한지예로 화신한 미
네르바를 보며 유준은 재미있을 것 같다는 생각이 들었다. 눈
앞에 있는 한지예가 유준으로서는 무척이나 흥미로웠던 것이
다. 뭔가 알 수 없는 동질감을 한지예로부터 느끼는 유준이었
다.

그로부터 얼마 후 유준은 한지예의 말대로 무척이나 반가
운 얼굴들을 볼 수 있었다. 자신과 한철이 마음을 터놓고 지
내던 학교 선배들과 자신이 묵고 있는 호텔 객실에서 조우할

수 있었던 것이다.

유준의 방을 찾아온 사람들은 한지예와 유준을 제외하고 모두 네 명이었다. 학교를 다닐 때부터 모두가 한 방면의 천재라고 자부할 수 있는 사람들로 유준도 꽤나 존경해 마지않는 선배들이었다.

사람들이 모두 도착하자 유준을 비롯한 다섯 사람은 한철의 계획을 한지예로부터 들을 수 있었다.

한지예의 설명을 들으며 사람들은 두 가지에 놀라야 했다. 하나는 한철의 계획이 자신들이 생각했던 것보다 더욱 거대하다는 것과 다른 하나는 한예지라는 여자였다.

자신들도 천재라 자부하지만 눈앞에 있는 한지예는 그들이 보기에 자신들을 능가하는 진짜 천재로 보였던 것이다.

인간의 머리에 어떻게 그렇게 많은 정보가 들어 있을까 하는 의구심까지 들 정도로 긴 시간을 질문 한 번 못하고 설명을 들어야 했기 때문이다. 밤 10시가 넘은 시간부터 다음날 동이 틀 때까지 설명을 들은 것이다.

그렇게 한지예의 설명이 다 끝나자 누군가가 질문했다.

"조금 의외이기는 하지만 계획상으로 한철이가 생각하고 있는 일은 충분히 가능한 일입니다. 하지만 현재 동원할 수 있는 자금이……."

의문을 제기한 것은 특허청에 근무하며 신기술 분야의 특허를 전문적으로 심사하는 일을 담당했던 김한영이었다.

한지예가 설명한 계획대로 하자면 천문학적인 액수의 자금이 들어가는 일이었다. 한두 푼도 아니고 그런 자금을 조달할 여력이 일개 개인에게 있을 턱이 없었기에 의문을 제기한 것이다. 그것은 다른 사람도 마찬가지였다.

"뭘 걱정하시는지 다 압니다. 하지만 자금에 대해서는 조금도 걱정하지 마십시오. 현재 초기 자본금은 1,000억 원, 그리고 2단계 계획이 시작될 때는 2,000억 원이 투입될 겁니다. 또한 언제 어느 때고 투입할 수 있도록 3조 원의 추가 자금을 준비하고 있습니다. 여건에 따라서는 더 투자할 수도 있습니다."

"예?"

"저, 정말입니까?"

모여 있던 사람들이 탄성을 터뜨리며 진실인지를 물었다. 특히 펀드계의 살아 있는 신화이자 마이다스의 손이라 불리는 오창운은 목소리까지 떨며 물었다.

"사실입니다. 그 모든 자금은 전액 현금으로 보스의 개인 계좌에서 나올 겁니다. 그러니 자금에 대해서는 걱정하지 않으셔도 됩니다."

"한철이가요?"

남아 있는 재산을 모두 사기꾼에게 사기당했다는 사실을 알기에 유준이 물었다. 그런 자금이 한철에게 있다는 사실이 의문이 아닐 수 없었던 것이다.

"자금에 관해서는 보스께서 자세히 설명해 주실 날이 있을
겁니다. 하지만 보스가 투입하실 자금에는 단 한 점의 하자도
없을 테니 염려하지 않으셔도 됩니다."

"알았습니다."

유준은 한철이 자신에게 비밀이 있다는 사실에 기분이 그
리 좋지 않았지만 일단 궁금증은 참기로 했다. 한지예로 화신
한 미네르바의 표정을 보면서 뭔가 사정이 있음을 짐작한 때
문이다.

Chapter 3
비상을 위한 시작

자금 계획에 대한 세세한 설명이 이어졌다. 방 안에 있던 사람들은 한지예의 설명에 한철의 계획이 치밀하게 준비되고 있음을 다시 한 번 느낄 수 있었다.

"내가 할 일은 구체적으로 뭐요?"

한쪽에서 묵묵히 듣고 있던 사나이가 물었다. 이곳에 초대된 사람들과는 다른 목적으로 불러들인 최민석이었다.

말문을 연 최민석은 기업형 조폭으로 IQ 175의 천재다. 학업성적 또한 뛰어나 대기업에 취직을 할 만도 하건만 그가 대학을 졸업하고 뛰어든 곳은 다름 아닌 암흑가였다.

영동 지역을 중심으로 일진상사라는 물류 회사를 차리고

점차 강남 지역을 잠식해 가고 있는 상태로 지금은 암흑가의 조직들로부터 견제를 받고 있는 사나이였다.

수하들로부터 전폭적인 지지와 믿음을 받고 있을 뿐만 아니라 머리 회전 또한 무척이나 빠른 사람이 바로 그였다.

거기다가 강남에 진출하기 전 대홍회라는 폭력 조직의 본부를 단신으로 치고 들어가 박살 낸 전력이 있을 만큼 일신의 실력 또한 강해 전국구 중 다크호스로 떠올라 있는 상태였다.

그는 현존하는 각종 무술뿐만 아니라 마상 무예인 마상재를 익혀와 웬만한 무예가들도 쉽게 대적하지 못할 정도의 실력을 소유했을 뿐만 아니라 뒷골목의 싸움에도 천부적으로 타고난 소질을 갖고 있었다.

겉보기에는 허약해 보이지만 이 자리에 있는 사람 중 그가 제일 무서운 사람임을 알고 있는 미네르바는 천천히 입을 열었다.

"최민석 씨의 일은 무척 중요합니다."

"글쎄, 그게 뭐냐는 거요? 나야 주먹으로 먹고사는 몸이라 이런 일에 할 것이나 있을지 몰라서 묻는 것이오."

뜸을 들이는 한지예를 향해 민석이 다그치며 물었다.

"이번 인수전에는 주먹이 동원될 수도 있습니다. 미우해양 조선을 노리는 그룹 중 제일 유력한 곳이 유성과 모산 그룹이기 때문입니다."

"유성과 모산이라……."

민석의 눈빛이 갑작스럽게 빛났다. 살기와 같은 기운이 그의 몸에서 퍼져 나오자 방 안에 있는 사람들의 몸이 가늘게 떨렸다. 그만큼 민석이 뿜어내는 기운이 무서웠던 것이다.

살기를 내뿜으며 두 그룹의 이름을 중얼거리는 민석에게 한지예를 제외한 모두의 시선이 집중되었다. 어째서 민석이 이곳에 있는 것인지 의문이 드는 그들로서는 뭔가 사연이 있는 듯한 민석의 말투가 신경이 쓰였던 것이다.

"모산 그룹은 모르겠지만 유성 그룹은 내가 좀 알지. 그렇다면 이번 인수전에 내가 필요할지도 모르겠군."

잠시 후, 살기를 가라앉힌 민석이 고개를 끄덕이며 재미있다는 표정을 지었다. 혹시나 하는 생각에 온 길이었지만 그동안 고심하던 일에 대해 한 가닥 활로를 찾을지도 모른다는 생각이 들었던 것이다.

"최민석 씨께서 하실 일에 대해서는 아무래도 기밀을 요하는 일이니 별도로 설명을 드리겠습니다."

"알았소."

암흑가의 일에 대해서는 동료라 하더라도 알아서는 그리 좋지 않다는 것을 알기에 민석은 미네르바의 말에 수긍했다.

민석의 모습을 지켜보던 한지예는 다른 이들에게 앞으로의 할 일을 부탁했다. 제일 먼저 거론한 것은 기술 파트였다.

"그럼 천 박사님은 소재 부분을 집중해 주십시오. 어려운 일이겠지만 천 박사님의 역할이 제일 중요합니다. 기자재는 이미 준비 중이고, 도움을 주실 분들은 며칠 후 모일 예정이시니 국방과학연구소를 그만두시는 대로 약속 장소로 오시면 됩니다. 그때쯤이면 연구하시는 데 필요한 모든 준비가 끝났을 테니 말입니다."

"이번 계획을 뒷받침할 기술들을 연구할 기자재가 이미 준비되고 있다는 말입니까?"

한지예의 설명에 안경을 치켜 올리며 질문을 한 이는 지질학자이자 무기 및 유기 재료 공학도로 소재 분야에 있어 탁월한 식견을 가지고 있는 천호영이라는 사람이었다.

현재 국방과학연구소에서 나노 기술을 이용한 신소재 분야를 연구하고 있는 책임연구원으로 한철이 세운 계획에 중요한 역할을 담당할 사람이었다.

그가 한 질문은 당연한 것이었다. 자신이 맡고 있는 기술에 대해 연구를 하자면 상당한 기자재가 준비되어야 한다. 유수의 대학도 가지고 있지 못하는 연구 기자재를 언제 준비했는지 의문이 들었던 것이다.

적어도 몇 년 동안 준비하지 않으면 결코 준비할 수 없는 것이었다.

"가서 보시면 알겠지만 지금까지 나온 어떤 연구 기자재보다 완벽하게 준비되고 있으니 걱정하지 마시기 바랍니다."

"알겠소. 어떤 것들이 있을지 무척 궁금하군요."

호영은 흥미로운 표정을 지으며 생각에 잠겼다. 자신이 연

구한 소재를 만들기 위해서는 상당한 기자재가 필요했던 것
이다.

'설마 플라즈마 발생기까지는 아니겠지.'

지금 연구 초기 단계에 있는 플라즈마 발생기는 겨우 몇 초
동안 몇백만 도의 온도를 유지하는 것이 전부다. 그렇지만 자
신의 연구를 완성하기 위해서는 적어도 1억 도의 플라즈마가
300초 동안 유지되어야 했다. 적어도 지금으로서는 불가능한
기술이다.

국책 기술로 연구되고 있는 케이스타(KSTAR)도 십 몇 년
이후에나 가능할 것으로 여겨지는 신기술이었기에 그런 것까
지는 기대하지 않았지만 자신하는 것으로 봐서는 상당한 기
자재가 준비되고 있다는 것을 느꼈기에 호영의 기분은 벌써
부터 설레고 있었다.

호영의 대답을 들은 한지예는 사람들을 둘러보며 말을 이
었다. 이제 본격적인 계획을 시작하기에 앞서 이들에게 주어
질 혜택에 대해 이야기하기 시작했다.

"좋습니다. 이제 의견이 모아진 것 같으니 이제 여러분 모
두가 발기인이 되는 겁니다."

"발기인이요?"

회사를 차리는 일과 관계가 되기에 창운이 물었다.

"이번에 설립될 투자 회사는 여러분 모두에게 일정 부분의
주식이 배분됩니다. 전체의 51%는 보스께서 가지게 되고 나

머지 49%는 이번 계획에 동참하시는 여러분에게 골고루 배분될 겁니다.

"어찌……? 그렇다면 한 사람당 800억 원이 넘는 금액이 배정되는 것이잖습니까?"

창운이 놀라 되물었다. 그가 알기로 이번 계획에 동참하기로 한 사람은 모두 20여 명이었다. 골고루 배분해 준다고 해도 투자금을 나누어봤을 때 49%라고는 하지만 개인당 약 800억 원이라는 엄청난 주식 배분이 돌아가기에 놀라 물은 것이다.

"몇 가지 조치가 있겠지만 보스께서는 여러분을 그 금액으로 스카우트하신 것이나 마찬가지입니다. 민족의 중흥인 삼족오의 비상을 위해서 말입니다."

"으… 음."

"……."

모두가 침묵에 잠겼다. 개인당 800억 원이면 엄청난 금액이었다. 예금만 해놓아도 이자만으로 아무것도 안 하고 놀아도 평생 쓰지 못할 돈이었다.

아무리 젊은 혈기에 민족의 중흥을 위해 모든 것을 던지겠다고 한 한철이지만 그 정도의 돈을 내놓을 정도면 자신들이 들은 계획도 그렇고, 정말로 민족의 비상을 위해 작정하고 덤비는 것이 분명했다.

"그럼 오늘부터 본격적으로 시작하겠습니다."

침묵을 깬 것은 한지예였다.

"좋아, 어차피 한철이를 만나면 어째서 그 회사를 인수하려는지 알게 되겠지. 그렇지만 한지예 씨, 우선 밥부터 먹고 하는 것이 좋지 않을까요?"

유준은 한철을 믿기에 결심을 굳힌 것 같았다. 하지만 미우 해양조선의 인수전에 뛰어들기 전에 우선 배부터 채우는 것이 급선무였다. 비행기에서 내린 후 지금까지 아무것도 먹지 못했음을 기억해 낸 것이다.

"그렇게 하도록 하시죠."

인간이 아니기에 미처 생각하지 못한 부분이었다. 유준의 말을 듣고 모여 있는 사람들 대부분이 배가 고파하는 기색이 역력했다. 지금까지는 설명을 듣느라 시장기를 몰랐는데 유준의 말로 인해 자신들도 배가 고프다는 것을 느낀 것이 분명했다.

한지예의 대답을 끝으로 일행은 모두 방을 나섰다. 그리고 아침 식사를 끝낸 후 각자의 역할에 맞추어 일을 하기 시작했다. 그들이 제일 먼저 한 일은 각자의 직장에 사표를 내는 것이었다.

미네르바는 사실 한철과 민유준과의 약속을 체킹하고 있었지만 일부러 한철에게 이야기를 하지 않았다. 지금이 한철에게 있어 무척이나 중요한 시점이었기 때문이다. 한철은 지금 자신의 힘을 다스리는 것이 가장 급선무였던 것이다.

한철에게 잠재된 힘은 미네르바에게 저장되어 있는 정보에도 없는 것이었다. 자신의 동력원으로 반물질 전환력이라고 할 수 있는 넵코는 물론이고, 지구인들이 말하는 자연지기인 하이드내츄럴포스, 그리고 마력이라 일컬어지는 하이드마나포스, 마지막으로 정신 동력인 사이코 매트릭스 등 하나의 존재가 절대로 같이 가질 수 없는 힘을 한철이 동시에 가지고 있었다.

통제하에 있다면 더할 나위 없는 강력한 힘이나 그렇지 않다면 지구차원 전체를 소멸시킬 수 있는 힘이었기에 미네르바는 최선을 다해 한철이 그 힘을 통제할 방법을 찾고 있었다.

그러다가 발견한 것이 바로 강천우와 강미연이 익히고 있는 선무도였다. 그녀가 한철의 통제없이 강천우를 감시하고 그의 주변을 뒤져 선무도를 찾아낸 것도 그런 이유에서였다.

처음 존재를 확인했을 때부터 두 사람에게서 한철의 힘을 통제할 방법이 있다고 파악한 미네르바는 어쩔 수 없이 자신의 함장인 한철을 보호하기 위해 선무도를 통제 방법으로 선택한 것이었다.

미네르바는 지금 자신의 터미널을 이원화시켜 한철과 유준에게 열고 있었다. 한철이 선무도를 익히는 것에 집중하는 동안 유준을 통해 한철이 준비한 계획을 성사시키려는 것이다.

한철 대신 유준을 찾은 미네르바는 무척이나 놀랐다. 유준이 겐트리온 연합에서조차 한 명도 보유하고 있지 않은 사이코메카닉의 능력을 보유하고 있는 사람이었던 것이다.

정신으로 기계를 다룰 수 있는 사이코메카닉 능력은 어찌 보면 자신이나 골든나이트와는 천적의 관계에 있는 존재다. 아직은 능력이 미약하지만 만약 완전한 각성을 이룰 경우 겐트리온 연합의 가장 강력한 초자아 컴퓨터인 매직나이트를 능가할 수 있는 여지를 발견한 것이다.

다른 사람들도 마찬가지였다. 어찌 된 일인지 한철이 선택한 사람들은 본인들은 미처 느끼지 못하고 있지만 각자 상당한 능력을 가지고 있었다.

지구차원에서 보자면 거의 0.01%에 해당하는 초지각(超知覺)을 가지고 있는 능력자들이었고, 그중에서도 상위에 랭크될 정도로 강력한 힘을 가지고 있었던 것이다.

한 방면에 특화되기는 했지만 만약 그들이 힘을 합해 무엇인가 한다면 그 파급효과가 얼마나 미칠지 미네르바로서도 가늠이 되지 않았다.

사람들이 신상 정리를 끝내고 왔을 때 미네르바는 오창운에게 지금까지 매입한 주식 현황을 알려주었다. 미우해양조선을 인수하기 위해 1차 목표로 하고 있는 금융회사의 주식을 매입한 형황이었다.

이미 많은 준비를 했던 미네르바는 한철이 주식 거래 통장을 만든 후부터 벤처캐피탈 회사를 하나 물색해 주당 6만 5천 원에 27% 정도를 매집해 놓은 상태였던 것이다.

인수한 후 금융지주회사로 키우고 이를 통해 미우해양조선을 인수할 목적으로 적당한 회사였다. 아직 더 많은 주식이 필요하지만 그것은 머지않아 오창운의 능력으로 해결될 것이기에 염려가 없었다.

"한철이가 잘 골랐군요. 동양창업투자는 상당히 건실한 회사입니다. 특히 주목할 만한 것은 이 회사가 미우해양조선의 지분 23%를 보유하고 있다는 것이죠."

사실 미네르바가 한 일이지만 주식 현황을 검토한 오창운은 한철이 매우 적절한 선택을 했다고 생각했다.

이 정도의 지분에 자신의 인맥을 통한다면 51%까지는 무난히 지분을 보유할 수 있을 것이고, 어려운 일이 조금 있기는 하지만 이를 통해 미우해양조선을 먹어치우는 것이 그리 어렵지만은 않겠다는 판단을 내린 것이다.

"보스께서도 그 점을 주목하고 동양창투를 인수할 계획을 꾸미신 겁니다. 그게 현재로서는 가장 빠르니까요."

"맞습니다. 가장 빠른 방법이지요. 그렇지만 몇 가지 문제점이 있습니다. 노리는 그룹이 많은 만큼 치열한 로비전이 있을 겁니다. 이면에서 벌어지는 일을 어떻게 막을지는 모르지만 인수전에는 뛰어들 수 있을 겁니다."

M&A 과정에서 벌어지는 기업 간의 치열한 경쟁을 아는 오창운으로서는 우려를 드러내지 않을 수 없었다. 미우해양조선을 인수하면 기업의 운명이 바뀌는 곳도 꽤나 많은 상태이기에 이면에서 벌어지는 치열한 재계의 로비전은 상상도 못 할 것이기 때문이었다.

"그것은 걱정하지 마세요. 나름대로 상당한 배경이 작용할 테니까요. 그리고 이면에서 벌어지는 일 중의 한 파트는 최민석 씨께서 맡아주실 겁니다. 물론 비밀리에 말이죠."

미네르바는 오창운의 걱정을 이미 알고 있다는 듯 미소를 지으며 최민석을 바라보았다.

"창운아, 걱정 마라. 뒤는 내가 맡으마."

오창운과 동기동창이자 한철의 8년 선배인 최민석은 오창운을 안심시켰다. 그 또한 이런 일을 겪어보았기에 나름대로 자신이 있었다.

"그래, 너라면 믿고 뒤를 맡길 수 있겠지."

창운도 민석의 말에 기운을 낼 수 있었다. 이면에서 벌어지는 살벌한 일들을 민석이 해결해 주리라 믿은 것이다.

"아직은 몇 달 후의 일입니다. 그동안은 철저히 준비를 해야겠지요. 그동안 최민석 씨는 훈련을 받으셔야 할 겁니다. 하셔야 할 일은 그것뿐만이 아니니까요."

"그것뿐만이 아니라……. 뭔가 또 있는 거요?"

"그것은 따로 말씀드리도록 하지요."

"알았소."

최민석은 궁금했지만 일단 수긍했다. 비밀을 요하는 일이 분명했기 때문이다.

사실 미네르바는 최민석을 주목하고 있었다. 그의 운동능력은 물론 반사신경과 상황 판단 능력에 주목하고 있었던 것이다.

미네르바가 분석해 본 최민석의 능력은 신체적으로만 따지면 겐트리온 연합에 있는 최상급 전사를 능가하고도 남았다. 전사로서의 탁월한 능력을 타고났던 것이다.

거기다 비상한 머리 회전까지 가지고 있으니 앞으로의 일에 큰 역할을 맡을 수 있는 사람이었던 것이다.

골든나이트의 완성에 자신의 힘을 대부분 할애하고 있는 미네르바로서는 한철을 근접 경호하며 도움을 줄 수 있는 사람으로 최민석을 생각하고 있었던 것이다.

물론 그에 따른 훈련이 있어야겠지만 단시일 내에 미네르바가 요구하는 수준의 전사로 거듭날 수 있다고 판단했기에 그에게 맞는 특별한 프로그램을 준비하고 있는 중이었다.

"김한영 씨와 천호영 씨는 저와 함께 신소재 개발에 박차를 가해주십시오. 개발과 동시에 특허 분야도 동시에 끝나야 하기에 시간이 별로 없습니다. 이번 계획의 성패를 좌우하는 것이기에 매우 중요한 일이니 신경을 쓰셔야 합니다."

"알았소."

"걱정하지 마시오."

두 사람이 조금은 무뚝뚝하게 대답했다.

"다음 주 금요일에 이번 계획에 동참할 사람들이 지리산으로 모입니다. 다음 계획은 그분들과 함께해야 하니 그동안은 모두 동양창투를 인수하는 데 전력을 기울여 주시기 바랍니다."

미네르바의 말에 모두가 고개를 끄덕였다. 이제 삼족오의 비상을 위한 계획이 본격적으로 시작되었음을 그들도 인식한 것이다.

대화가 끝난 후 최민석을 제외한 다른 사람들은 미네르바가 마련한 사무실로 가기 위해 호텔을 나섰다. 이미 완벽한 준비를 끝낸 사무실로 동양창업투자를 인수하기 전까지 사용될 곳이었다.

다른 사람들이 나가고 유준이 묵고 있는 방에는 미네르바와 최민석만이 남았다.

"내가 할 일이 뭐요?"

사람들이 나간 후 최민석은 미네르바에게 단도직입적으로 물었다.

"최민석 씨가 하실 일은 보스뿐만 아니라 이번 계획에 참여 하는 사람들을 보호하는 것입니다."

"한철이와 사람들을 보호하는 것이란 말이요?"

뜻밖의 일이라 민석이 확인하듯 물었다.

"이번 계획이 성사되면 제일 껄끄러운 존재가 미국입니다. 그들이 손을 놓고 가만있지는 않을 테니까요."

"으… 음. 그렇긴 할 것 같군. 성공만 한다면 세계의 군사 패권 자체가 바뀌는 일이니까. 거기다가 천문학적인 금액이 오고가는 장사이니 그들이 가만있지는 않을 것이 분명하고, 그래서 한철이와 이번에 참여한 사람들을 보호해야 한다는 말이로군."

"그렇습니다. 보스께서도 훈련 중입니다만 아직은 제 궤도에 오르지 않은 상태입니다. 미우해양조선에 대한 인수전이 시작되고 본격적인 실행 단계가 되기까지 최민석 씨께서 사람들을 보호해 주셔야 할 겁니다."

"알았소. 하지만 미국에서 움직인다면 내가 그들을 막아낼 수 있을 것 같소? 주먹이야 자신있지만 아마도 내 능력으로 그들을 막아낸다는 것은 불가능할 거요."

최민석은 자신의 실력을 인식하고 있었다. 암흑가의 조직들이야 주먹으로 손을 보면 그만이다. 무기를 사용한다고 해도 칼이 대부분이고, 총기류도 권총이나 엽총류가 다였다.

하지만 미국 측에서 보내올 자들은 달랐다. 그야말로 인간 병기들이 올 것이 분명했다. 최신 무기로 도배를 한 살인병기들이나 특급 암살자를 보내온다면 자신으로서는 감당할 수 없다는 것을 잘 아는 민석이었다.

"훈련을 받아야겠지만 제가 마련한 프로그램을 끝내고 나면 그들이 어떤 수를 쓴다고 해도 충분히 보스는 물론 사람들을 보호하실 수 있을 겁니다."

"하하하, 내가 훈련을 받아야 한다는 말이오?"

미네르바의 말에 최민석이 되물었다.

"그렇습니다. 최민석 씨는 새로운 무예를 익히시게 될 것입니다. 그리고 제가 마련한 무기들에 대한 운용 방법도 습득하시게 될 것입니다."

"후후후, 내가 무예를 다시 배워야 한다는 말인가? 재미있는 이야기로군."

어이가 없는지 민석이 너털웃음을 흘리며 물었다. 한국에서는 자신의 적수가 없다고 생각한 그였기에 당연한 질문이었다.

팟!

민석의 질문이 끝나자마자 한지예의 손이 민석을 향해 뻗어졌다. 강력한 풍압을 동반한 한 수였기에 위기를 느낀 민석이 막으려 손을 뻗으려 했지만 이미 한지예의 손이 그의 이마에 닿은 후였다.

'제길! 이 여자가 힘을 거두지 않았다면 내 머리는 박살이 났을 것이다.'

이미 수많은 싸움을 경험한 민석은 자신이 미처 반응도 하기 전에 날아온 일격에 강렬한 힘이 담겨 있음을 느끼고 의문스러운 눈으로 한지예를 쳐다보았다.

"제가 지금 보여준 실력은 보스를 노리는 자들이라면 누구나 기본적으로 가지고 있습니다. 보스 또한 이만한 실력은 이미 가지고 있고 말입니다. 최민석 씨께서 보스와 사람들을 보호하고 놈들과 대등하게 대적하기 위해서는 제 프로그램에 따라 훈련을 해야 합니다."

"한철이를 노리는 자들이 누구요?"

반드시 그렇게 해야 한다는 의지가 담겨 있었기에 한지예를 바라보며 민석이 물었다.

단 한 수였지만 방금 보여준 한지예의 실력이라면 국내에서 상대할 만한 자는 거의 전무하다시피 했다. 한철의 실력도 이 정도라면 이미 자신의 실력을 넘어섰을 것이라는 판단을 내렸다. 어느 정도 짐작은 하고 있지만 민석은 한철을 노리고 있는 자들이 누구인지 정확하게 알고 싶어졌다.

"지금까지 드러난 자들을 살펴보면 CIA를 비롯한 세계 유수의 정보기관과 군산복합체, 그리고 석유메이저가 관련이 있는 것으로 나타났습니다."

"으… 음. 우리가 만들고자 하는 것이 그토록 무서운 거요?"

군산복합체는 어느 정도 예상은 한 바였지만 다른 것들은 예상 밖이었다. 그렇다는 것은 한철이 만들고자 하는 것이 자신이 알고 있는 것보다 더욱 무서운 것이라는 것을 느끼게 해주었다.

"그렇습니다. 지금까지는 한 번도 나온 적이 없는 무기 체계이니까 말입니다. 보스의 계획이 완성되고 동해 바다에 그것이 뜨는 순간 대한민국을 위협할 국가는 지구상에서 없어지게 될 것입니다. 그리고 최민석 씨께서 가지고 계시는 개인적인 염원도 그 와중에 풀어낼 수 있을 겁니다."

"으… 음."

민석이 신음을 흘렸다. 자신이 가지고 있는 염원을 한지예가 정확히 알고 있다는 느낌 때문이다.

독립군의 자손으로 할아버지 때부터 어려운 생활을 해온 민석이다. 타고난 머리 덕분에 장학금을 받고 학교에 다니기는 했지만 상당히 곤란한 생활을 해온 것이 바로 그였다.

생활이 어려워진 것은 대대로 만석지기로 부유했던 집안이 독립군에게 독립 자금을 대면서 풍비박산이 난 것이 원인이었다. 비밀리에 독립 자금을 지원했지만 누군가의 밀고로 집안이 절단났던 것이다.

민석의 증조할아버지는 일제 헌병대에 끌려가 모진 고문 끝에 처참한 모습으로 집에 돌아온 지 이틀 만에 허무하게 죽어버렸다.

　일제의 미움을 받은 탓인지 그의 할아버지는 징용으로 일본에 있는 탄광에 끌려갔다가 반병신이 되어 돌아온 탓에 집안이 온전할 리 없었던 것이다.

　민석의 아버지 또한 집안이 어려워 중학교만 나온 상태에서 노동일로 생계를 이어야 했다. 공사장을 전전하며 가족의 생계를 이어가던 민석의 아버지도 공사장 난간에서 떨어져 죽는 바람에 그야말로 집안은 말이 아니었다.

　할아버지가 근근이 일을 하며 집안 생계를 꾸렸다. 무척이나 어려운 살림이었다. 독립운동에 기여했다는 자부심만으로 살아가기는 무척이나 힘든 삶을 살아야 했던 것이다.

　그나마 민석의 머리가 좋아 전액 장학금을 받고 학교에 다녀서 그렇지, 그러지 않았다면 민석은 벌써 오래전에 암흑가에 몸을 들였을 것이다.

　자신 때문에 고생하는 할아버지를 위해 학교를 졸업하고 대기업에 취직을 하거나 창업을 할 수도 있었지만 민석이 암흑가에 몸을 담은 것에는 이유가 있었다. 집안을 풍비박산으로 만든 원흉을 알았기 때문이다.

　민석이 고등학교를 졸업하고 야간대학에 합격한 뒤 취직시험을 준비할 무렵이었다. 원흉에 대해 알게 된 것은 할아버지가 청문회에 나온 유성그룹의 회장을 TV에서 보고는 심장마비를 일으킨 사건 때문이었다.

　학교 동기들의 도움으로 병원에 입원시켰던 할아버지가

돌아가시며 집안을 절단나게 만든 원흉의 아들이 바로 청문회에 나왔던 유성그룹 회장의 아버지라는 유언을 들었던 것이다.

일제에 밀고를 한 것이 집안에서 마름을 하던 자고, 그의 아들이라는 자가 바로 청문회에 나온 유성그룹 회장이었던 것이다.

할아버지가 돌아가시고 민석은 학교를 그만둔 채 유성그룹 회장 일가에 대해 조사를 시작했다. 집안의 재산이었던 선산이 유성그룹 일가 앞으로 되어 있는 것을 확인한 민석은 고향을 찾아 그런 일이 있었는지 확인했다.

하지만 할아버지가 한 말이 사실인지는 확인하기 어려웠다. 오랫동안 고향에 살았던 어르신들이 이야기하기를 꺼렸던 것이다.

처음에는 할아버지가 집안이 망한 것 때문에 성공한 사람을 질투해 그랬을지도 모른다고 생각했지만 머리가 좋았던 민석은 한 가지 의문점을 찾아낼 수 있었다.

고향에 남아 있는 어르신들이 한결같이 그런 일이 없었다고 이야기하고는 자신과 대화하기를 꺼렸다는 것이 의심스러웠던 것이다.

그래서 고향을 떠난 사람들 중에 나이든 어르신을 찾았다. 그리고 아버지가 말한 사실이 진실임을 알게 되었다. 고향을 떠난 어르신 중 당시 집안에서 침모를 하던 분의 아들을 만나

사정을 들을 수 있었던 것이다.

원수를 알게 된 민석은 상당한 시간을 고심한 끝에 암흑가로 몸을 던졌다. 평범한 방법으로는 유성그룹이라는 국내 굴지의 기업을 소유하고 있는 원수 일가에 복수할 방법이 없었기 때문이다.

유성그룹이 성공하는 과정에서도 그렇고 지금도 뒤에서 지저분한 일을 상당히 많이 저지른다는 정보를 입수했기에 택한 방법이었다.

암흑가로 몸을 던질 때 그런 사정을 알고 도움을 준 것이 바로 친구인 오창운이었다. 강남 한곳을 장악하고 작은 조직을 운영하고 있는 작은아버지에게 그를 소개해 준 것이다.

조직에 들어간 후 몇 년 동안 노력한 끝에 전국구 중에서 다크호스로 떠올랐다. 유성그룹의 뒤를 봐주고 있는 해방파와 맞장을 떠도 좋을 만큼 조직을 일으킨 것이다.

하지만 그것이 한계였다. 막강한 자금력과 정관계의 비호를 받고 있는 유성그룹의 지원을 받는 해방파를 쓰러뜨린다는 것이 요원했던 것이다.

이번 모임에 참여한 것도 그 때문이었다. 자신에게 날아온 계획서대로만 성장한다면 유성그룹 못지않은 큰 회사로 클 수 있다는 확신이 들어서였기 때문이다.

"내 개인적인 염원이 무엇인지 알고 있다면 유성그룹이 어떤 힘을 가지고 있는지 잘 알고 있을 거요. 정계는 물론 관계,

여론 쪽에도 그들의 손이 뻗지 않은 곳이 없소. 그런데도 가능한 일이오?"

유성그룹이 가지는 힘의 크기를 잘 아는 민석은 이번 일을 계획하고 있는 한철이 그것을 알고 있는지 알고 싶었다.

"믿지 않으시겠지만 4년 후 유성그룹은 우리 손안에 있을 겁니다. 미우해양조선의 일이 끝나면 그 다음 타깃은 유성그룹이 될 테니까요."

"그 말이 정말이오?"

유성그룹도 노리고 있다는 말이 자신을 끌어들이기 위해 하는 것 같아 민석은 한지예의 말이 사실인지 확인했다.

"사실입니다. 보스께서도 최민석 씨의 사연을 알고 계시니까 말입니다."

"으… 음, 알았소. 그럼 당신이 준비한 프로그램대로 훈련을 받도록 하겠소."

한철이 어떻게 알았는지 모르지만 이 정도로 이야기할 정도면 사실이라고 봐야 했다. 거짓말을 한다고 해도 얼마 있지 않아 밝혀질 일이었기 때문이다.

"이번 프로그램에 참여할 사람들은 민석 씨뿐만이 아닙니다. 민석 씨를 믿고 따르는 수하들도 모두 프로그램에 참여하셔야 할 겁니다."

"수하들도 참여해야 한다는 말이오? 경호 회사를 차리자는 것도 아니고 수하들까지 모두 참여해야 한다는 거요?"

자신만이 아니고 수하들 또한 프로그램에 참여해 진행하겠다는 말에 민석이 놀라 물었다.

"호호호, 맞습니다. 그리고 우리는 경호 회사를 차리게 될 겁니다. 이번 일에는 보안이 생명이니까요. 그리고 계획하고 있는 일을 위해서라도 반드시 필요한 일입니다."

"……."

"이번에는 최민석 씨의 수하들이 프로그램을 이수받게 되지만 앞으로는 여러 사람이 같은 프로그램을 가지고 훈련을 받게 됩니다. 지금 예상하고 있는 바로는 1단계에 소요될 인원은 대력 100명으로 잡고 있습니다. 그들의 훈련이 끝나면 최민석 씨는 경호 회사를 차려야 할 겁니다. 첫 번째 임무는 지금 계획에 참여하고 있는 사람들과 앞으로 참여할 사람들의 신변 보호가 될 것입니다. 다음 단계는 아직 시기상조이니 일이 진행되는 것을 봐서 알려 드리겠습니다."

"알겠소."

"다시 한 번 말씀드리지만 보스께서는 최민석 씨의 염원을 알고 있습니다. 그러니 믿으십시오."

한지예는 설명을 마치며 미소를 지었다.

"한번 믿어보겠소."

미소 짓는 미네르바의 얼굴을 보며 민석은 묘한 느낌을 받았다. 이번 선택이 자신의 인생에 있어 중요한 전환점이 될 것임을 알 수 있었던 것이다.

                    *   *   *

한지예가 최민석에게 앞으로 그가 맡아야 할 계획에 대해 설명하고 있을 무렵, 은색의 무쏘 한 대가 빠르게 강남대로를 질주하고 있었다. 한지예가 마련한 사무실로 가고 있는 유준 일행이 찬 타였다.

"유준아."

김한영이 몰고 가는 차 안에서 창운이 유준을 불렀다.

"네, 창운 선배!"

"넌 이번 일이 실현 가능성이 있다고 생각하냐?"

창운이 불안한 듯 물었다. 아직도 한지예가 설명한 내용에 대해 현실감이 없었던 창운은 한철과 제일 친한 유준에게 사실 여부를 확인해 보고 싶었던 것이다.

"충분히 가능합니다. 헛소리로 들릴지 모르겠지만 한철이 저에게 보내온 설계도와 시뮬레이션이라면 우리는 그야말로 진정한 자주국방을 실현할 수도 있을 겁니다."

유준의 설명에도 아직도 미심쩍은 모양인지 창운의 눈빛은 여전히 불안했다.

"창운아, 내가 봐도 설계는 완벽했다. 그 시스템을 구현할 수 있는 기술력이 있느냐가 관건이겠지만 여기 오기 전 호영이와 고심하며 의논해 본 결과로는 충분히 가능하다는 결론을 내렸다."

계획에 대해 보장한 이는 한영이었다. 몇 날 며칠을 두고 계획에 쓰일 기술들이 실현 가능한 것인지 검토한 그이기에 성공 가능성을 높게 보고 있는 것이다.

"정말이냐?"

사실이냐는 듯 창운이 호영을 바라봤다.

"그래. 그래서 나도 미련없이 사표를 던진 거다."

호영이 머리를 끄덕이며 사실임을 확인해 주었다.

"정말 될 수 있는 것이로군."

창운은 한영과 호영의 대답에 머리를 끄덕였다. 기계와 관련된 분야에 관한한 두 사람을 따라올 자가 대한민국 내에 거의 없다는 것을 그 또한 알고 있었던 것이다.

"저도 된다고 생각합니다, 선배. 한철이 그 녀석이 쓸데없는 일을 할 녀석은 절대 아니니까요."

아직도 반신반의하는 창운에게 유준의 말은 확신을 던져 주었다.

"그렇긴 하다. 나도 미심쩍었는데 회사에 사표를 내고 오면서 은행에 확인해 보니 내 통장에 1,000억 원이 들어와 있더라. 하도 믿기지 않아 너희들에게 지금 우리가 계획하고 있는 일이 가능한지 다시 한 번 확인해 본 거다. 그런데 한철이는 이런 거금을 가지고 있는지 정말 모르겠다."

거액이 자신의 통장에 입금되어 있는 탓인지 오창운은 두려운 듯했다.

"후후후, 선배. 제가 한철이를 만나면 반쯤 죽여놓을 겁니다. 자식이 저에게조차 비밀을 가지고 있었으니 말입니다."

단단히 벼르고 있는 듯 유준이 왼손 손바닥을 주먹으로 치고 있었다.

"후후후, 살살 해라. 제일 친하면서 만나면 만날 아옹다옹이니……."

손을 봐주겠다는 유준의 말에 한영이 말렸다. 동아리 시절부터 단짝인 두 사람의 우정을 잘 알지만 이번에 유준이 무척이나 화가 난 것 같은 표정이었기 때문이다.

"녀석이 어떻게 하는지 보고 나서요."

"하하하, 녀석도."

한영은 기분 좋은 웃음을 흘리며 유준을 바라봤다. 말은 그렇게 하지만 누구보다도 한철을 생각하는 것이 유준이라는 것을 알기 때문이다.

얼마 안 있어 한영은 한지예가 설명한 건물을 볼 수 있었다. 층수는 높지 않지만 각 층의 바닥 면적은 상당히 넓은 빌딩이 눈앞에 나타난 것이다.

"이제 다 온 것 같다."

"그런 것 같군요."

일행이 찾은 곳은 강남에 위치한 6층짜리 빌딩이었다. 미네르바가 인수전을 위해 장만한 곳으로 그들의 사무실은 6층에 위치해 있었다.

다음날부터 네 사람은 바쁘게 돌아갔다. 창운의 지시에 동양창투의 주식을 은밀히 긁어모으기 시작했던 것이다. 주식을 매집하는 과정에서 창운은 자신의 능력을 유감없이 발휘했다.

동양창업투자에서 눈치를 차리기 전에 최대한 주식을 매집해야 했기에 그가 알고 있는 모든 인맥을 동원해 무차별적으로 주식을 매집한 것이다.

다른 사람들이 주식 매집에 열을 올리고 있을 무렵 민석은 한지예로 화신한 미네르바의 말을 좇아 자신의 수하 중 믿을 만한 자 열 명을 선발해 지리산으로 내려가다 고속버스 안에서 모두가 정신을 잃어야 했다.

미네르바에 의해 정신을 잃은 그들은 지구에서도 오지로 불리는 곳인 고비사막으로 워프되었다. 특별한 프로그램을 위해 미네르바가 취한 조치였다.

미네르바는 터미널을 하나 더 만들고 남성형의 휴머노이드를 만들어 민석 일행에 대한 훈련 프로그램을 진행했다.

고비사막 인근에 워프된 민석 일행은 남성형으로 화신한 미네르바에게 지옥보다 더한 훈련을 받아야 했다. 세계 최강이라 일컬어지는 델타포스를 능가하는 훈련이었다.

민석의 수하들은 자신들이 어떻게 그런 오지에 들어가게

됐는지 의문을 가졌지만 묵묵히 훈련을 받았다. 그들의 보스인 민석이 아무런 이의 없이 훈련을 받았기에 그의 수하들 또한 아무런 군말 없이 프로그램에 따른 것이다.

훈련을 받으면서 그들은 무척이나 놀라야 했다. 지구상에 존재하는 각종 무기술은 물론이고, 겐트리온 연합의 데블나이트의 기술이 가미된 새로운 전투기술 또한 익혀야 했던 것이다.

민석의 밑에 있기 전에 특수부대에서 근무했던 전력이 있는 자 중 하나가 이런 훈련은 세계 그 어느 부대에도 없을 것이라는 증언에 민석을 비롯한 사람들은 자신들이 받고 있는 훈련이 매우 특별하다는 것을 알 수 있었다.

얼마나 고된 훈련인지 민석의 수하들은 평상시의 상태라면 자신들이 받는 훈련을 결코 따라갈 수 없다는 것을 인지하지 못하고 있었지만 민석은 느끼고 있었다. 고비사막에 도착하는 순간 자신의 몸이 이전과는 많이 다르다는 것을 느끼고 있었던 것이다.

힘이 들기는 했지만 자신의 수하들이 훈련을 무난히 소화해 내는 것을 보면서 민석은 자신과 같이 수하들도 신체가 변했다는 것을 알 수 있었다.

감각이 뛰어난 민석이 그렇게 느끼는 것은 당연한 결과였다. 고비사막으로 오기 위해 정신을 잃은 동안 미네르바에 의해 그들의 육체는 인간 한계를 뛰어넘어 활성화되어 있었던 것이다.

　수많은 전투 훈련을 비롯해 요인 경호에 대한 훈련까지 민석과 그의 수하들은 그로부터 3개월 동안 지옥과 같은 훈련을 소화해 내야 했다.

＊　　　＊　　　＊

　투드득!

　억수같이 쏟아지는 비는 이미 멈추고 아직 남아 있던 빗물이 나뭇잎을 타고 흘러내려 바닥으로 떨어지고 있었다. 조금 전까지 굉장한 자들과 싸웠다는 느낌은 어느새 사라지고 없었다.

　"조금 있으면 당도하겠구나."

　미하일이란 자를 쓰러뜨리고 난 후, 나는 익숙한 기운이 다가오는 것을 느꼈다. 이제는 활성화되어 반경 10킬로미터 내에 있는 것들은 미네르바의 도움없이 혼자서도 인지할 수 있기에 익숙한 기운의 주인공들이 거의 도착했음을 알 수 있었다.

　"아까 그자들이 나에게 왔다고 생각하고 온 모양이로군. 그런데 꽤나 빠른걸. 이곳으로 오기까지 꽤 어려웠을 텐데 말이야."

　서울에서부터 이곳까지 오려면 상당히 어려웠을 터다. 비로 인해 헬기를 사용하는 것은 무리였을 것이 분명했고, 차를 타고 온다고 하더라도 상당한 시간이 걸렸을 것이기 때문이다.

그럼에도 지금 이 시간에 이곳에 왔다는 것은 두 사람이 얼마나 필사적으로 왔는지 알게 해주는 것이었기에 기분이 무척 좋아졌다.

"이제 저녁 시간도 얼추 되어가니 식사라도 대접해야겠구나. 나를 노린 놈들에 대한 정보를 가지고 있을 테니 알아도 볼 겸해서 말이야."

일단은 집으로 돌아가기로 했다. 오는 속도로 보아 집까지 오려면 대략 한 시간 정도 걸릴 것 같기에 그동안 저녁을 준비하기 위해서다.

집으로 돌아 온 후, 비로 인해 덮어둔 우물 뚜껑을 열어 물을 길어 쌀을 씻은 후 밥을 지었다.

"지쳤을 테니 매운탕을 끓이면 되겠구나."

비가 온 뒤라 한기가 돌 것이기에 반찬은 조금 열을 내는 것으로 준비하기로 했다. 5분쯤 걸어가면 계곡이 있기에 미우기라는 산메기를 잡아 매운탕을 끓일 생각이다.

"그나저나 비가 많이 와서 잡을 수나 있을지 모르겠네."

계곡의 물이라는 것이 잠시간의 비에도 한꺼번에 불어 넘치는 것이라 걱정이 들었지만 염려는 하지 않았다. 카르넨코라는 자가 펼친 것과 같은 종류의 힘이라면 힘들이지 않고 미우기를 잡을 수 있을 것이기 때문이었다.

밥이 다 되기 전에 다녀와야 하기에 서둘러 계곡으로 내려갔다.

우르르! 쏴아!

예상대로 계곡은 넘쳐흐르고 있었다. 흙탕물과 함께 내려가는 계곡물은 절로 두려움이 일게 했다.

"후후후, 어디 보자."

정신을 집중해 계곡물 안쪽을 살폈다. 가까운 거리라 그런지 물속에 있는 모든 것들이 느껴졌다. 생명의 기운을 뿜어내는 모든 것들이 하나도 빠짐없이 잡혔다.

'역시, 선무화의 구결을 응용한 것뿐인데 감각이 훨씬 예민해졌다.'

선무화가 불러온 능력 때문인지 물속에서 존재하는 생명들이 느끼는 감정을 고스란히 느낄 수 있었다.

모든 것을 삼켜 버릴 듯 내려가고 있는 계곡물 안쪽의 생명들은 지금 불어난 계곡물에 대항해 공포 속에서도 생존을 위한 처절한 사투를 벌이고 있었다.

커다란 바위 밑에 숨어들어 안간힘으로 힘겨운 물살을 버텨 내고 있었던 것이다.

"미안하지만 어쩔 수 없구나. 어차피 자연은 먹이사슬에 의해 움직이는 것을……."

바위 자락 밑에서 버티고 있는 미우기들이 안타깝기는 했지만 어쩔 수 없는 일이었다. 인간인 이상 먹어야 하기에 미우기들을 잡기로 했다.

강하게 정신을 집중했다. 그와 동시에 물속에 내 의지로 생긴 물리력이 작용했다. 카르넨코가 펼쳤던 것과는 다르게 구멍이 숭숭 나 있는 물리력이었다.

내가 만든 물리력은 마치 물고기를 잡는 그물과 같은 모양이었다. 거친 물길을 피해 있는 미우기들을 물과 함께 한꺼번에 움켜쥐려면 강한 정신 동력이 필요했다.

계곡물이 잔잔하다면 모를까 상당한 운동에너지를 동반하고 흘러내리고 있는 중이라 한꺼번에 가두기에는 지금의 나로서 무리였기에 택한 방법이었다.

하지만 앞으로도 이런 방법이 더 효과적일 것 같다는 생각이 들었다. 보이지 않는 것들을 잡아챌 때가 아니라면 말이다.

물속에 만들어진 그물 형태의 물리력은 모양을 자유로이 변형시키면서 바위 밑으로 파고들어 가 미우기들을 움켜쥐었다.

파드득!

미끄러운 동체를 가진 미우기들이 그물을 벗어나려고 요동치는 움직임이 생생하게 전해져 왔다.

'아!!'

살아 있는 생명체의 약동은 내게 새로운 감회로 다가왔다.

생명을 건 사투가 너무도 생생히 전달되어 왔던 것이다.

'할 수 없구나.'

꽤 많은 미우기들이 내가 만든 그물에 걸려들었으나 몇 마리만 남기고 놔주기로 했다. 어차피 물살에 다쳐 죽을 것이 분명한 놈들만 놔두고 아직 생생한 놈들은 풀어주었다.

이제는 속박에서 해방되어 다시금 살 곳을 찾아 숨어들어가는 미우기들의 움직임을 느끼며 많은 생각이 들었다. 내가 가지게 된 이 힘이 나를 어느 곳으로 향하게 할지 지금으로서는 아무것도 알 수 없지만 변해 버린 나를 느낀 것이다.

"마냥 좋아할 수만은 없구나."

너무도 자연스럽게 발휘되는 힘은 결코 인간이 가질 수 있는 것이 아니었다. 아니, 결코 인간이 가져서는 안 되는 힘처럼 느껴졌다.

의지만으로 구현되는 힘이 주는 숙명이 어렴풋이 느껴진다. 미네르바와의 인연, 그리고 나에게 그런 인연을 준 신비스러운 힘까지.

"일단은 시간이 가는 대로 맡겨보자."

상대해야 할 자들의 힘도 인간이 가지기 힘든 힘이었다. 나에게 부여된 이 힘도 어쩌면 그런 자들을 상대하기 위해 운명적으로 연결된 것이라 생각하기로 했다.

푸드득!

내게 주어진 힘에 대한 생각에 의지가 흐트러지는 찰나 미우기들이 속박을 풀고 달아나려 했다. 그것을 인식하는 순간 다시금 속박의 힘은 미우기들을 감쌌다.

'어쩌면 나 또한 살기 위한 투쟁의 길에 들어선 것일지도⋯⋯.'

어떤 방식이든 살아남기 위해 애쓰는 것이 세상을 살아가는 존재들의 숙명이다. 내가 힘이 없었다면 조금 전 만났던 자들에게 내 생명과 의지를 박탈당했을 것이다. 지금 내 손안에 있는 미우기들처럼 말이다.

푸드득!

속박의 힘을 내 쪽으로 끌어당겨 미우기들을 건져 올렸다. 조금씩 상처를 입어 힘이 떨어지는 놈들이었지만 살려고 버둥거리는 모습이 예전의 나처럼 느껴졌다.

그렇지만 이제는 이전의 나를 잊어야 할 시간이다.

"후후후! 제법 되는군. 이 정도면 되겠어."

놓아준 놈들을 빼고도 십여 마리가 넘기에 밀가루를 반죽해 수제비를 만들어 띄운다면 세 사람이 먹을 양은 충분해 보였다.

"가볼까."

잠시 감상에 젖었던 나는 생각을 정리하고 빠르게 집으로 돌아왔다. 가져온 미우기의 배를 따고 소금으로 씻어 매운탕을 끓일 준비를 마쳤다.

집으로 오는 길에 산마늘과 물을 대기 위해 보를 만들어놓은 곳에서 돌미나리를 따왔기에 그것들도 손질해 놓았다.

밀가루 반죽은 미리 해놓고 숙성시켜 놓아야 제 맛이기에 반죽을 한 후 두레박에 담아 서늘한 우물에 걸어놓았다.

"일단은 이것들부터 끓이고."

강한 불이 좋기에 버너에 불을 붙인 후 냄비를 올려놓고는 미우기를 넣고 물을 부었다.

"후후후, 조 사무관님이 좋아하겠군."

고추장과 고춧가루, 그리고 약간의 된장을 물에 풀어 넣고 나자 조동원 사무관의 얼굴이 눈에 스쳤다. 전날 자신이 해준 밥을 마파람에 게눈 감추듯이 먹어치우는 그의 모습의 생각나 절로 웃음이 돌았다.

"헤픈 모습이었지만 상당한 실력을 가지고 있는 사람인 것 같은데……."

최경아와 같은 능력자는 아니지만 상당한 실력을 소유한 사람이었다. 그의 능력이 어떤 종류인지는 모르겠지만 능력자들과 싸운다 해도 그리 밀리지 않을 것이 분명했다.

"이제야 오는군."

조동원을 생각하는 동안 그의 기운이 멀지 않은 곳에서 느껴졌다. 밥을 푸고 반찬과 함께 마루에 상을 차렸다. 매운탕은 어느 정도 준비가 됐기에 산마늘을 넣었다. 돌미나리는 사람들이 도착하면 넣으면 될 터이다.

*　　　*　　　*

한철의 예상대로 산길을 타고 최경아와 조동원은 빠른 속도로 오르고 있었다. 두 사람의 안색은 상당히 굳어 있었다. 산길을 올라오느라 힘든 탓만은 아닌 것 같았다.

'무사할지… 불안하구나.'

차가 들어올 수 있는 마지막 장소인 유평리부터 뛰듯이 달려온 최경아는 불안한 마음을 감출 수 없었다. 백무요의 전설을 이은 것으로 보이는 한철은 자신에게 무척이나 중요한 인물이었기 때문이다.

지금 한국에 전해지고 있는 무맥(巫脈) 중 태고의 무맥을 온전히 보전하고 있는 곳이 바로 백무요였다. 말 한마디로 부안정한 자신을 안정시킨 것이 무엇인지 최경아로서는 진실을 알아야 했던 것이다.

백무요의 전설인 삼상천의 신화를 엿보고 서른여섯 개의 하늘을 건넜는지 알아야만 자신이 원하는 것을 이룰 수 있기 때문이다.

태조신인 마고의 신화를 간직하고 있는 비밀이 바로 삼십육천이다. 삼십육천을 건너 한철이 마고의 비밀을 엿보았다면 신단수가 전하는 온전한 힘을 얻었을 것이다.

신단수의 힘을 얻게 되었다면 그것은 새로운 개벽의 시대가 시작되었음을 뜻했다. 세상 만물에게 전해졌으나 이제는 오직 몇몇 선지자만이 알고 있는 개벽의 시대가 도래한다면 지금까지 이어져 온 세상의 질서가 흔들리고 새로운 질서가 설 것이기에 그녀 또한 준비를 해야 했던 것이다.

"불안하신 모양이군요."

최경아의 불안감을 느꼈는지 뒤를 따르던 조동원이 말을 걸어왔다.

"그렇네요. 우리가 늦은 것은 아닌지……."

말끝이 흐려지는 것이 최경아는 불안감을 숨기지 않았다. 그만큼 그녀가 초조하다는 반증이었다.

"아직 놈들이 여기에 왔다는 보장도 없습니다. 그리고 한철이라는 청년의 정보는 극비로 다루어지기에 놈들이 알아내지 못했을 가능성도 있고요. 그러니 일단 걱정을 거두고 빨리 가보는 것이 나을 것 같습니다."

"그래요. 힘을 내도록 하지요."

조동원의 말에 기대를 거는 것도 좋을 같다는 생각이 들었는지 최경아의 발걸음이 빨라졌다. 조동원도 자신이 가진 능력을 최대한 동원해 빠르게 산을 올랐다.

"쿵! 쿵!"

빠르게 산길을 오르던 조동원이 갑자기 멈춰 서며 코를 벌름거리기 시작했다.

"왜 그러는 겁니까?"

한참을 달리다 갑자기 괴상한 행동을 하는 조동원을 보며 최경아가 의아한 듯 물었다.

"우와!"

무슨 냄새가 나는 것인지 한동안 냄새를 맡더니 얼굴에 웃음이 돌며 감탄사까지 내뱉으니 최경아로서는 어안이 벙벙할 뿐이다.

'뭔데 저러는 것이지?'

지금까지 자신 못지않게 심각한 표정이었던 사람이 갑자기 얼굴이 펴졌다, 그것도 바보처럼 해실거리는 것이 영 이상했다.

"하하하, 아닙니다. 빨리 가봐야겠군요."

"예?"

파파팟!

"급합니다. 빨리 따라오세요."

조동원은 뭐가 그리 급한지 빠르게 달리며 최경아를 재촉했다. 최경아 또한 산야를 누비는 노루처럼 빠르게 조동원의 뒤를 쫓았다.

얼마 되지 않아 두 사람은 한철의 집 앞에 설 수 있었다. 집 앞에 도착한 후 최경아의 얼굴이 환하게 펴졌다. 어째서 조동원이 그리 급하게 뛰었는지 알아차린 것이다.

'정말 개코가 따로 없구나. 상당한 거리였는데 이 냄새를 맡다니……'

코를 간질이는 구수한 냄새가 식욕을 자극했다. 분당에서부터 여기까지 아무것도 먹지 못하고 달려오는 길이었다. 거기다 비가 내린 후 저녁이 다가와 한기가 서린 탓인지 뱃속이 요동쳤다.

"지금 끓이고 있는 중인 것 같으니 무사한가 보군요. 어서 들어가도록 하지요."

조동원이 군침을 흘리며 문을 열었다. 문이 열리자 마주 보이는 마루에서 한철이 밥상을 차려놓고 뭔가를 끓이는 것이 눈에 들어왔다.

'아! 무사하구나.'

최경아는 온몸에 힘이 풀리는 것을 느꼈다. 지금까지의 자신을 지배하던 팽팽한 긴장이 사라졌기 때문이다.

"하하하, 어서 오십시오. 그리 늦지는 않았군요."

무척이나 반갑게 맞아주는 인사였다.

"우와, 맛있겠군요."

웃으며 자신을 맞이하는 한철의 인사를 받는 둥 마는 둥 조동원은 빠르게 마루로 다가가 상머리에 앉았다. 최경아 또한 국정원의 일급 요원답지 않은 조동원의 행동에 고개를 저으며 자리에 가서 앉았다.

"이건 뭔가요?"

조동원은 끓고 있는 매운탕을 보며 물었다. 입에 침이 고이는 듯 연신 입가를 훔친다. 참 재미있는 사람이다.

"하하하, 미우기를 잡아서 매운탕을 끓인 겁니다."

"미우기?"

"산메기라고도 하는 겁니다. 요 아래 개울에 제법 있더군요. 맛있을 테니 조금만 기다리십시오."

"아!!"

이제야 알았다는 듯 조동원이 탄성을 발했다. 그의 눈은 조금 전과는 달리 번들거리기 시작했다.

사람들이 도착했기에 돌미나리를 냄비에 넣었다. 살짝 데치듯 해야 향기가 살아나기에 넣고 나서 조금 있다가 그릇에 담아냈다. 그릇을 내려놓았지만 두 사람 다 수저를 들지 않자 한마디 했다.

"안 드세요? 뜨거울 때 드셔야 한기가 가실 겁니다."

"감사히 먹겠습니다."

"고마워요."

조 사무관은 큰 소리로 말하고는 즐거운 듯 벙긋거리며 연신 국물을 떠먹었다. 감탄사를 연발하며 먹는 모습이 꽤나 즐거운 모양이었다.

최경아도 전과 같이 깨작거리는 것이 아니라 제법 분주하게 수저를 놀렸다.

'맛있게 먹으니 기분이 좋군. 이제는 수제비를 떠 넣어야겠구나.'

세 사람 분이지만 국물을 넉넉하게 잡았기에 우물로 가서 숙성시키기 위해 두레박에 넣어놓은 밀가루 반죽을 가지고

와서는 두 사람이 매운탕을 떠먹는 모습을 보며 수제비를 떠
넣었다. 손놀림이 빠른 편이기에 금세 다 떠 넣고는 나도 밥
을 먹으며 매운탕을 떠먹었다.

"카아! 죽이는구나. 이럴 때 소주 한잔하면 그만인
데……."

반주가 없어서 아쉬운 표정이 사뭇 진지하다. 저런 사람이
서유럽 쪽 정보 조직의 간담을 서늘하게 했다니 믿어지지 않
는 이야기다. 하여간 그의 소원을 들어줘야겠기에 속으로 미
네르바를 불렀다.

"미네르바, 준비를 좀 해줘."

—부엌으로 가시면 있을 겁니다.

미네르바의 대답에 난 말없이 일어나 부엌으로 향했다. 부
엌에는 미네르바가 워프시켜 놓은 차가운 두꺼비 두 마리가
멀뚱하니 나를 기다리고 있었다.

'잔이 없으니 저것으로 대신해야겠구나.'

마땅히 소주잔을 할 만한 것이 없어 작은 그릇 세 개를 가
지고 마루로 나갔다.

"이야! 소주가 있었나 보군요."

조동원은 차가운 탓에 병 겉면에 결로가 맺힌 소주병을 보
고 반기는 눈치다.

"후후후, 시원하니 마실 만할 겁니다. 안주로도 그만이니
일단 수제비부터 떠야 할 것 같군요."

　수제비를 띄운 매운탕을 떠서 각자의 앞에 놓고는 소주를
그릇에 따라 돌렸다.

　"자, 드시죠."

　"하하하, 건배가 빠질 수는 없겠지요?"

　조동원이 건배를 제의했다.

　"좋지요. 그럼 제가 건배를 하겠습니다. 우리의 무궁한 발
전을 위하여!"

　"위하여!"

　"위하여."

　건배를 끝내고 소주를 들이켰다.

　"카아! 좋군요."

　"후르륵!"

　"수제비도 정말 끝내주는군요."

　조동원이 정신없이 수제비를 떠먹었다. 최경아라는 여자
도 꽤나 빠른 속도로 수저를 놀렸다.

Chapter 4
흑룡회

  식사가 끝나고 난 뒤 상을 치우고 자리를 마련했다, 이장 아저씨를 위해 차를 마련해 놓은 것이 있어 녹차를 끓여 두 사람에게 내놓았다.

  "힘든 하루였는데 피곤이 씻기는군요."

  "무슨 일이 있었나 보군요?"

  무슨 일로 왔는지 알고 있었지만 모르는 척 조동원에게 물었다.

  "혹시 이곳에 낯선 사람들이 찾아오지는 않았습니까?"

  "비가 와서 그런지 오늘 이곳에 온 손님은 두 분이 다입니다만."

사실대로 알려줄 수 없기에 사실을 감췄다.

"휴우! 그랬군요."

적이 안심하는 표정이다. 옆에 있는 최경아도 안도의 표정을 짓고 있는 것을 보니 무척이나 걱정을 했던 모양이다.

"드릴 말씀이 있습니다."

조 사무관이 심각한 얼굴로 나를 보았다.

"뭔가요?"

"지금 유한철 씨는 매우 위험한 상태입니다."

"위험하다니, 무슨 말입니까?

"당신을 노리고 누군가 한국에 입국했습니다."

"나를 노리고 누군가 입국했다니… 혹시 아버지의 일과 관련 된 자들입니까?"

"아마도……."

담담히 말을 받자 조 사무관은 뜻밖이라는 표정을 지으며 말을 흐렸다.

"후후후, 무슨 걱정을 하는지 잘 압니다. 아버지와 어머니를 그렇게 돌아가시게 만들 정도면 꽤나 위험한 자들이겠군요. 하지만!"

"……."

"……."

말을 끊자 두 사람의 눈동자가 내게로 고정됐다.

"후후후, 알아야 할 겁니다. 나를 건드린 것이 지옥의 문을 연 것이나 마찬가지임을 말입니다."

기운을 살짝 드러냈기 때문인지 두 사람의 표정이 놀란 것이 역력하다. 기운을 너무 드러냈나 하는 생각도 들었지만 상관하지 않았다.

뭔가를 감추고 있는 김한석 원장의 지시를 받고 움직이는 두 사람이다. 이 두 사람도 각자 말할 수 없는 비밀을 가지고 있는 것이 분명하다.

기운을 드러낸 이유는 경고의 의미가 강하다. 내가 만만한 존재가 아니라는 것을 알려줄 필요가 있었기에 일부러 기운을 드러낸 것이었으니 말이다.

말을 마친 후, 두 사람의 표정이 변하든 말든 차를 들어 마셨다. 나를 바라보던 최경아의 표정이 변한 것은 얼마 지나지 않아서였다. 뭔가 단단히 결심을 한 것이 분명했다.

잠시간의 침묵이 흐른 후 최경아가 조동원을 불렀다.

"조 사무관님!"

"왜 그러십니까?"

"자리 좀 잠시 비켜주시겠어요?"

"으… 음, 알겠습니다."

최경아의 표정을 본 조동원이 자리를 피해주었다. 그녀가 나에게 할 말이 있다는 것과 비밀이 지켜져야 한다는 것을 알아차린 것 같았다.

조 사무관이 말없이 일어서서 밖으로 나갔다.

"무슨 말씀이신지 해보시지요."

"드릴 말씀은 다른 것이 없습니다. 머지않아 천왕존신께 사람들이 올 겁니다. 꽤나 능력이 큰 아이들이지요. 그 아이들을 부탁드립니다."

"아이들이라니, 무슨 말입니까?"

난데없이 나를 찾아 누군가 온다는 말이 이상했다. 그것도 아이들이라니 최경아의 저의를 도저히 모르겠다. 하지만 그녀의 눈에 깃들어 있는 눈빛은 절실함을 담고 있었다.

"자세한 말씀은 한천구 그분이 해주실 겁니다. 그분은 백무요의 삼대제자로 들어왔지만 주천문(呪遷門)의 당대 문주이기도 하지요. 이미 뜻을 잃고 세상의 추악함에 오염된 차신문을 바로 세워줄 방도를 그분이 가지고 있으니 모든 것은 그분과 의논하시기 바랍니다."

"모를 소리로군요."

정말 모를 소리였다. 비록 이장 아저씨에게 차신문에 대해 듣기는 했지만 가문의 일에 대해서는 아무것도 모르는 나였다. 미네르바조차 아무런 정보를 가지고 있지 않았기에 최경아가 나에게 어떤 뜻으로 이런 말을 하는지 영문을 알 수 없었다.

"제가 어째서 이런 부탁을 드리는지는 때가 되면 아시게 될 겁니다. 전 이만 조 사무관과 떠나겠습니다. 그리고 김한석 원장은 그리 믿지 마시기 바랍니다."

“저……..”

김한석 원장을 조심하라는 소리가 이상해 물으려 했지만 최경아는 곧장 일어서 밖으로 향했다. 그리고 이내 조 사무관과 합류해 산을 내려가는 것이 느껴졌다.

“무슨 말인지 모르겠구나. 나에게 사람이 온다고? 후후후, 기다리다 보면 알 수 있게 되겠지.”

알 수 없는 소리였지만 물었어도 대답을 해주지 않았을 터였다. 시간이 해결해 줄 것이기에 기다리는 편이 좋겠다는 생각이 들었다.

“그나저나 뭔가 까먹은 것 같은데 내가 뭘 까먹었지?”

두 사람이 내려가고 난 후 뭔가 찜찜한 기분이 들었다. 뭔가 중요한 것을 놓친 것 같다는 생각이 드는 것이다. 요 며칠 동안 뒷머리를 누르는 기분이 지금도 느껴졌다.

“아차!! 유준이!”

유준이를 마중 나가야 했는데 잊어버린 것이 갑자기 생각났다. 벌써 며칠이 지난 일이기에 유준이의 화를 고스란히 받아야 할 상황이 암담하기 그지없었다.

―걱정하지 마십시오, 함장님!

“미네르바!”

―제가 그 부분에 대해서는 이미 조치를 해놓았습니다. 요 며칠 동안 함장님께서는 중요한 고비를 맞이하신 상태라 제가 일부러 함장님에게 약속을 일깨우지 않았습니다.

"그렇기는 했지만 유준이 성격에……."

미네르바에게 화를 내고 싶었지만 맞는 말이었기에 참았다. 그렇지만 유준이를 만날 일이 걱정이다. 분명 녀석이 가만히 있지 않을 테니 말이다.

─민유준님께서는 지금 함장님이 계획하고 있는 일을 시작했습니다.

"벌써?"

─함장님이 추천해 주신 분들과 동양창업투자를 인수하는데 매달리고 계십니다.

"그 녀석, 나를 죽이려고 들겠군."

배웅하러 가지도 못했는데 벌써부터 일을 시작했다니 죽었다는 생각이 먼저 들었다.

─…….

"왜 말이 없는 거지?"

─함장님 말씀이 맞아서 침묵하고 있었습니다. 함장님께 무척 화가 나신 상태입니다. 아무래도 만나실 때 상당히 조심하셔야 할 것 같습니다.

"제기랄! 그 녀석은 어디 있지?"

─함장님 이름으로 마련된 사무실에서 작업을 하고 있는 중일 겁니다.

"일단은 근처에 워프를 시켜줘. 더 늦기 전에 만나야 하니까."

유준이 녀석이 골통 짓을 하기 시작하면 감당하기 힘들었기에 일단 만나야 했다.

─알겠습니다.

미네르바의 대답이 끝나고 난 후 눈앞이 흐려지는 것을 느꼈다. 유준이 녀석이 있는 곳으로 워프된 것이다.

워프해 날아간 곳은 미네르바가 미우해양조선을 인수하기 위해 사무실을 연 빌딩의 옥상이었다. 맨 꼭대기 층을 사무실로 얻은 것도 옥상 위를 워프 장소로 이용할 수 있었기 때문이다.

"역시 텁텁하군."

언제나 그렇지만 서울의 공기는 묵직하니 가슴을 답답하게 했다. 각종 공해와 오염으로 찌들어 지리산에서 느끼는 상쾌함은 전혀 찾아볼 수 없다.

"내려가 볼까."

사무실의 위치와 건물의 구조에 대해서 미네르바가 알려왔다. 바깥에서 잠기도록 되어 있었기에 문을 열고 옥상 계단을 따라 6층으로 내려갔다.

6층으로 내려오자 복도를 따라 샌드위치 패널로 벽을 만들어 놓은 사무실이 눈에 보였다. 불투명한 유리창 너머로 사람들의 움직임이 보였다.

찰칵!

　사무실 문을 열고 들어서자 사람들의 시선이 내게로 쏠렸다. 그리고 점점 얼굴이 붉어지며 흡사 지옥에서 온 악마처럼 얼굴이 변해가는 유준이의 얼굴이 보였다.

“안녕하세요?”

타타탁!

　인사를 하는 순간 사무실을 가로질러 뛰어오는 폼이 반가움에 뛰어오는 것이 아닌 것이 분명하다. 악다문 입술, 붉어진 얼굴색. 분명 뒤이어질 것은 언제나 그렇듯이 녀석의 이단 옆차기. 녀석이 화가 많이 났다는 증거다.

　맞아도 상관은 없지만 상당히 아프기에 반걸음 옆으로 피해 녀석의 이단옆차기를 피했다. 이미 예상했는지 착지와 동시에 내 머리를 감싸려 녀석의 몸이 덮쳐왔다.

　잘못한 것이 있기에 녀석의 다음 공격을 피할 수도 있었지만 이번에는 피하지 않았다. 간단한 것은 당해줘야 녀석의 분도 풀릴 테니까.

“큭! 그만 해라.”

　헤드록을 건 유준이 놓아줄 생각이 없나 보다. 마중 나간다고 해놓고 마중은커녕 일만 잔뜩 시켜놓은 꼴이니 녀석의 분이 풀릴 때까지 기다려야 할 것 같다.

“유한철! 어디서 뭐 했는지 사실대로 이실직고해라! 그렇지 않으면 알지?!”

　머리를 조이는 녀석의 팔뚝이 억세다. 풀 수는 있지만 그랬

다가는 토라져 한동안 말도 못 붙이기 십상이다.

"아갸갸갸! 인마! 풀어줘야 이야기할 거 아냐!"

"좋아, 풀어주지."

머리를 감아쥐었던 녀석의 팔뚝에 힘이 풀렸다. 아프지는 않지만 아픈 척이라도 해야 했다.

"아, 아이고, 머리야. 마중 못 나가서 미안하다."

"미안한 거는 미안한 거고, 이제부터 사실대로 모두 말해야 할 거다. 그렇지 않으면 내가 용서하고 싶어도 이 주먹이 용서하지 않을 거다."

주먹을 쥐고는 나를 노려보는 녀석의 재촉에 선배들의 눈초리가 심상치 않다. 유준이가 내게 이러는 이유가 모두들 상당히 궁금한 모양이다.

"유준이도 그렇고, 선배님들도 모두 자리에 앉으세요. 이야기가 깁니다."

전부는 아니지만 대략적인 설명은 해야 했다. 아버지가 국정원과 손잡고 자주국방을 실현할 프로젝트를 실행하다 돌아가셨다는 것과 아버지의 유지를 이어 나 또한 대한민국의 자주국방을 위해 아버지가 하시려고 하던 프로젝트를 이어받았다는 것 등이 주요 골자였다.

설명을 들은 유준이 믿을 수 없다는 듯 아버지에 대해 물어왔다.

"그러니까 아버님이 국제무기상 뭐 그런 거였다는 거냐?"

"맞다. 국정원장의 말로는 우리나라 무기 거래를 이면에서 도우셨다고 한다. 이번 계획을 진행시킬 자금은 아버님이 남겨놓으신 유산이고."

"그럼 비행기 안에서 내게 보내준 그 음성 파일은 어떻게 된 거냐? 그거 국정원에서 보낸 거냐? 비행기 안에 그렇게 보낼 수 없는 것으로 알고 있는데 말이다."

"아니, 내가 개인적으로 보냈다. 후후후, 내게도 그만한 힘은 있거든. 선배님들께 보낸 것도 마찬가지다."

"좋아, 거기까진 됐고. 이번 계획에서 가장 중요한 것이 통제 시스템 같은데 정말 실행은 가능한 거냐?"

현재 지구상에 알려진 과학이나 기술 여건상 거의 불가능한 일임을 알지만 일단은 거짓말을 하기로 했다.

"충분히 실행 가능하다. 이미 시스템에 대한 구상과 초기 실험은 완료한 상태다. 너에게 간 자료는 그야말로 극비 자료지."

"으… 음, 한국에 와서 몇 가지 자료를 검색해 봤다. 믿을 수가 없어서였지. 네가 말한 계획은 지금까지 그 어느 나라에서도 시도되지 않은 것이다. 우주항공 기술이 제일 발달한 미국은 물론 러시아도 이런 계획을 입안만 했지 기술적 한계성으로 아직 실행은 못하는 단계라는 것은 누구나 알고 있는 사실이다. 아버님께서 어떻게 이런 자료를 가지고 계셨는지 모르지만 만약 이것이 실제로 완성된다면 세계 군사 패권의 향방이 바뀌는 정말 어마어마한 일이다. 그것은 알고 있는 거냐?"

유준이는 이미 향후에 벌어질 모든 사태에 대해 생각해 본 모양이었다. 그리고 상당히 위험한 일이라는 결론을 내리고 있는 것으로 보였다.

"물론 완성된 후 그 여파가 엄청나리라는 것도 안다. 그리고 그것이 우리를 위험하게 할 것이라는 것도."

"알고 있다니 다행이구나."

내 대답에 만족스러웠는지 추궁하듯 따지는 유준이의 눈빛이 많이 풀어졌다. 나를 제일 잘 아는 녀석답게 내가 제반 문제에 대해 꼼꼼한 계획을 세우고 있음을 눈치 챈 것 같다.

"걱정 마라. 그에 대한 대비는 이미 세워두었으니 말이다."

"네 말이니 믿으마. 그렇지만 선배들이나 다른 동기들은 특별히 더 신경을 써라. 이번 일을 하다가 내가 죽는 것은 아무렇지 않지만 다른 이들이 위험에 빠지게 된다면 난 죽어서도 널 원망할지 모른다."

역시 유준이었다. 무엇을 하든지 나를 믿어주는 유준이가 고마웠다. 그리고 나 또한 선배들이나 이번 계획에 참여한 동기들이 다치는 것을 원하지 않았다.

"날 믿어라. 선배들이나 이번 일에 참여할 사람들에 대한 안전은 그 무엇보다도 최우선에 두고 있으니 말이다."

"……."

어깨를 두드리며 하는 말에 믿음이 가는지 녀석이 고개를 끄덕였다.

이미 미네르바에게 이번 계획을 추진하기 위해 모인 사람들에 대한 안전에 대해 부탁을 해놓은 상태였다. 그 때문에 이미 민석 선배가 선발대로 훈련을 받고 있는 중이었다. 훈련이 끝나고 나면 세상은 SF영화에서만 볼 수 있었던 미래의 최첨단 전사들을 볼 수 있을 것이다.

안전 조치는 그것뿐만이 아니다. 계획에 참여하는 사람마다 반경 200미터를 감시할 수 있는 나노 로봇이 배치되어 있었다.

민석 선배가 이끄는 경호팀이 경호에 실패해 위험이 닥치면 미네르바가 직접 손을 쓸 것이기에 위험은 거의 없는 것이나 마찬가지였다.

"인수전은 누가 총괄할 겁니까?"

이번 계획에 대해 대충 설명을 끝냈기에 미우해양조선의 인수에 대한 사항을 물었다.

"그야 창운 선배지."

유준이 빠르게 대답했다.

"동양창업투자의 대표이사는?"

"그것은 태호 선배가 맡기로 했다."

"한태호 선배가?"

태호 선배가 대표이사를 맡게 됐다는 것은 의외였다. 태호 선배는 사정이 있어 1차 계획에는 배제를 해놓은 상태였기 때문이다.

태호 선배는 내가 다니는 학교 1회 졸업생이다. 동아리의 창립 멤버이자 아버지의 뒤를 이어받아 호성중공업이라는 중공업회사를 물려받기 위해 후계자 수업을 받고 있는 차기 오너였다.

입안 단계에서부터 태호 선배를 끌어들이고 싶은 생각이 굴뚝같았지만 위험한 일이라 이번 계획에서는 일차 제외를 시켰었다. 선배 회사에 딸린 식구가 2만 명 가까이 되는 터라 위험부담이 컸던 것이다.

"슬쩍 정보 좀 흘렸다. 난 맞아 죽기 싫거든."

"하긴, 위험한 일이라 선배를 빼긴 했지만 나도 그것이 마음에 걸렸다."

부잣집 도련님답지 않게 산적같이 우락부락하게 생긴 것이 태호 선배다. 성격 또한 생긴 것의 제곱에 정비례했다. 일부러 빼놓았다는 것을 알았으니 유준이만큼이나 후환이 있을 것이 분명하다.

하지만 새카만 후배가 자신이 창립한 동아리의 모토를 바꿀 적에도 우리 뜻에 공감해 주고 소리없는 격려로 지원해 준 분이다. 혼은 좀 나겠지만 우리의 든든한 후원자가 돼주실 분이기에 불안하던 마음이 많이 가셨다.

"크크크, 네 잘못을 알긴 아는구나. 만나면 가만 안 둔다구 펄펄 뛰시더라."

"얼마나 흘렸냐?"

"구체적인 것은 없다. 하지만 한 가지는 말씀드렸지. 국운을 바꿀 정도로 굉장한 일이라고 말이다."

"정말 그 말만으로 대표이사를 맡으시겠다고 했냐?"

태호 선배는 가진 것이 많은 사람이다. 그 말만으로 동참한다는 것이 의외였다.

"네 이름은 물론이고 여기 참여하는 선배들 이름도 모두 팔았다. 그랬더니 태호 선배가 바로 회사에 사표를 내더라. 선배님 아버님께서 절연하신다고 노발대발하셨다는데 그냥 집을 나오신 모양이고. 그러니 잘해 드려라. 모든 것을 버리고 우리에게 오시는 분이니 말이다."

"하긴 모두 참여한다면 빠질 양반이 아니지. 알았다. 조금 지나면 선배님 아버님도 좋아하실 거다. 태호 선배는 1차 계획에서는 배제했지만 2차 계획부터는 호성중공업을 우리 계획의 파트너로 참여시킬 계획이었으니까."

이미 2차 계획에 동참할 파트너로 생각하고 있는 터였다. 나도 태호 선배에게 죽고 싶지는 않았던 것이다. 얼굴만큼이나 커다랗고 우락부락한 주먹에 맞으면 최소한 전치 6개월임을 아는 까닭이다.

이제 처음부터 참여하실 테니 오히려 더 좋았다. 호성중공업과 협력 관계가 빠르게 이어질 토대가 마련되면 앞으로 계획을 추진하는 데 좀 더 여유를 가질 수 있기 때문이다.

"선배를 빼놓지 않을 줄 알았지만 호성중공업도 파트너로 생각하고 있었다니 정말 잘된 일이다. 아버님의 뜻을 저버리고 오셔서 마음 아파하시는 것도 그렇고, 학교 다닐 때 태호 선배가 널 무척이나 귀여워하셨는데 자신을 빼놓았다고 무척 서운해하시는 것을 보고 내 마음이 다 안됐더라. 하지만 네가 그런 생각을 가지고 있었다는 것을 아시면 태호 선배도 무척 좋아할 거다."

태호 선배 때문에 마음을 많이 쓴 것인지 유준이의 얼굴이 많이 풀어졌다.

"그런데 어느 정도 진행된 거냐? 인수 절차를 빨리 서둘렀으면 좋겠는데."

이번 동양창투 건이 중요하기에 유준이에게 지금까지의 진행 상황을 물었다.

"주주총회를 소집시켜 뒀다. 아마 일주일 후 동양창투는 네 손안에 있을 거다."

"재미있겠군."

"그래, 재미있을 거다. 하지만 조심하는 것이 좋아. 창운 선배가 조사해 본 바로는 동양창투의 초기 자본금 중에 뒤로 흘러들어 온 돈도 있는 모양이더라."

"무슨 소리냐?"

예정에 없는 상황이었기에 유준에게 물었다.

"창운 선배, 설명 좀 해줘요."

유준이 창운 선배를 불렀다. 창운 선배가 나서서 상황을 설명했다.

"고려저축은행이 동양창투의 설립에 관여한 것으로 보인다. 고려저축은행의 숨어 있는 물주 중 하나인 민사준은 지하금융의 대부 격인 사람이다. 그의 자금 중 상당액이 동양창투로 흘러든 것 같다."

"민사준?"

"이번에 발표된 반민족 행위자 명단에도 빠진 놈이지만 놈은 민족 반역자다. 놈은 자신의 할아버지가 일제시대 때 반민족 행위로 벌어들인 자금을 가지고 지하금융계를 주무르며 떵떵거리고 사는 놈이지. 문제는 그자가 흑룡회라는 비밀에 가려진 폭력집단의 막후 실력자 중 하나라는 거다. 일종의 자금책이라고나 할까?"

"흑룡회라니요?"

예상의 범위에 두지 않은 것은 아니지만 실제 조폭까지 등장한다면 일이 꽤나 심각해질 것 같았다.

"민석이의 최종 목표이기도 한 조직이다. 유성그룹과 관련이 있을 뿐만 아니라 그 외 여러 기업과도 암중에 인연을 맺고 있다고 한다. 내가 보기에는 정계는 물론 관계에도 영향력을 미치고 있는 조직이 분명하다. 흑룡회가 거느리고 있는 세력도 만만치 않다. 제2금융권에 있는 여러 개의 은행을 실질적으로 소유하고 있는 조직이기도 하지만 그 자신도 상당한 고수에 속하는 자들이다. 여러 차례 자신들의 권위에 도전한 자들을 섬멸하고는 명실상부한 대한민국의 최대 기업형 조직폭력배라 할 수 있는 조직이다. 그야말로 천하를 통일한 조직이라고 할 수 있다."

"그런 조직이 대한민국에 있다는 말입니까?"

범죄와의 전쟁 이후 우리나라 검경은 조직폭력배에 대한 일제 소탕에 상당한 시간과 인력을 투자하고 있는 중이다. 그로 인해 전국적인 조직은 대부분 무너진 상태고 그나마 살아남아 있는 것은 일정한 구역을 중심으로 활동하고 있는 지엽적인 조직들뿐이라고 알고 있었기에 놀라지 않을 수 없었다.

"암흑계의 그림자라고 알려진 조직이다. 그저 이름만 알려져 있다. 그들의 조직 형태나 활동 내용은 철저히 비밀에 가려진 상태다. 내 생각이기는 하지만 자금의 흐름을 봐서는 단순한 폭력 조직은 아닌 것 같다."

창운 선배가 걱정하는 것이 무엇인지 알 것 같았다. 전국적인 조직망을 갖추고 이렇듯 암암리에 활동을 해왔다면 그들이 가진 네트워크는 상상을 불허할 것이기 때문이다. 그런 네트워크 없이 지금까지 살아남을 수는 없을 것이기 때문이다.

그런 조직이 내가 하고자 하는 일에 관계가 있다면 최대한 빠른 시간 안에 조치를 취해야 한다.

"그들이 동양창투와 얼마나 관계가 있는 건가요?"

"동양창투의 지분 중 40%가 고려저축은행에서 나온 거다."

"주주총회 결과 말고 이외의 상황이 나올 수도 있다는 거군요?"

말하지 않아도 대충 짐작이 갔다. 암흑가의 자금이 들어온 이상 동양창투를 우리의 계획대로 쉽게 좌지우지하지는 못할 것이라는 이야기였다.

동양창투를 이용해 지주회사를 만들려던 계획에 차질이 있을지도 모르기에 흑룡회라는 예상을 벗어나는 변수가 나타나는 것은 좋지가 않았다.

"민석이 말로는 무서운 조직이라고 했다. 아직은 자신도 발톱을 숨겨야 할 만큼 말이다."

"으… 음."

민석 선배가 암흑가로 뛰어들 때 전폭적으로 지원한 것이 창운 선배다. 창운 선배의 작은아버지가 그쪽 계통에서 꽤나 이름이 있는 분이었는데 그분으로부터 모든 것을 물려받았다는 것을 들었다.

그렇게 작정을 하고 암흑가에 뛰어들어 민석 선배가 키운 힘은 그저 그런 것이 아니다. 서울 일대에서 선배의 힘을 무시할 만한 간 큰 조직은 없을 정도로 상당한 힘과 위치를 점하고 있는 중이다.

그런 민석 선배가 웅크리고 발톱을 숨겨야 한다면 보통 조직이 아니었다.

"미네르바 흑룡회에 대해서 알아봐. 하나에서 열까지 전부. 그리고 민사준이라는 자도."

생각하는 척하며 미네르바를 불러 알아보게 했다. 지나간 100년간의 정보를 모두 쥐고 있는 미네르바였기에 얼마 지나지 않아 민사준과 흑룡회에 대해 알아낼 것이 분명했다.

미네르바에게 지시를 내리고 창운 선배와 사람들을 돌아보았다. 우리 두 사람의 대화에 걱정이 되는지 모두가 굳은 표정이다. 이럴 때는 기분을 풀어주는 것이 상책이기에 제안을 했다.

"모두들 걱정하지 마십시오. 그 일은 제가 처리하도록 하겠습니다. 이제 동양창투에 대한 인수도 거의 끝난 것이나 마찬가지니 제가 한잔 사지요."

위험한 일이기에 흑룡회에 대한 일은 내가 맡기로 했다. 그리고 다들 흑룡회의 출현에 조금은 불안한 것 같아 술을 한잔 사기로 했다.

"거 좋지."

지난 며칠 동안 동양창투의 주식 매입에 열을 올리느라 한국에 돌아온 후 제대로 즐길 여유가 없었던 유준이 맞장구를 쳤다. 겁이 날 일이라는 것을 알면서도 녀석의 표정은 밝기만

하다. 일편단심 언제나 나를 믿어주는 녀석의 마음을 알 것 같았다.

일행과 함께 근처의 호프집으로 향했다. 사무실에 대한 보안은 이미 미네르바에게 맡겨놓은 상태였기에 나도 안심하고 오랜 만에 만난 사람들과 회포를 즐겼다.

사무실에서의 일은 비밀이었기에 술자리에서의 주된 화제는 나와 유준이 다니던 학교 시절의 추억이었다. 동아리의 취지를 바꾸면서 겪었던 선배들과의 갈등과 전체가 섬으로 놀러 가서 멋지게 동아리를 재창단한 단합대회까지 모두들 즐거운 한때를 보냈다.

동아리를 재창단하는 데 많은 힘을 기울인 것이 틀림없지만 난 학교를 중퇴한 사람이다. 모두들 그럴 만한 사정이 있었다는 것을 알기에 그쪽 이야기는 하지 않았다.

술자리를 끝내고 모두들 취한 모습으로 집으로 돌아갔다. 사나이의 인생에 파란만장이 없으면 심심해서 어떻게 하느냐는 유준의 우스갯소리에 그나마 남아 있던 불안감은 모두 사라진 모습이었다.

유준이의 농담이 아니더라도 모두들 강단이 있는 사람들이기에 흑룡회라는 암초가 나타났어도 그리 염려할 바는 아니었지만 말이다.

선배들이 돌아가고 할 이야기가 있었기에 나는 유준이와 함께 호텔로 향했다. 미네르바도 자연스럽게 집으로 돌아간

다며 자리를 피해주었다.

"이제 진짜 사실을 말해봐라."

호텔에 들어선 후 유준이 꺼낸 첫마디였다. 녀석도 내가 선배들에게도 감추고 있는 것이 있다는 것을 안 모양이다. 나 자신보다 나를 더 잘 아는 녀석이니 지금까지 참아준 것도 고마웠다.

"이번 일에 얽혀 있는 게 많다."

"부모님의 복수냐?"

어느 정도 짐작하고 있었다는 듯 유준이 물었다.

"그래."

"나도 그럴 줄 알았다. 부모님의 죽음이 결코 평범한 것이 아니었으니까. 그리고 네가 그대로 묻어둘 녀석도 아니고."

"그래. 놈들의 정체는 모르지만 상당한 힘을 가지고 있는 것이 분명하다. 보통 사람이 상상을 하지 못할 정도로 말이다."

"후후후, 알고 있다. 내가 왜 독일에 갔다고 생각하냐?"

"알고 있었냐?"

유준의 말에 뭔가 알고 있다는 생각이 들었다.

"길 가던 사람이 갑자기 불에 타 죽고, 병실에 누워 있던 사람이 얼어 죽었는데 평범한 죽음이었겠냐? 아버님, 어머님이 그렇게 돌아가셨다는 것을 알고 전 세계 정보 조직이라는 정보 조직은 다 뒤졌다. 그래서 알겠더구나. 그런 능력을 가진 자들이 존재한다는 것을. 두 분의 죽음을 조사하다가 해킹한 것이 걸려 버렸지. 내가 한 것은 밝혀지지 않았지만 누군가 나를 추적하고 있다는 느낌에 독일로 떠났었다.”

“어쩐지 이상하다고 했다. 갑자기 유학이라니 말이다.”

이제야 유준이가 급히 유학을 떠난 이유를 알 수 있었다. 이런 친구가 있다는 것이 너무나 고마웠다. 아들인 내가 방황할 때 녀석은 부모님의 죽음에 서린 음모를 캐고 있었던 것이다.

“후후후, 그냥 유학만 간 것은 아니다. 너는 잘 모르겠지만 2차 세계대전 이전부터 막스플랑크연구소는 뇌 과학을 이끌어오고 있는 선두 주자다. 카이저 빌헬름재단 시절부터 말이다.”

“너…….”

유준의 말에 말을 이을 수가 없었다. 어째서 독일로 유학을 떠난 것인지 알 수 있었던 것이다. 유준이는 지금까지 내 부모님의 죽음을 쫓고 있었던 것이다.

“녀석, 너무 감동하지 마라. 아버님, 어머님 때문이기도 하지만 나 때문이기도 하니까.”

우우웅!

말이 끝나기 무섭게 유준이의 몸으로 뭔가 기운이 일었다. 나는 유준이의 몸에서 일어나는 그 기운이 무엇인지 한 번에 알 수 있었다. 그것은 인간의 한계를 초월한 자만이 발휘할 수 있는 사이코 매트릭스의 힘이었다.

유준이가 뿜어내는 기운이 한곳을 향하고 있었다. 기운이 향한 곳은 탁자에 놓여 있는 노트북이었다. 사이코 매트릭스의 힘이 노트북에 닿자 전원이 들어오고 화면이 켜졌다.

그리고 각종 사이트가 나타났다가 사라지기를 반복했다. 노트북 화면에 나타난 사이트들은 민간인은 절대 볼 수 없는 것들이었다. 미네르바에게 유준이가 정신과 기계를 연계시킬 수 있는 사이코 매카닉의 능력을 가지고 있다고 듣기는 했지만 무척이나 놀라운 능력이었다.

"이런 능력이 생긴 것이 언제부터인지는 나도 모른다. 그냥 자연스럽게 내가 기계들을 마음대로 다룰 수 있다는 것을 알게 됐지. 그 때문에 너에게도 비밀로 했지. 유일한 친구라고 할 수 있는 너에게 괴물 취급을 받기는 싫었으니까."

"난 네가 어떤 능력을 가졌던 간에 친구라는 생각에는 변함이 없다."

"안다. 하지만 그래도 너에게 털어놓는다는 것은 쉽지만은 않은 일이었다. 난 어릴 때부터 기계와 친했다. 기계를 내 의지대로 부릴 수 있을 정도로 말이다. 그런 사실을 알게 되었을 때 난 공포에 떨어야 했다. 어린 나이지만 나를 낳아준 부모님이 그 때문에 나를 버렸다는 것을 알아버렸기 때문이다. 입양이 된 뒤에 그런 능력이 있다는 것을 알게 된 나는 능력을 감췄지. 또다시 버려질까 봐 두려웠으니까. 양부모님에게는 조심스러울 수밖에 없었고, 그런 내게 의지할 수 있는 단 한 사람이 있다면 바로 너였다. 그래서 내 능력에 대해 알게 되면 너를 잃을까 봐 말할 수 없었다.”

“괜찮다. 다 이해하니까. 아마 나라도 그랬을 거다.”

“고맙다, 한철아. 난 내가 가진 능력 때문에 네 부모님이 돌아가신 것에 대해 절대 무관심할 수가 없었다. 두 분의 죽음에 대해 아는 순간 그것이 초능력자들에 의해 벌어진 일이라는 것을 알았으니까. 그래서 정보 조직들의 컴퓨터를 해킹했다. 그렇게 각국 정보 조직의 특급 비밀을 들여다보고 초능력을 가지고 있는 자들이 있다는 것을 안 순간 그들에 대해 알기 위해 떠나야 했던 거다.”

“그랬구나. 후후후, 네가 나보다 낫다.”

부모님의 죽음에 대해 의심을 가지고 홀로 추적해 온 유준이에게 고마움을 느꼈다.

“네가 그냥 있을 놈이 아니라는 것을 알았지만 눈치를 보니 너도 그들에 대해 아는 것 같은데. 그래, 넌 어떻게 변한 거냐?”

유준이는 내게서 뭔가를 느낀 모양이다. 지금 유준의 눈빛은 평소의 눈빛이 아니다. 능력을 발휘하고 있는 녀석의 눈빛은 너무도 깊어 깊이를 알 수 없는 현자의 그것이다. 더 이상은 숨길 수는 없는 노릇이다.

“재미있게도 아버지와 어머니는 너처럼 초능력자이셨던

모양이다. 그리고 나는 두 분의 피를 물려받았고."

의지만으로 물리력을 발동해 유준이를 속박했다. 그와 동시에 미쳐 돌아가던 컴퓨터가 힘을 잃고 꺼졌다. 자신의 능력까지도 속박하는 힘 때문인지 녀석의 눈이 더할 나위 없이 커졌다.

유준이를 속박한 것은 잠시뿐이었다. 위험할 수도 있기에 녀석을 얽어맨 속박을 금방 풀었다.

"텔레키네스 파워(Telekinetic Power)! 아니야. 그것하고는 좀 달라."

유준이 녀석도 보통 말하는 내가 발휘한 힘이 염동력과 다르다는 것을 느꼈는지 고개를 저었다.

"후후후, 나도 내가 가진 능력이 어떤 것이지 잘 모른다. 하지만 이런 능력이면 적이 누가 됐던 간에 싸워볼 만하다고는 생각한다."

내 말에 유준이가 불안한 표정을 지었다. 보통 사람도 아니고 능력자들과의 싸움을 염두에 두고 있다는 내 말이 불안한 모양이다.

"한철아, 그동안 내가 알아본 바로는 그들은 무섭다. 나나 네가 상상하는 것보다도 말이다."

"안다. 능력자들의 힘이 얼마나 강한지 말이다. 하지만 복수를 그만둘 수는 없다."

"결심이 선 모양이로구나."

"그래, 어차피 놈들이 나를 노리고 있는 이상 피해갈 수는
없으니까."

"널 노려?"

날 노렸다는 말에 유준이의 눈빛에서 한순간 불길이 이는
것이 느껴졌다. 무척이나 분노한 모양이다.

"그래. 몇 녀석이 나를 노리고 찾아왔었다. 별로 어렵지 않
게 처리할 수 있었다."

"다행이구나. 그런 놈들이 찾아오다니. 그렇다면 발을 뺄
수도 없겠구나."

"그래. 이미 깊숙이 들여놓았지. 놈들을 상대하기 위해서
는 우선 아멘도스라는 것을 찾아야 한다. 부모님을 죽음에 이
르게 한 것이기도 하지만 놈들이 그렇게 혈안이 된 것이라면
예사로운 것이 아니니까."

"아멘도스?"

"아버지가 남긴 단서에 나와 있는 말이다. 전투 시스템이
라고는 하지만 그 이상의 뭔가가 있다는 것이 내 판단이다.
내가 아멘도스에 대해 알게 된 것은……."

아멘도스에 대해서 모두 말해주었다. 미네르바와 네르키
즈에 대한 것을 빼고, GB의 일과 국정원장을 만났던 일 등 모
두 이야기해 주었다. 내 이야기를 다 들은 유준이의 얼굴이
무척이나 굳어졌다.

"어려운 싸움이 되겠구나."

“그래. 힘들겠지. 이번 계획도 놈들을 찾기 위한 것이다. 아무래도 부무님의 죽음에는 MIC(군산복합체:Military Industrial Complex)와 관련이 있을 테니까.”

“나도 그쪽을 훑어보기는 했지만 부모님의 죽음에 대한 명확한 단서는 잡지 못했다. 아멘도스라고 했으니 다시 한 번 찾아보마.”

“위험할 수도 있으니 그것은 그만둬라. 나도 나름대로 알아보고 있으니 머지않아 확실히 단서를 찾을 수 있을 거다. 어느 정도 놈들의 꼬리를 찾기도 했고. 그러니 넌 이번 계획에 차질이 없도록 준비나 철저히 해라. 예상치 못한 난관이 있을지도 모르니까. 그리고 이거.”

유준이를 만날 때를 대비해 미네르바를 통해 준비해 놓은 것을 건넸다. 성능이 떨어지기는 하지만 내가 차고 있는 초소형 컴퓨터와 비슷한 기능을 가진 것이다.

초자아 컴퓨터까지는 아니지만 약간의 인공지능을 가지고 있어 지구상에 존재하는 웬만한 슈퍼컴을 능가하는 것이다. 유준이가 차고 있는 것은 스탠드 어론형으로 자체 동력을 가지고 있는 놈이다. 의지로 기계를 다루는 능력을 가진 유준이에게는 요긴한 손발이 되어줄 것이다.

“이게 뭐냐?”

“일종의 컴퓨터이니 한번 가동시켜 봐라. 손에 차고 네 능력을 발휘하면 작동할 거다. 후후후.”

“…….”

유준은 내 말에 묵묵히 왼쪽 팔에 차고는 자신의 능력을 발휘했다. 유준이가 능력을 발휘하자 손에 차고 있는 컴퓨터가 가동하기 시작했다. 그리고 유준이의 눈이 점점 커져 갔다.

“어, 어… 떻게…….”

자신의 망막으로 비치는 각종 정보의 물결은 상상을 불허하는 것이었을 테니 무척이나 놀랄 터이다.

“너만 알고 있어라. 미우해양조선을 인수하고 우리의 계획을 진행하는 데 많은 도움이 될 거다.”

“어디서 났냐?”

궁금한 빛이 역력했다. 지구상에 존재하는 것이 아니었으니 그럴 만도 했다.

유준이가 무엇을 생각하는지 모르지만 생각과 동시에 떠오르는 수많은 정보의 물결이 유준이의 능력에 맞게 최적화되어 제공되고 있었기 때문이다.

“약속한 것이 있어서 자세한 것은 알려주지 못한다. 하지만 머지않아 너도 알게 될 거다. 우리 힘도 놈들의 힘에 못지않다는 것을 말이다.”

“그래! 훨씬 재미있는 싸움이 될 것 같은데?”

표정이 한결 부드러워졌다. 내가 보여준 능력도 그렇고 자신이 차고 있는 컴퓨터의 기술력이라면 내가 계획하고 있는 것이 결코 꿈만은 아니라는 것을 느낀 것 같았다.

"난 이만 가봐야겠다. 아직은 나도 준비를 해야 할 단계라서 말이다. 그리고 그 흑룡회라는 조직, 꽤나 재미있을 것 같다."

갈 곳이 있어서 유준이에게 작별 인사를 했다.

"아까는 조금 두려웠지만 네 녀석 능력이 그 정도라면 마음이 놓인다. 하지만 그래도 조심해라. 창운 선배나 민석 선배 말로는 무척 무서운 놈들 같더라."

"걱정 마라. 그럼 간다."

나를 염려해 주는 유준이를 뒤로하고 호텔 방을 나섰다.

유준이에게 작별 인사를 하고 호텔을 나와 성남시에 있는 분당으로 향했다. 분당에 민사준이라는 자가 살고 있다는 정보를 미네르바가 전해왔기 때문이다.

동기화가 가속화된 것인지 특별한 대화없이 생각만으로 미네르바가 정보를 보내오고 있었다.

아직 천상천이 완성되지 않았는데도 불구하고 미네르바가 보내오는 정보는 대단히 정확했다. 민사준이 사는 집의 정확한 위치가 담긴 항공 사진은 물론이고 그의 얼굴까지 전송되어 오고 있었다.

하지만 흑룡회에 대한 정보는 아직 없는지 전송되지 않고 있었다. 민사준에 대한 정보가 들어오고 난 뒤 미네르바의 음성이 머릿속에 들렸다. 주변에 사람들이 있기 때문이다.

―함장님께 보고드릴 일이 있습니다.

"뭔데?"

―이번에 관련된 자들이 MIC뿐만이 아닌 것 같습니다.

"또 다른 자들이 있었나?"

―세븐 시스터즈가 움직인 것 같습니다.

"그들이?"

미국의 엑손, 모빌, 셰브런, 텍사코, 걸프와 영국계 브리티시 석유, 로열더치셸 등 7대 석유 메이저 기업을 부르는 별명이 바로 일곱 자매[Seven Sisters]다.

이탈리아의 국영 에너지 회사의 초대 총재였던 엔리코 마테이가 붙인 이름으로, 마테이는 1962년 가을에 전용기를 타고 시실리를 떠나 밀라노로 가는 도중 비행기가 폭발하는 바람에 죽은 사람이다.

일곱 자매라 불리는 당시 석유 메이저 회사들은 마테이를 불구대천의 원수로 여겼다. 그가 이란에 있는 유전을 개발할 수 있는 독점권을 얻고, 당시 소련과의 원유 구매와 송유관 생산 등으로 석유 메이저 회사들의 심기를 불편하게 했기 때문이다.

지금은 사우디아라비아 아람코, 러시아 가즈프롬, 중국 석유천연가스집단, 이란 국영석유사, 베네수엘라 PDVSA, 브라질 페트로브라스, 말레이시아 페트로나스 등이 새로운 일곱 자매 역할을 하고 있지만 그동안 쌓아온 그들의 부와 힘은 아직까지 무시하지 못할 정도로 거대했다.

이제는 서서히 몰락해 가는 그들이 부모님과 할아버지의 죽음에 개입되어 있다는 정보는 의외였기에 자세하게 묻지 않을 수 없었다.

─검은 황금의 지배자들인 그들이 움직인 것은 물론 러시아 마피아도 관련되어 있는 것 같습니다. 함장님께서 사로잡으신 자들의 의식 속에 감춰져 있던 정보를 직접 알아낸 것이니 틀림없을 겁니다.

"재미있군. MIC에다가 일곱 자매라……. 이거 자칫하면 전 세계와 싸워야 되는 것 아니야?"

─걱정 마십시오. 전 이미 준비가 되어 있습니다.

내가 걱정하는 듯하자 미네르바의 목소리가 굳어지며 대답해 왔다. 미네르바의 목소리에 믿음이 갔다. 전함 네르키즈의 힘이라면 못 부딪칠 것도 없다는 생각이 들었다.

"알아. 한번 해본 소리야. 네가 있는 이상 진다고는 생각해 보지 않았어. 다만 일이 복잡해지는 것이 싫었을 뿐이지. 그럼 슬슬 첫 번째 일부터 처리해 볼까? 앞길에 놓여 있는 똥들은 깨끗이 치워야 하니까."

─분당으로 워프할까요?

"그래, 대신 사람들이 볼 수 없는 곳으로."

엘리베이터를 타고 내려와 로비를 지나 회전문을 나서며 분당으로 워프되었다. 사람들은 그저 회전문이 알아서 혼자

돌았다고 여길 것이다.

　워프되어 온 곳은 야트막한 산들 사이에 있는 주택지였다. 아파트가 밀집되어 있는 분당 중심가와는 전혀 다른 모습이 색달라 보였다.

　널찍한 잔디가 있는 마당에 일반 주택으로 보기에는 상당히 큰 집들이 있는 곳으로 한눈에 보기에도 재산 꽤나 있다는 사람들이 사는 것이 분명했다.

　"주변을 살펴봐."

　―인근에 공원묘지가 하나 있고, 군부대로 보이는 곳도… 예비군 훈련장이군요. 그 이외에 특이한 사항은 없습니다.

　"저쪽에 있는 것이 그자의 집인가?"

　―그렇습니다. 상당히 많은 수의 인물들이 거주하고 있습니다. 갖추고 있는 무력도 이곳의 상식을 초월합니다. 거주하고 있는 자는 총 15명이고, 도검류는 물론이고 총포류까지 웬만한 조폭들을 능가하는 무력 수준입니다.

　"민사준 그자는?"

　―없는 것 같습니다.

　"없어?"

　―정황으로 봐서는 없는 것이 틀림없습니다. 중심이 되는 거주 공간에 남아 있는 열기도 없고 움직이는 사람도 없으니 아직 집에 들어오지 않은 것이 분명합니다.

"시간을 맞춰오지 못한 모양이로군. 집에 돌아가야겠다."

제법 늦은 시간이었기에 집에 있으려니 생각했는데 민사준은 아직 집으로 돌아오지 않은 모양이었다. 나중에 기회를 봐야 할 것 같았다.

─잠시만 기다리십시오. 그자가 오는 것 같습니다.

미네르바의 말이 끝나는 것과 동시에 차량 한 대가 단독주택지로 들어서는 것을 볼 수 있었다. 차량이 향하는 방향은 민사준의 집이었다.

"그런 모양이군."

차량이 문 앞에 이르자 집 안으로 들어가는 자동문이 열렸다. 차는 미끄러지듯 집 안으로 들어갔고, 얼마 안 있어 현관문 쪽에 회색 양복을 입은 자가 모습을 드러냈다. 집주인인 민사준이었다. 약간 취한 모양인 듯 비틀거리는 모습이다. 어디서 술이라도 마시고 들어온 모양이다.

"미네르바!"

─말씀하십시오, 함장님.

"안에 있는 자들을 무기력화시킬 수 있을까?"

─가능은 합니다. 어떤 방식으로 할지는 함장님이 선택하시면 됩니다.

"어떤 방식?"

─무력은 물론이고 약품 동원까지 선택의 범위는 무척이 넓습니다.

"후후후, 이 시간에 무력은 좀 곤란하고, 그냥 조용히 잠재
웠으면 한다."

―그럼, 수면 가스가 적당하겠군요. 가스가 든 캡슐을 워프
시키겠습니다.

"알았다. 대신 민사준이라는 자는 재우지 말도록."

―알겠습니다.

"가보자고."

수면작용을 하는 가스를 워프시키도록 한 후, 야산 중턱에
서 민사준의 집까지 대략 500미터의 거리를 빠르게 접근해
갔다.

로테이트크루즈를 시전했다. 데블나이트 상의 공간 이동
법이었다. 500미터 거리지만 민사준의 집 앞까지 불과 몇 초
걸리지 않았다.

―곳곳에 CCTV가 있습니다.

"무력화시켜!"

나도 이미 보았다. 주택 단지 곳곳에 CCTV가 설치되어 있
었다. 들어서는 길가를 중심으로 한 전주는 물론 주택들의 외
벽 곳곳에 설치되어 있는 것을 보면 보안에 꽤나 신경을 쓴
주택지가 분명했다.

―모두 무력화시켰습니다. 한동안 계속 같은 장면만 촬영
될 겁니다. 이미 수면 가스 또한 살포가 끝났습니다.

"좋아, 들어가 볼까?"

휘익!

담장을 뛰어넘어 안으로 들어갔다. 축대를 포함해 거의 6미터가 넘는 담장이었지만 그리 어렵지 않았다.

"모두 잠든 모양이로군."

마당 한구석에는 도베르만 몇 마리와 경비를 서던 사나이가 쓰러져 있었다. 주택 안에는 사람의 기척이라고는 느껴지지 않았다. 그야말로 쥐 죽은 듯이 고요했다.

＊　　　＊　　　＊

민사준은 오랜만에 많이 취했다. 지하금융을 장악해 오랜 세월 동안 한 손에 주무르고 있는 그가 이렇게 취한 것은 근 몇 년 만이다.

자신이 소유하고 있는 빌딩 지하의 비즈니스클럽에 마음에 쏙 드는 아가씨가 새로 들어오지 않았다면 지금까지 즐기다 집으로 들어올 일도 없을 터이다.

많이 취하기는 했지만 그렇다고 몸을 못 가눌 정도는 아니었기에 방 안에 들어온 후 옷을 갈아입었다.

"오늘은 꽤 마셨군."

취기가 오른 민사준은 오늘 만나 뜨겁게 육체를 불사른 여자를 떠올렸다. 이제 갓 스물이 된 여자의 육체가 아직도 눈에 어른거린다.

하지만 그는 어떤 상황이 오더라도 자신의 일을 잊지 않는 사람이다. 오늘 하루를 마감해야 하기에 서재로 가기 위해 그는 안방을 나섰다.

"이 새끼들이!!"

민사준의 눈이 일그러졌다. 거실로 나온 민사준은 자신을 경호해야 할 자가 소파에 앉아 잠에 취한 모습을 볼 수 있었던 것이다.

"이 자식들이 군기가 해이해졌군. 아무래도 날을 한번 잡아야겠어."

피곤하다고는 하지만 취약한 밤 시간대였다. 밤새워 경호해야 할 자가 자신의 임무를 저버렸음을 안 민사준은 조직의 기강을 돌아보아야겠다는 생각을 가지며 서재로 들어섰다.

요즘 들어 동양창투의 주식을 누군가 매집하고 있다는 정보를 들었다. 저녁나절 집을 나서며 지시를 해둔 것에 대한 보고가 올라와 있을 것이기에 서재에 들어선 그는 책상에 앉아 곧바로 컴퓨터를 켰다.

컴퓨터를 켜고 메신저를 통해 자신의 메일을 확인한 그는 지시한 사항에 대한 보고가 올라와 있음을 볼 수 있었다.

"후후후, 어떤 녀석들인지 재미있군. 자신들이 얻고자 하는 것에 피가 묻어 있음을 모르니. 하긴, 먹이를 너무 탐하면 골로 가는 법이니까."

주식은 한 사람이 매집하고 있는 것이 아니었다. 십여 명이요 며칠 동안 집중적으로 매수하고 있었다. 단기 차익을 노린 것인지, 아니면 자신이 계획하고 있는 일에 대한 정보를 얻어서 그런 것인지는 모르지만 민사준은 동양창투의 주식을 건드리는 자들이 지옥행 급행 열차를 탔다고 생각했다.

"호오! 같은 학교 동문 출신들이다 이 말이지."

보고서를 읽은 그는 같은 학교 동문 출신들이 모여 동양창투를 차지하기 위해 주식을 매집했다는 것을 알 수 있었다. 자신이 계획하고 있는 정보를 알고 있음이 분명하다.

자신이 노리고 있는 회사를 인수하기 위해 자금을 댄 회사가 누군가의 표적이 되었다는 사실에 기분이 나빴지만 그의 얼굴에는 그에 대한 한 점의 기색도 나타나지 않았다.

"쥐새끼들이 애써 키운 병아리를 노리고 있다면 손을 봐주는 수밖에……."

보고서를 다 읽은 민사준은 서재에서 나와 안방으로 향했다. 제법 큰 소리가 났는데도 일어나지 않는 경호원을 보며 울화가 치밀었다.

좋던 기분이 보고서로 인해 망친데다가 자신을 보호해야 할 자가 태평스럽게 소파에 누워 잠을 자고 있으니 그럴 만도 했다.

"이 새끼가… 응?"

누워 있던 경호원의 머리채를 잡으려 했지만 잡을 수가 없었다. 힘없이 모로 쓰러져 버린 것이다.

  '어떤 새끼가?'

  갑자기 몸에 전율이 일었다. 누군가 집에 침입한 것이 분명
했다. 자신의 경호원은 잠이 든 것이 아니라 약에 취해 정신
을 잃었다는 것을 알아차린 것이다.

  주위를 쓸어보았다. 예전과는 달리 집 안 곳곳이 정적에 싸
인 듯 잠잠했다. 자신을 경호하기 위해 흑룡회에서 파견 나온
자들이 모두 당한 것이 틀림없었다.

  위험을 느낀 민사준은 안방으로 들어가 침대 옆에 있는 작
은 서랍에서 자신을 지켜줄 도구를 꺼내 들었다. 거무튀튀하
고 살벌한 물체가 모습을 드러냈다. 그것은 권총이었다.

  15발이 들어가는 탄창에는 10발의 총알만 들어 있지만
FBI나 특수부대에서 애용하는 검회색의 시그자우어라면 침
입자가 누구든 간에 대가를 톡톡하게 치르게 될 것이다.

  묵직한 감각이 마음을 편안하게 하는 것을 느끼며 민사준
은 안방을 나와 주변을 살폈다.

  양손으로 치켜든 총구가 향하는 방향을 주시하며 집 안을
살피던 그는 자신을 제외하고 집 안에 있는 사람들이 모두 정
신을 잃고 있음을 알 수 있었다.

  '어떤 놈들이냐? 분명 내가 들어올 때만 하더라도 모두 멀
쩡했는데…….'

  20여 명이나 되는 사람들을 순식간에 잠재워 버린 미지의
적에 대해 불안감이 밀려들었다. 자신이 들고 있는 것이 한국

에서 구하기 힘들다는 권총이었지만 별로 보탬이 되지는 않을 것 같았다.

민사준은 불안한 마음으로 조심스럽게 신형을 옮겨 전화기를 들었다. 내부에서 도움을 청할 수 없다면 외부의 도움이라도 받아야 했던 것이다.

험하다는 지하금융계에서 여태까지 버텨오며 최고의 자리에 올라온 것은 악착같이 살아온 민사준의 노력도 있었지만 그가 속한 조직의 도움도 적지 않았다.

그가 속한 조직은 흑룡회라 불린다. 자신도 흑룡회를 이끌어가는 간부 중 한 명이지만 정확한 실체를 알지 못하는 거대한 조직이 바로 흑룡회다.

자신의 집 바로 옆에 따로 집을 얻어 안가로 만든 흑룡회의 지부가 있었기에 그들에게 도움을 청하려 전화를 든 것이다.

삐! 삐! 삐!

전화는 통화중이었다. 급히 다른 전화를 집어 들었지만 그도 마찬가지였다. 누군가가 전화선을 끊은 것이다.

'제기랄!!'

급히 안방으로 들어가 핸드폰을 찾았다. 핸드폰의 액정 화면에는 핸드폰 통화권 이탈 지역이라는 표시가 떠올라 있었다.

'도, 도대체 어떤 놈들이라는 말이냐?

갑자기 겁이 났다. 전화에 이어 평소에 잘 터지는 핸드폰까지 불통시킨 것을 보면 일개 개인이 자신을 노리고 있다고는 생각되지 않았다.

'이럴 줄 알았으면 비상벨이라도 설치할 것을……. 어쩔 수 없다. 일단 피하고 보자.'

외부에 연락을 취할 수도 없고 적에 대해 알 수 없는 지금은 피하고 보는 것이 상책이었다. 밖으로 빠져나간다면 바로 도움을 받을 수 있기에 괜한 위험을 자초할 필요가 없었던 그는 비상시를 대비해 만들어놓은 비밀 출입구로 향했다.

민사준의 집 지하에 만들어진 비밀 통로는 지하를 통해 옆집과 연결되어 있었다. 그가 살고 있는 집의 바로 옆에 붙어 있는 흑룡회의 지부로 통하는 비상 통로였다.

민사준은 걸음을 빨리해 흑룡회 지부로 향했다. 흑룡회 지부 안에는 총 여섯 명의 인물이 기거하고 있었는데 가진 바 무력이 흑룡회 내에서도 수위에 드는 자들이었다.

비밀 통로를 통해 흑룡회 지부인 안가로 건너온 민사준은 응접실에서 TV를 보고 있는 사람들을 볼 수 있었다.

"어쩐 일이십니까?"

말을 건넨 이는 흑룡회의 경기도 지부장인 권상철이었다. 무술 합계가 도합 15단인 자로 암흑가에서는 비룡이라 불리는 대인 격투의 달인이었다.

'무슨 일이 있었나? 총까지 들고 말이야.'

권상철은 총을 든 채 식은땀을 흘리고 있는 민사준의 모습을 보며 의아해했다. 잔혹하기 이를 데 없는 민사준의 평소 성격이라면 결코 보여주지 않는 모습이었던 것이다.

"누군가 내 집에 침입한 것 같네."

"누가 침입했다는 겁니까?"

민사준을 보호하기 위해 있는 수하가 15명이나 되었다. 그리고 각종 무기를 가지고 있었다. 웬만한 조직으로서는 건드릴 엄두도 내지 못하는 전력이었다.

거기다 주택 단지로 들어서는 각 경계 지점 및 도로에 설치된 CCTV 회로는 경비실 이외에 별도의 연결선을 통해 안가로 들어와 있어 주변을 감시 중이었지만 지금까지 이상이 없었다.

그리고 바로 옆집에 위치해 있었기에 사고가 났다면 알아차리고도 남았을 텐데 이렇듯 총까지 들고 온 민사준의 모습이 이상할 수밖에 없었다.

"어떤 놈들인지는 모르네. 자네가 보내준 경호원을 비롯해 집 안에 있는 사람들 모두 정신을 잃었네."

"제길!! 비상이다. 무기를 챙겨라."

사태가 심각함을 인식한 권상철은 수하들에게 비상을 걸었다. 큰 소란 없이 모두가 정신을 잃었다면 사전에 치밀한 계획하에 움직였을 가능성이 컸기 때문이다.

잘 훈련된 이들답게 수하들이 금방 출동할 준비를 마쳤다.

"적이 몇 명인지는 모르지만 상황을 봐서는 다른 조직의

인물들 같지는 않다. 다수로 보이지는 않으니 최대한 빨리 제
압한다. 놈들의 정체를 캐내야 하니 살상은 자제하도록. 민
선생님께서는 위험하니 이곳에 계시도록 하십시오. 수하 중
하나가 지킬 겁니다."

"알겠네."

지시를 내린 권상철은 민사준을 거처에 머물도록 하고 네
명의 수하를 이끌고 지하 통로를 통해 민사준의 집으로 들어
섰다.

수신호를 통해 집 안 구석구석을 살피도록 한 그는 얼마 지
나지 않아 방 안에 침입자가 없음을 알 수 있었다.

'이상하군. 경호하던 아이들을 모두 잠재운 것이 분명한데
침입한 흔적이 없다니… 민 선생을 불러야겠군.'

아무리 생각해도 이상한 일이었다. 자신들이 알아차리지
못한 것을 알 수도 있기에 민사준을 부르기로 했다. 전과 달
라진 것이 있다면 살던 사람이 더 잘 알 것이기 때문이다.

"민 선생님을 모셔와라."

"알겠습니다."

수하 중 하나가 빠르게 지부로 갔다.

잠시 후, 민사준이 불려왔다. 권상철은 그에게 침입의 흔적
이 없다는 말을 하고는 전과 달라진 것이 없는지 살피게 했
다. 민사준은 권상철의 말에 혼자 안방으로 향했다.

안방으로 향한 그는 침대를 한쪽으로 밀었다. 무겁기는 하

지만 도르래가 달린 침대였기에 한쪽으로 치워놓는 것은 그
리 어렵지 않았다.

침대 밑의 방바닥에는 그가 만들어놓은 비밀 금고가 있었
다. 그동안의 자금 관리 기록을 비롯한 각종 사업에 관계된
비밀 장부가 고스란히 들어 있는 금고였다.

금고는 집을 지을 당시부터 방바닥을 뜯고 만들어진 것이
었다. 민사준이 사람을 시키지 않고 혼자 만든 것으로 각종
경보장치가 달려 있는 것이었기에 누군가 열려고 하면 신호
를 보낼 것이지만 아무런 신호를 보내지 않았다.

금고를 열고 확인했지만 없어진 것이나 훼손된 것은 보이
지 않았다. 자신이 어제 확인한 그대로였다. 이상이 없음을
확인한 민사준은 방을 나서서 권상철에게로 갔다.

"다행히 이상은 없네."

"이상한 일이로군요. 모두 정신을 잃었는데 침입한 흔적도
없고 없어진 물건도 없다니 말입니다."

아무리 생각해도 이상한 일이었다. 아무런 일도 없다는 것
이 권상철의 가슴 한구석에 찜찜함을 남겼다.

"아무래도 아지트를 바꿔야 할까 보네."

"그러시는 것이 좋을 것 같습니다. 아무래도 이번 일은 민
선생님을 노린 것 같습니다. 민 선생님을 노리고 들어왔다가
아무도 없자 철수한 것 같아 보입니다. 옮기실 장소는 바로
알아보겠습니다."

“날이 밝는 대로 옮기도록 하지.”

“알겠습니다. 아직 위험할 수도 있으니 날이 밝을 때까지 저희가 이곳에서 민 선생님을 지키도록 하겠습니다.”

“고맙네.”

악착같은 인생을 살아온 이답게 민사준은 자신의 생명에 대한 집착이 무척이나 강했다. 오늘 자신의 생명이 위험할지도 모른다는 공포감에 사로잡혔던 그는 권상철의 말에 고마움을 느꼈다.

‘이상하군. 평소 같지 않아 보이니…….’

민사준이 이만한 일로 겁을 먹은 사람이 아니라는 것을 잘 아는 권상철은 평소와 다른 민사준의 행동이 의문스러웠지만 그 외에 별달리 이상한 점은 보이지 않았기에 그대로 넘어갔다.

“쓰러진 자들은 각자 숙소로 옮겨라. 그리고 모두들 자리를 잡고 날이 밝을 때까지 이곳에서 대기한다.”

권상철은 이곳저곳에 쓰러져 있는 경호원들을 수하들로 하여금 숙소로 옮기도록 하고 난 뒤 민사준의 방을 중심으로 각자 자리를 잡고 경계를 서게 했다.

하지만 그런 그의 행동이 누군가에 의해 낱낱이 살펴지고 있음은 알지 못했다.

Chapter 5
주천문의 사람들

　민사준이 있는 곳과 멀리 떨어진 곳에서 상황을 지켜봤다. 예상대로 진행되기는 했지만 어딘지 모르게 부자연스러운 느낌이 들었다.

　―함장님, 긴급히 시행한 탓에 아직은 정신 조작을 한 여파가 남아 있는 것 같습니다.

　"그런 것 같군. 처음 봤을 때와는 조금은 다른 모습이니 말이야. 조금 불안한걸."

　―공포심이 남아 있어서 그러는 것이니 얼마 지나지 않아 안정을 되찾을 겁니다. 안정을 찾으면 우리가 자신의 정신을 조작했다는 의식없이 평상시처럼 행동할 겁니다.

"그렇다면 다행이고, 저자를 통해 흑룡회라는 조직에 대해 알아낼 것이 많으니까 말이야."

—아직 문제가 있기는 하지만 좋은 소식을 들으실 수 있을 겁니다.

사실 민사준이 비밀 통로로 피하고 옆집에 있던 흑룡회 지부의 도움을 요청한 일련의 행동들은 내 지시로 미네르바가 정신조작을 한 결과였다.

민사준의 집으로 들어갈 당시 집 안에 있던 사람들은 미네르바가 살포한 수면 가스에 의해 모두 잠들어 있었다. 나는 곧장 민사준의 방으로 들어갔고, 미네르바는 내 손에 차여진 컴퓨터를 이용해 민사준의 의식을 탐색했다.

의식을 탐색하는 과정에서 미네르바는 몇 가지 놀라운 정보를 알아냈다.

미네르바가 알아낸 바로는 민사준이 동양창투에 투자한 목적은 나와 같았던 것이다. 그가 최종으로 노리는 것이 바로 내가 점찍은 미우해양조선이었던 것이다.

그리고 흑룡회의 조직에 대해 일부나마 알게 되었다. 전국 군소의 조직폭력배 위에 군림하는 최대의 폭력 조직일 뿐만 아니라 정치권과 재계에도 연결된 끈을 가지고 있다는 정보였다.

그보다 놀라운 것은 민사준의 의식에 뭔가 봉인된 것이 있다는 것이었다. 의식 속에 있는 봉인은 미네르바조차 심각하게 생각할 정도로 의외의 것이었다.

특이하게도 미네르바의 분신이라고 할 수 있는 손목 보호대 같은 컴퓨터로도 민사준의 의식 속에 있는 봉인을 깨고 안에 있는 내용을 알아내기 어려웠던 것이다.

흥미로운 생각에 봉인 안에 들어 있는 내용을 확인하기 위해 네르키즈로 워프시키려 했지만 그것도 불가능했다. 의식 속에 남겨진 봉인이 미네르바가 워프시키려는 것을 방해했던 것이다.

강제로 워프시킬 수도 있었지만 좌표를 계속 어그러뜨리는 봉인의 힘으로 인해 민사준을 자칫 우주의 미아로 만들 수도 있다는 말에 워프를 포기했던 것이다.

대신 정신 조작을 통해 그의 행동을 통제함으로써 그와 관련된 제반 사항을 알아내는 것으로 계획을 바꾸었다. 민사준도 자신의 의식 속에 그런 봉인이 있는 것을 알지 못하는 것 같기에 어쩔 수 없이 내린 결론이었다.

그러는 편이 동양창투를 인수하려는 계획에 도움이 될 뿐만 아니라, 그의 주변을 관찰함으로써 민사준의 의식 속에 있는 봉인을 베푼 자에 대해 알 수 있다고 생각한 것이다.

내가 이렇듯 사람에게 해서는 안 되는 일을 벌인 것은 민사준의 의식 속에 들어 있는 봉인에게서 출처를 알 수 없는 기이한 예감을 느꼈기 때문이다.

정신 조작을 끝낸 미네르바는 민사준의 미간 사이에 나노 로봇을 심었다. 그가 생각하고 느끼는 것을 전송할 수 있는 로봇이었다. 눈에 보이지도 않는 그런 기능을 한다는 것에 놀랐지만 미네르바를 믿기에 그렇게 한 것이다.

그렇게 조치를 마친 나는 민사준의 집을 나와 미네르바를 통해 그를 감시하고 있었던 것이다.

"비밀 금고 안에 있는 자료들은 전부 카피한 건가?"

─MRI를 이용한 투과 조사는 물론 내용에 대한 카피도 전부 끝났습니다.

"안에 들어 있는 내용이 무엇인지 조사하는 데는 얼마나 걸리겠어?"

─자금의 흐름과 장부상에 기록된 인물들의 인맥에 대해 조사하자면 내일 아침쯤 결과가 나올 겁니다.

"그 안에 김한석 원장의 이름도 있었다고 했나?"

─불행하게도…….

뇌물인지 로비 자금인지는 모르지만 자금 거래 명단에 김한석이라는 이름이 들어 있었다. 자료를 카피하며 간단히 살펴본 미네르바가 김한석의 이름이 있는 것을 확인하고는 나에게 보고했던 것이다.

동명이인인지는 확인을 해봐야겠지만 자금의 거래 규모로 봐서는 김한석 원장이라는 느낌이 강하게 들었다.

"확실히 캐봐. 아무래도 심상치가 않으니까 말이야."

김한석이라는 이름의 사람에게 건네진 돈이 거의 100억 원에 가까웠다. 거기다 정체를 알 수 없는 흑룡회라는 조직과 민사준의 의식 속에 있는 봉인까지, 의외의 장소에서 뭔가 거대한 것에 대한 꼬리를 잡은 것이 분명했다.

—걱정 마십시오. 조만간 천상천이 풀가동되니 확실히 뒤를 캘 수 있을 겁니다.

"후후후, 그럼 기다리는 일만 남은 거로군."

—그렇습니다. 민사준이 흑룡회라는 정체불명의 단체를 등에 업고 동양창업투자를 이용해 인수하려는 업체가 미우해양조선인 이상 일단은 이대로 지켜보는 것이 좋을 것 같습니다. 그동안 인맥 관계에 대해 분석하다 보면 정확한 것을 알 수 있을 테니 말입니다.

"좋아! 미네르바가 수고 좀 해줘. 그럼 내일은 미연이와 수련해야 하는 날이니 이제는 집에 가볼까?"

—백무요까지 워프를 준비하겠습니다.

"그래, 가자고."

잠시 시야가 흐려졌다 맑아지니 백무요의 안방이었다. 밖으로 나와 아궁이에 불을 피우고 난 뒤 우물물을 길어 몸을 씻은 후 방으로 들어가 잘 준비를 했다.

하지만 잘 팔자가 못되는지 오늘은 잘 수가 없었다. 누군가 백무요로 다가오는 것을 느낀 탓이다.

그리고 그 누군가는 내가 잘 아는 사람과 비슷한 기운을 가지고 있었다.

＊　　　＊　　　＊

"아이들은?"

한천구는 자신의 수족이나 다름없는 사나이에게 자신이 지시한 일의 결과를 물었다. 자신이 가장 믿고 있는 제자답게 주천문의 살림을 도맡고 있는 천유동은 믿음직한 답변을 내놨다.

"스승님께서 지시하신 대로 은밀히 모두 모아놓았습니다."

"그들이 눈치를 챌 가능성은 없느냐?"

"스승님께서 아이들의 능력을 봉인하셨고, 각자에게는 특급 술사들이 한 명씩 붙어 보호를 해왔기에 그들이 아이들의 존재에 대해 눈치 챌 가능성은 거의 없을 겁니다."

"좋다. 천왕존신에게 붙은 감시의 눈길은 어떻게 됐느냐?"

한철에게도 감시의 눈길이 있음을 짐작하고 천유동에 그들의 동태를 살피게 했던 한천구는 상황이 어떻게 돌아가고 있는지 물었다.

"백무요에 펼쳐진 은형진 때문에 위성으로 감시하는 것은 불가능했을 테니 사람들을 투입했을 것이 확실합니다만 아직까지 흔적을 찾지는 못했습니다."

천유동은 만족스럽지 않은 답변을 내놓았다. 백무요에 펼쳐진 결계가 능력자들과는 상극이라는 것을 알기에 어느 정도 위험을 피할 수는 있겠지만 한철을 노리고 있는 자들에 대한 정보를 얻을 수 없다는 것이 걱정스러웠다.

"으… 음, 가만히 있을 놈들이 아닌데 걱정이로구나. 만약 우리가 천왕존신께 아이들을 데리고 가는 것이 새어나간다면 위험할 수 있다."

"그렇기는 하겠지만 우리가 그동안 최선을 다해 은밀히 이동해 왔고, 술사들의 능력이라면 놈들에게 들키지 않고 무사히 그분께 갈 수 있을 겁니다, 스승님."

"으… 음."

천유동의 말에 한천구는 잠시 생각하는 듯 눈을 감았다가 떴다. 각오는 하고 시작한 일이지만 자칫 피해가 커질 수도 있기 때문이었다.

"어차피 미룰 수는 없는 일이다. 아이들의 봉인이 풀릴 날이 멀지 않았고, 그들이 MP들의 능력을 속속들이 파악하고 있는 이상 이목에 걸리는 것도 시간문제이니 곧장 아이들을 천왕존신에게 보내야 할 것 같구나."

"알겠습니다."

스승인 한천구가 당부하고자 하는 뜻을 알기에 천유동이 굳은 얼굴로 고개를 숙이며 대답했다.

"유동아, 미안한 일이지만 술사들에게 목숨을 잃는 한이 있더라도 아이들을 반드시 천왕존신에게 보내야 한다고 일러라. 아이들이 제대로 각성만 한다면 본문의 오랜 숙원을 풀 수도 있음이니 말이다.”

“모두들 각오하고 있습니다. 저 또한 이미 죽음을 각오하고 있으니 너무 염려하지 마십시오.”

“부탁한다.”

스승의 말에 천유동은 고개를 숙여 인사를 한 후 방에서 나왔다. 마루를 가로질러 건넌방으로 갔다. 지금부터 천왕존신으로 판명이 난 한철이 있는 곳까지 자신이 호위하고 가야 할 아이가 머물러 있는 곳이었다.

천유동이 들어선 방에는 자그마한 블록을 가지고 놀고 있는 소년이 한 명 있었다. 소년은 보통 아이들과는 다른 방법으로 블록을 가지고 놀고 있었다.

놀랍게도 소년은 손으로 블록을 직접 만지는 것이 아니라 손가락으로만 가리켜 움직이며 성과 같은 형태의 모형을 만들고 있었던 것이다.

‘스승님께서 능력을 봉인했는데도 불구하고 응차력(應借力)으로 물건을 다루다니……’

주위에 있는 영력을 끌어들여 물건을 원하는 곳으로 이동시키는 응차력은 서양에서 말하는 염동력과는 다른 능력이다.

염동력이 정신적인 파장을 직접적으로 사용하는 것이라면

웅차력은 사물에 깃든 영들의 능력을 빌어 사용하는 것으로 염동력보다는 정신적 피로가 훨씬 덜한 수법이었던 것이다.

"민영아, 이제는 가야 할 시간이다."

블록에 정신을 집중하고 있던 소년이 천유동의 말을 듣고는 자신의 오른손 손바닥을 접었다 폈다.

와르르르!

소년이 자신의 능력을 거둔 탓인지 블록으로 만든 성이 일시에 무너져 내렸다.

"이제는 내 능력을 온전히 펼칠 수 있는 건가요?"

민영이라 불린 소년이 어딘가 불만이 가득한 목소리로 물었다.

"그래. 우리가 가는 곳에 계신 분께서 봉인을 푸는 것은 물론 네 능력을 완전하게 해주실 거다."

천유동의 말에 민영의 눈이 빛났다.

"정말인가요?"

"그래."

확인하듯 묻는 민영의 말에 천유동이 고개를 끄덕였다.

"그럼 빨리 가지요."

소년은 더 이상 들을 것이 없다는 듯 천유동을 재촉했다. 이곳에 계속 있는 것도 위험을 잠시 미룰 뿐이라는 것을 민영이라는 소년도 알고 있었던 것이다.

"알았다."

두 사람은 방을 나왔다. 천유동은 스승인 한천구가 있는 방을 향해 인사를 하고는 민영을 이끌어 집을 나섰다.

그가 민영을 이끌고 나온 곳은 진주 시내 외곽에 있는 고풍스러운 한옥으로 얼마 전 스승의 말에 의해 그가 은밀히 구한 안가였다.

집을 나와 문밖에 세워진 차에 탄 그는 안가를 출발해 지리산 쪽으로 차를 몰았다.

"아저씨, 우리 위험한 건가요?"

"전에도 말했다시피 네 능력이 어느 정도 드러난 이상 위험하다."

"으음, 이제 저도 아저씨의 세계로 완전히 들어온 거네요."

자신이 살아가야 할 세계에 대해 언질을 주었다. 인간의 범주를 벗어나는 삶을 살아야 하고, 위험 또한 매우 크다는 것을 알려주었던 것이다. 그럼에도 나이답지 않게 차분한 목소리로 묻고 있는 소년을 보며 천유동은 역시 타고난 능력자라는 것을 느낄 수 있었다.

"그렇다고 할 수 있지. 네가 가진 능력 때문이라도 어차피 평범한 인생을 살기는 힘드니까."

자신의 운명을 아는 듯한 민영의 말에 천유동은 자조 섞인 목소리로 화답했다.

보통 사람과는 다른 능력을 가진 자가 평범한 인생을 사는 것은 그른 일이었다. 자신의 능력에 걸맞는 인생을 사는 것이 그리 쉽지만은 않지만 민영에게는 기회가 생겼다.

가히 행운이라고 할 수 있다. 자신의 스승의 말대로라면 민영의 능력은 개화할 것이다. 불안정한 상태가 아닌 진정한 힘을 발휘할 수 있는 기회를 얻은 것이다.

하지만 그 기회를 얻기 위해서는 뚫고 나가야 할 난관이 남아 있다. 어쩌면 죽음에 이르게 될지도 모르는 위험한 난관이 남아 있는 것이다.

천유동와 민영이 지리산 방향으로 차를 몰고 있을 무렵. 비슷한 목적을 가지고 움직이는 자들이 여럿 있었다. 한천구의 명령으로 힘이 봉인된 아이들이 주천문에 속한 술사들의 인솔에 따라 지리산으로 향하고 있었다.

아이들처럼 선천적으로 타고난 능력은 없지만 각고의 노력으로 주천문의 술법을 익혀 경지에 오른 사람들이 각자에게 맡겨진 아이들은 데리고 한철이 있는 백무요로 향한 것이다.

그들 또한 위험을 감지하고 있었다. 자신들이 데리고 있는 아이들을 노리는 세력이 있다는 것을 아는 까닭이다. 강함의 고저는 있겠지만 이미 완전한 능력을 가진 자들이 자신들을 쫓고 있다는 것을 알고 있는 것이다.

그들이 처음 한 것은 차로 이동해 지리산의 각처에서 백무요로 오르는 것이었다. 어디에서 자신들을 기다릴지 모르기도 하지만 함께했다가는 몰살을 면치 못하기에 각자의 루트를 따라 백무요로 향했다.

그들이 가는 길은 이미 오래전부터 준비해 왔다. 자신들의 수장이라고 할 수 있는 한천구가 백무요에 몸을 의탁하는 순간부터 준비한 것이다.

그들의 임무는 아이들을 무사히 데리고 가는 것이다. 그들은 그것에 목숨을 걸었다. 자신들이 데리고 가는 아이들이 오랜 세월 염원해 온 꿈을 이루어줄 존재였기에 목숨에는 미련이 없었다.

주천문에 속하지만 일맥으로 오랜 세월 전수되어 온 자신들의 비기가 이미 아이들에게 전수된 상태였다. 타고난 능력에 따라 전수된 비기들은 아이들이 각성하면 활짝 꽃피울 것이다.

반쪽이 아닌 진정한 위력을 발휘할 것이기에 아이들을 보호하기 위해서라면 그들은 서슴없이 목숨을 던질 것이다.

지리산으로 들어선 그들은 예상대로 백무요를 중심으로 누군가 기다리고 있다는 것을 알았다. 먹이를 사냥하는 이리처럼 고요히 기운을 감추고 있는 이들이 있었던 것이다.

기다리는 자들이 능력자들이기에 주천문의 인물들은 은형술을 펼쳤다. 문주만이 사용할 수 있는 은형술로 한천구가 이번 일의 중요함을 알고 전수해 주었다. 한 명이라도 살아남으려면 최대한 기척을 숨기고 백무요 가까이 가야 할 필요가 있기에 한천구가 큰 결단을 내렸던 것이다.

'무슨 수를 쓰더라도 최대한 백무요 가까이 다가가야 한다. 그래야 기회가 생긴다. 아이들을 무사히 빼돌릴 거리까지 다가가지도 못한 상태에서 적과 조우하는 순간 모든 것이 끝장이다. 무리를 하더라도, 설사 우리 모두가 죽는 한이 있더라도 아이들만은 들여보내야 한다.'

죽음까지 각오한 천유동이었다. 이번 일을 맡은 주천문의 인물들도 그와 다르지 않았다. 그들은 소리없는 조용한 움직임으로 백무요를 향해 가고 있었다.

주천문의 사람들이 백무요를 향해 다가가고 있는 동안 그들의 예상대로 백무요와 일정한 거리를 두고 지키고 있는 자들이 있었다.

밤이 어두운 곳에서 백무요로 들어서는 각 길목에 몸을 숨기고 있는 이들은 한국에 살고 있는 사람들과는 피부색이 달랐다. 모두가 외국인들이었다.

백인과 흑인이 고루 섞인 그들은 싸늘하게 눈빛을 빛내며 자신들이 처리해야 할 주천문의 사람들을 기다리고 있는 중이었다. 두 사람이 한 조를 이루고 있었는데 기세가 무척이나 날카로웠다.

이들이 이곳을 찾은 이유는 주천문이 움직이고 있다는 정보가 있었기 때문이다. 그들이 찾고 있는 주천문의 사람들이 얼마 전부터 지리산 일대를 살피고 사라졌다는 첩보가 있었기에 이렇게 길목을 지키고 있었던 것이다.

임무를 부여받고 처음 이곳에 온 그들은 무척이나 놀랐다. 예상치 못한 상황이 자신들을 기다리고 있었기 때문이다. 사람들이 잘 찾지 않는 산간이었는데 산봉우리 중턱을 중심으로 결계가 쳐져 있었던 것이다.

결계가 쳐져 있는 이유는 충분히 알 수 있었다. 자신들이 찾고 있는 주천문의 사람들이 이곳에 오려는 이유가 결계 속에 있을 것이기 때문이다.

결계를 발견하고 상부에 보고를 기다렸지만 결계 안에 무엇이 있는지에 대해서는 아무런 정보도 얻을 수 없었다. 인공위성을 통해 사진을 찍었지만 뿌옇게 흐린 모습만 나올 뿐 아무것도 보이지 않는다는 소식만 들었을 뿐이다.

미심쩍은 일이었기에 몇 사람이 결계 안으로의 진입을 시도했다. 등 뒤에 알 수 없는 존재를 둔다는 것이 위험하기 때문이기도 했다.

그렇지만 그것은 그들의 실수였다. 임부를 부여받고 들어간 동료들이 얼마 들어가지도 못하고 쓰러져 버린 것이다. 바로 눈앞에서 동료들이 쓰러졌지만 구하러 갈 수도 없었다. 어떤 위험이 도사리고 있는지 알 수가 없었기 때문이다.

긴급히 새로운 사람들이 충원됐고, 2인 1조로 조를 짜 길목을 지키기 시작했다. 한 명은 다가오는 주천문의 인물들을 상대하고 다른 한 명은 혹시 있을지도 모르는 후방에서의 위험을 제거하기 위해서였다.

이들이 들어가지 못하고 외곽에서 주천문의 사람들을 기다리게 만든 결계는 미네르바가 펼친 것이다. 정확히는 백무요를 중심으로 원래부터 있었던 것을 미네르바가 복구한 것이었다.

미네르바가 결계를 펼친 이유는 아직 자신의 능력을 제대로 사용할 수 없는 한철을 위해 좋을 것 같다는 판단 때문이었다.

완전히 복구된 결계는 미네르바로서도 흥미를 가지지 않을 수 없을 정도로 강력했다. 미네르바가 가진 능력으로도 내부를 관찰할 수 없을 정도였다. 뿌연 막으로 경계의 외곽부터 상공까지 가려 버리는 것은 물론, 허락이 없는 한 능력을 가진 자들은 절대 들어올 수 없는 절대 결계였기 때문이다.

그 때문에 몇 번의 실험을 통해 결계 안으로 들어갈 수 없음을 인지한 외국인들은 결계의 경계를 중심으로 사람이 드나들 수 있는 길목을 막고 있었던 것이다. 그렇게 그들이 막고 있는 길은 모두 열 군데가 넘었다.

한철이 마을로 내려가는 길에서 2킬로미터 떨어진 숲길 가운데에도 두 사람의 외국인이 있었다. 바위가 교묘히 숲길을 가로막고 있는 곳이었는데, 그들은 바위를 경계로 산 아래에서 올라오는 길목을 감시하고 있었다.

　　바위 주변을 서성이며 경계하고 있는 두 사람은 상당한 체격을 자랑했는데 흑과 백의 조화가 매우 어울려 보였다. 둘 다 거의 2미터에 육박하는 키에 근육질의 몸매, 터질 것 같은 안광을 내뿜는 것이 예사롭지가 않았다.

　　"제이슨?"

　　숲길을 내려다보던 백인이 옆에 있는 흑인을 불렀다.

　　"왜?"

　　"이곳으로 오기는 하는 걸까?"

　　"글쎄, 로버트 네가 이곳에 있는 줄 아는 모양이지. 크크크."

　　두 사람은 오랫동안 한 조를 이루어왔다. 콤비네이션이 환상적으로 잘 맞기에 언제나 임무를 수행할 때면 한 팀으로 활동해 오고 있는 중이기에 로버트는 제이슨이 자신에게 한 말의 의미를 알고 있었다.

　　적이라고 생각되면 뼈마디를 으스러뜨려 죽이는 것이 자신이었다. 주먹으로 육체를 꿰뚫어 버리는 제이슨도 별반 다르지는 않지만 그가 상대한 적은 언제나 처참한 시신으로 남기에 그는 잔혹자라는 별명으로 불리고 있었다.

　　"재미없군, 그 농담. 네놈도 별수 없으면서……."

　　로버트가 말을 하다가 멈추고는 한곳을 응시했다. 기다리고 있는 자들이 온 것이다.

　　"왔군."

제이슨이라 불리는 흑인도 누군가 다가오고 있음을 느끼며 자세를 바로 했다.

어둠이 완전히 내린 지금, 깊은 산중에 올 사람이라고는 자신들이 기다리는 자들밖에는 없었기에 그의 얼굴에는 잔혹한 미소가 걸렸다.

두 사람이 기다리고 있는 사람은 민영이라는 소년을 데리고 백무요로 가고 있던 천유동이었다. 조심에 조심을 기해서 왔건만 자신을 기다리고 있는 자들이 있다는 것과 그들이 자신들이 왔음을 알아차린 것 같아 천유동은 지금 매우 난감한 상태였다.

적으로 보이는 두 사람이 백무요의 결계가 머지않아 시작됨을 알리는 표지 근처에 있었던 것이다.

'제길! 은허잠운(隱虛潛雲)으로도 놈들의 이목을 완전히 속이지 못하다니…….'

이제 얼마 남지 않은 길이었다. 100여 미터만 넘어가면 결계의 영역인 것이다. 그렇지만 들어갈 수 있는 문턱에 우려하던 자들이 지키고 있었다. 길목을 막고 있는 것으로 보아 자신들을 기다리고 있는 자들은 확실히 백무요의 경계를 알고 있음이 분명했다.

'이제는 다른 곳으로 가도 소용이 없을 것이다. 그곳에도 놈들이 기다리고 있을 테니…….'

며칠 동안 살펴본 바로는 로버트와 제이슨이 기다리고 있는 길은 백무요로 들어갈 수 있는 몇 안 되는 통로 중 하나다. 낭패가 아닐 수 없었다. 기다리고 있는 자들이 결계의 길목을 어떻게 알게 됐는지는 모르지만 방법을 마련해야 했다.

‘정말 방법이 없는 건가?

아무리 생각해도 방법이 없었다. 자신을 희생하지 않는 한 민영이 들어갈 가망성은 없었기에 결심을 굳힌 천유동은 민영을 바라봤다.

“민영아, 바로 저곳이다. 내가 저 두 놈을 상대하며 시선을 끌 동안 너는 저 바위를 돌아나가 길을 따라 최대한 빨리 뛰어가거라. 절대 길 이외의 다른 곳으로 내달려서는 아니 된다.”

천유동은 민영에게 나지막한 소리로 주의를 주었다. 이곳에 오기 전 몇 번이고 주의를 준 사항이었지만 길이 아닌 곳으로 들어선 순간 벌어질 일이 얼마나 무서운지 잘 알기에 적이 눈앞에 있음에도 주의를 준 것이다.

“알았어요.”

민영 또한 눈빛을 빛내며 대답했다. 천유동이 자신을 위해서 목숨을 희생하려 한다는 것을 알기에 그의 기대를 저버릴 수 없었던 것이다.

많은 진력을 소모하기에 천유동은 한천구가 전수해 준 은허잠운의 은형술을 풀었다. 서서히 어둠에 가려져 있던 그의 신형이 달빛 아래 드러났다.

파파팟!

모습을 드러내기가 무섭게 전면에 있던 자들이 빠르게 다가왔다. 자신과 같이 내력을 사용하는 것이 아님에도 그들의 속도가 자신에 뒤지지 않음을 본 천유동은 신음을 삼켰다.

'으… 음, 다행히 민영이에 대해서는 눈치를 채지 못한 모양이로구나.'

제이슨과 로버트가 자신을 향해서만 달려들고 있기에 그나마 마음이 놓인 천유동은 급히 내력을 끌어올렸다.

'민영이가 결계를 넘을 때까지는 저놈들을 붙잡아놔야 한다.'

자신이 죽는 것은 아무렇지 않았지만 자칫 민영이 들킨다면 그동안의 노력이 수포가 되기에 천유동은 마음을 굳혔다. 주천문의 앞날을 위해 언제나 죽을 준비가 되어 있는 자신이기에 오늘 이 자리를 자신의 무덤으로 삼고자 하는 것이다.

휘이익!

바람을 가르는 소리와 함께 두 사람의 몸이 날아오며 공격을 하기 시작했다. 맞으면 중상이나 사망에 이를 것 같은 기세가 두 사람에게 실려 있음을 알았지만 천유동은 일단 막아야 했다. 섣부른 공격보다는 민영이 결계 안으로 들어설 때까지 방어를 하는 것이 시간을 끄는 데 유리했던 것이다.

‘마음의 벽을 내력으로 돌려 형상을 이룬다. 방천벽(防川壁)!’

그의 의지와 함께 내력이 빠져나갔다. 그와 함께 천유동의 앞에 내력으로 만들어진 보이지 않는 방벽이 생겨났다.

주법(呪法)을 내력으로 펼쳐 영가(靈家) 중 이단이라 칭해지는 주천문의 비술 중 하나가 방천벽이다. 자신과 반하는 존재들의 힘을 막는 방법 중 그가 제일 자신하는 것이었기에 급박한 상황임에도 무척이나 자연스럽게 펼쳐졌다.

쾅! 쾅!

강렬한 충돌음이 숲을 울렸다. 푸른색으로 둘러싸인 로버트와 제이슨의 주먹이 방천벽에 부딪친 결과였다.

“이이이!!”

걸리는 것은 무엇이든지 부숴 버리는 자신들의 힘이 무엇인가에 막히자 두 사람은 당혹스러워하는 듯했다. 두 사람은 달려오던 기세를 멈추고 천유동을 노려보았다.

“우리를 막은 것이 무엇이냐?”

외국인 특유의 조금 어눌한 한국말이 제이슨의 입에서 흘러 나왔다.

“상대해 보면 알 것! 차앗!”

방천벽은 단순한 방어벽이 아니다. 흐르는 시냇물처럼 방천벽은 타격이 가해지는 순간 곧바로 변형을 일으킨다. 기파로 자신을 두드린 존재를 감싸 안고 으스러뜨리는 강력한 공격이 뒤를 잇는 주법이었던 것이다.

"크크크, 이따위 노란 원숭이의 잡술로 우리를 농락하려 해!"

로버트의 입에서 웃음소리와 함께 비웃는 듯한 말이 흘러나왔다. 그와 동시에 그의 손이 휘저어지며 푸른빛이 흘러나와 허공중에 커다란 손 같은 것을 형성해 냈다.

'크으! 내력을 잡아챌 수 있는 실력자라니……'

은밀히 휘돌아드는 방천벽의 힘을 느낀 것이 분명했다. 양손을 벌리며 무엇인가 움켜잡듯 허공을 잡은 로버트가 양손을 잡아당겼다.

그의 행동과 마찬가지로 허공중에 만들어진 푸른빛의 거대한 손이 움직였다.

"크윽!"

천유동의 입에서 신음 소리와 함께 핏물이 흘러나왔다. 내상을 입은 것이다. 방천벽을 구성하고 있는 천유동의 내력이 푸른빛이 만들어낸 손에 잡혀 찢어지자 내상을 입은 천유동은 꼼짝도 하지 못하고 있었다.

허공을 움켜잡은 것만으로 자신의 내력을 잡아채 버린 로버트의 능력이 가공스럽지 않을 수 없었다.

'크윽! 조, 조금만 더 버티면 된다.'

민영이 조심스럽게 결계 앞으로 가고 있었다. 민영에게 건 주법을 풀면 여력이 생겨 로버트가 움켜잡은 손에 대항할 수 있을 터였지만 천유동은 그렇게 하지 않았다.

조금만 더 버티면 자신의 목적을 달성하기에 죽음이 찾아와도 버티고자 했던 것이다.

"후후후!"

'서, 설마!'

자신의 내력을 움켜잡은 로버트의 옆에 있던 제이슨이 웃고 있었다. 자신을 바라보며 웃는 모습에서 뭔가 비웃는 듯한 느낌이 든 천유동의 머리가 아찔해졌다.

파파팟!

"피해라!!"

천유동의 예감은 적중했다. 자신의 외침이 채 끝나기도 전에 민영이 잡혀 버린 것이다.

빠르게 움직인 제이슨의 손이 민영이 목덜미를 움켜쥐고 있었다. 대롱거리며 매달려 있는 민영은 숨이 막히는 듯 컥컥거렸다.

"제기랄!!"

천유동은 적을 너무 과소평가한 자신을 질책했다. 적들은 이미 자신의 의도를 간파하고 있었던 것이다.

"크하하하! 우리를 아주 물로 보고 있군. 네놈이 노리는 것을 우리가 모를 줄 알았더냐? 이제는 네놈의 몸에서 피 한 방울까지 모두 짜주마."

싸늘한 말과 함께 로버트의 손이 움직였다. 무엇인가 양손으로 잡아 누르는 듯한 그의 움직임에 따라 허공중에 떠 있던 푸른빛의 손이 강한 압력과 함께 천유동의 몸에 몰아쳤다.

천유동은 로버트를 감싸고 있던 내력을 회수해 자신의 몸 주변에 다시금 견고히 방천벽을 쳤다.

콰지직!

"크으윽!"

방천벽이 일그러지며 서서히 깨지고 있었다. 주법을 뒷받침하고 있던 내력이 점차 소멸되기 시작하자 천유동의 입에서 가늘게 핏줄기가 흘렀다. 내상을 입은 것이다.

"크윽! 하, 하늘이시여, 구, 굽어 살피소소."

점차 무릎이 꿇려지는 천유동은 모든 것이 끝났음을 알 수 있기에 간절히 염원했다. 자신은 괜찮지만 아직 세상을 다 살아보지도 못한 민영의 죽음을 인정할 수 없었기에 마지막 염원을 혼에 담아 실었던 것이다.

"크크크크, 너를 돌봐줄 하늘은 없다. 잘 가라!"

로버트는 비웃음과 함께 자신의 양손을 점점 합쳐 갔다. 그와 함께 천유동의 눈과 코에서도 피가 흘러나오기 시작했다.

"웬 놈이냐??"

"응?"

천유동을 압착시켜 죽이려 하던 로버트는 제이슨의 목소리에 고개를 돌렸다. 제인슨의 눈에는 당혹한 빛이 역력히 어려 있었다. 그리고 방금 전 제이슨이 잡았던 아이의 모습도 보이지 않았다.

"무슨 일이……."

퍽!

"커윽!"

제이슨에게 연유를 묻던 로버트가 배를 움켜잡으며 허공을 날아 숲길 옆에 떨어졌다.

"로버트!!"

자신이 잡았던 소년이 사라지는 것과 동시에 로버트가 무엇인가에 맞아 허공을 나는 모습을 본 제이슨은 급하게 로버트를 부르며 그에게 다가갔다.

"괜찮나?"

"배가 얼얼하군."

로버트에게 다가간 제이슨은 그리 큰 상처를 입지 않은 것 같아 안심했다.

"네놈들은 누구지?"

두 사람은 분노한 듯한 음성에 고개를 돌려 소리가 난 쪽을 바라보았다. 그곳에는 아직은 앳되어 보이는 청년 하나가 자신들을 노려보고 있었다.

＊　　　＊　　　＊

민사준의 집을 탐색하고 돌아온 뒤 불안한 마음이 자꾸 들었다. 그리고 뭔가 알 수 없지만 나에게 매우 중요할 것 같은 기운이 느껴졌다.

피곤하기는 했지만 감각을 흔드는 기운이 있는 곳으로 미네르바를 통해 워프해 온 나는 소년을 잡고 있는 흑인 녀석 하나와 중년의 사나이를 위협하고 있는 백인 녀석 하나를 볼 수 있었다.

흑백의 두 사람은 이질적인 기운을 가지고 있었다. 하이드 마나포스와 비슷하면서 어딘가 다른 이질적인 기운을 가진 녀석들이었다.

놈들 중 한 명의 손에서 아이를 빼앗고 마치 기름을 짜듯이 기운을 이용해 사람을 압착해 죽이려는 녀석의 배를 때려 튕겨냈다.

"네놈들은 누구지?"

"……."

사사삭!

정체를 물었지만 대답없이 공격하기 좋은 위치로 빠르게 몸을 움직인다. 복부를 정통으로 맞은 놈조차 빠르게 일어나 움직였다. 살기까지 흘리며 공격할 준비를 하는 자들을 보며 조금은 열이 받았다.

"말을 하지 않을 셈인가? 그렇다면 할 수 없지."

녀석들이 가진 기운은 이미 한 번 겪어본 것이었다. 빗속을 뚫고 나를 제거하러 온 자들 중 미하일이라는 자와 거의 같은 기운이다.

놈들이 소년과 사나이를 노린 이유가 뭔지 모르지만 일단 최대한 빨리 놈들을 제압해야 했다. 이곳 말고도 아홉 군데에서 이와 비슷한 기운이 느껴졌기 때문이다.

그중 네 군데에서는 아마도 소년과 사나이처럼 저들에게 위협을 받는 자들이 있는 것이 분명했다. 놈들을 속박할 수 있기는 하지만 아직은 완전히 힘을 제어하지 못하기에 다른 수를 쓰기로 했다. 제법 강한 기운을 가지고 있는 자들이라 다른 것으로 무력화시킬 필요가 있었던 것이다.

데블나이트의 기술 중 하나를 자연스럽게 떠올렸다. 놈들을 상대하려면 그보다 더 좋은 것이 없을 것 같았다.

생각이 들자 자연스럽게 기운이 흘러나와 내 주변 허공에 맺혔다. 긴장한 듯한 그들의 눈에 경악이 스쳤다. 점점이 맺히는 기운을 따라 보이지 않는 탄환들이 허공에 하나둘 만들어지기 시작했기 때문이다.

'제법이로군. 하지만 막을 수 없을 것이다.'

어느새 자세를 잡고 기운을 끌어올리고 있기는 하지만 그것만 가지고는 내가 사용할 파티클뷰렛건을 막을 수는 없을 것으로 보였다.

파티클뷰렛건은 주변에 널린 여러 가지 입자들을 절대 힘 중 하나를 이용해 탄환을 만들어 쏘아내는 기술이다. 어떤 기운을 사용하느냐와 주변에 어떤 입자가 존재하느냐에 따라

전개 방식이 천차만별 달라지기는 하지만 일 대 다수의 많은 적을 상대할 때 매우 위력적이며 유용한 전투 방법이다. 물론, 일 대 일에서도 탁월한 능력을 발휘하는 기술이다.

‘꽤나 괜찮은걸.’

지금 주변에 맺혀 있는 입자들은 숲이 내어주는 부유물들이다. 나무들이 내뿜는 숨결에 서린 습기와 숲에 내려앉아 있거나 허공중에 떠돌고 있는 먼지들이 점차 맺혀가자 형태를 드러내고 있었다.

어두운 밤이라 정확한 형상을 보기는 힘들지만 마치 탄환처럼 생긴 기운들이 20여 발쯤 만들어졌다.

“가라!”

피피피핏!

파공성과 함께 탄환이 날았다. 총구에서 뿜어지는 총알보다 빠른 속도로 날아간 파티클뷰렛건의 기운에 놀란 탓인지 두 사람은 온몸에 잔뜩 하이드마나포스와 같은 기운을 끌어올려 무형의 배리어를 만들어냈다.

퍼퍼퍽!

연달아 타격음이 울렸다. 투명한 암흑색의 탄환은 놈들이 만들어낸 배리어를 사정없이 뚫고 놈들의 몸에 틀어박혔다.

“큭!!”

“컥!”

비명 소리가 예사롭지 않다. 파티클뷰렛건으로 인한 고통이 상당할 것이다. 회전하며 틀어박히는 이것들은 맞는 순간 상당량의 기운을 폭발시키며 주변을 휩쓰는 경향이 있는 것들이기 때문이다.

팔과 다리, 그리고 몸에 틀어박힌 기운에 놈들은 비명을 지르며 그 자리에 쓰러졌다. 관절과 근육을 못 쓰게 만드는 것은 물론 몸 안에 있는 하이드마나포스도 금제할 것이기에 적들은 완전히 무력화되었다.

"움직일 수가 없을 테니 이놈들을 감시하고 있어요. 일단 다른 사람들을 구해야 하니까 말입니다."

멍한 눈으로 나와 쓰러져 있는 자들을 보고 있던 사나이에게 말을 건네고는 워프를 감행했다. 빠르게 다른 곳을 가봐야 했기 때문이다.

팟!

말을 끝냄과 동시에 시야에서 사라지는 한철을 바라보는 천유동은 믿을 수 없는 강함에 눈을 크게 부릅뜨고 있었다.

나타나자마자 민영이를 구하고는 자신이 감당조차 할 수 없는 강력한 적들을 일거에 무력화시키는 모습은 그저 놀랍기만 할 뿐이었다.

자신이 그토록 고전했던 제이슨과 로버트를 한철이 무력화시키는 데는 그저 숨을 한두 번 정도 쉴 시간밖에는 안 되었다. 무지막지한 기운을 풍기는 작은 탄환들을 막아내지 못하고 쓰러지는 자들을 바라보다 이상한 느낌이 들어 옆을 보았다.

간질에 걸린 사람처럼 경련을 일으키며 쓰러지고 있는 민영을 볼 수 있었다.

"민영아! 왜 그러는 것이냐?"

경기가 들린 사람처럼 연신 몸을 떨고 있는 민영의 모습은 매우 이질적이었다. 자신이 데리고 있는 동안 한 번도 본 적이 없었기에 천유동은 쓰러지는 민영을 빠르게 받쳐 들고는 민영이 정신을 차리도록 자신의 내력을 불어넣었다.

"끄윽!"

내력을 주입받은 민영은 눈동자를 하얗게 까뒤집으며 그대로 기절했다. 어째서 이런 현상이 일어나는지를 몰랐기에 천유동은 안절부절못할 수밖에 없었다.

"미, 민영아!!"

천유동은 급하게 민영의 몸을 살폈다. 무엇인가에 놀란 듯 기절은 했지만 몸에는 이상이 없는 것 같았다.

"조금 전에 나타난 그 사람 때문인가? 그럼 천왕존신이라는 분이 바로……."

아무래도 기다려야 할 것 같았다. 스승인 한천구가 말한 천왕존신이 방금 나타난 한철이 분명함을 깨달은 것이다. 천황존신의 영력에 눌려 경기를 일으키는 것이라면 자신의 손으로는 민영을 깨어나게 할 방법이 없음을 알기 때문이기도 했다.

천유동은 조심스럽게 민영을 길에 눕혔다. 그리고 쓰러져 있는 두 사람에게 다가갔다.

"흥!! 네놈들이 이런 꼴을 당할 줄은 몰랐을 것이다."

제이슨과 로버트에게 비웃음과 함께 한마디 해준 천유동은 주박(呪搏)을 펼쳤다. 평상시라면 쉽지 않은 일이겠지만 이미 모든 힘을 제압당한 제이슨과 로버트였기에 그들을 사로잡는 것은 그리 어렵지 않았다.

주박을 이용해 두 사람을 속박한 천유동은 민영의 곁으로 다가가 숨을 제대로 쉴 수 있도록 민영의 기도를 살피며 한철이 돌아오기를 기다렸다.

팟!

그렇게 10여 분이 흘렀을 때 홀연히 그의 앞에 한철이 나타났다. 순간적으로 나타난 한철의 모습에 천유동은 눈을 더할 나위 없이 크게 뜰 수밖에 없었다.

어째서 민영이 그렇게 쓰러졌는지 확실히 알아버린 것이다. 나타난 자의 몸 주위로 눈을 부릅뜬 사천왕이 호위하듯 선 상태로 자신을 노려보고 있었던 것이다.

"처, 천왕존신이시여!"

"제기랄!!"

똑같았다. 최경아랑 한천구라는 노인이 본 것과 같이 몸을 부들부들 떨며 정신을 잃어가고 있었다.

"정신 차려요!! 지금 급한 것은 저 아이입니다."

열이 받아 소리를 지르자 경련이 잦아들었다.

"그 아이, 이리로 줘요."

바닥에 누워 있는 소년의 기운이 매우 불안정했다. 직접 손을 댄 탓도 있을 것이다. 앞에 있는 사나이처럼 내가 가지고 있는 기운에 타격을 받은 것이 분명했다. 경련을 하는 정도로 보아 아이가 가진 능력은 최경아는 물론 한천구보다 높아 보였다.

"여, 여기!"

떨리는 손으로 소년을 들어 건네주는 사나이를 보니 입맛이 영 개운치 않았다. 하는 꼴을 보니 아무래도 나를 찾아온 것이 분명했던 것이다.

"이제는 괜찮을 것이다. 진정하도록 해라."

부드럽게 소년의 머리를 쓰다듬으며 다독여 주었다. 그러자 불안정하던 기운이 점차 안정을 되찾아가며 경련을 하던 몸이 점차 잦아들었다.

"나를 찾아온 것 같은데 따라와요."

"천왕존신이시여! 그런데……."

"다른 사람들도 나를 찾아 집으로 올 거예요. 그러니 걱정하지 말고 그 아이를 데리고 따라와요. 그런데 이름이 뭐지요?"

"천유동이라고 합니다."

"그렇군요. 빨리 오세요. 결계가 주는 위험은 없을 겁니다.

나도 빨리 가서 자야 하니까 서둘러요."

왜 나를 찾아왔는지는 모르지만 이미 늦을 대로 늦은 시간이었기에 빨리 집으로 가고 싶었다. 주변에 있던 자들은 모두 처리했기에 집으로 돌아가서 이야기를 들어도 무방할 것 같았기 때문이다.

"알겠습니다."

내가 앞장을 서자 천유동이란 사나이가 소년을 업고 뒤를 따랐다.

"미네르바, 아까 그놈들하고 여기 있는 놈들 모두 네르키즈로 워프시켜 놔. 물어볼 말이 많으니까. 상당한 정보를 캐낼 수 있을 거야."

─알겠습니다, 함장님.

미네르바에게 지시를 해 쓰러뜨린 자들을 옮기도록 했다. 상당한 능력자들이었기에 뭔가 알아낼 수 있을 것이 분명했다. 물론 내 뒤를 따라오는 사나이에게서도 많은 정보가 들어올 것 같았다.

조심스럽게 뒤를 따르는 천유동은 한철의 발걸음을 따라 백무요를 감싸고 있는 결계가 밀려나는 것을 느낄 수 있었다.

허락된 자 이외에는 아무도 들이지 않는 결계였건만 저리 물러나는 것을 보면 스승이 말한 천왕존신이 앞서가는 한철임은 의심의 여지가 없었다.

그러나 스승이 말한 것과는 차이가 많았다. 사천왕의 영력을 간직하고는 있지만 스승의 말로는 생각보다 그리 강력한 힘을 가지고 있지 않다고 했다. 천왕존신의 현신이기는 하나 아직은 그 힘을 제대로 쓸 수 없을 것이라는 것이 스승인 한 천구의 말이었던 것이다.

그래서 그저 자신들이 데리고 있는 아이들의 각성을 위해 도움을 줄 존재로만 여겼었다.

이곳에 온 이유도 한철을 이용해 자신들이 보호하고 있는 아이들을 각성시키기 위해서였다. 한철의 능력을 발판 삼아 불안정한 각성이 아니라 완벽한 상태로 각성시켜 아이들이 주천문을 우뚝 세워주기를 바랐기 때문이다.

그런데 그것이 아니었다. 얼마 전 자신이 본 것은 그리 단순하게 여길 만한 것이 아니었다. 한철의 주변을 감싸고 있는 힘은 자신의 능력으로도 항거가 불가능했다.

자신들의 적이라 할 수 있는 자들도 일거에 나가떨어졌다. 죽음을 각오하고 싸워야만 해야 하는 자들을 그저 간단한 몸놀림으로 무력화시켰다.

많은 힘을 쓴 것처럼 보이지 않음에도 백무요의 결계 밖에서 자신들을 기다리고 있는 자들 전부를 처리한 것이 분명했던 것이다.

'어쩌면 차신문의 수좌로 올라서고자 하는 본문의 뜻은 헛된 바람일지도 모르겠구나.'

일이 자신들의 뜻과는 전혀 다른 방향으로 흐르는 것을 느낀 천유동은 자신과 주천문이 이제는 선택의 기로에 서 있음을 느낄 수 있었다. 한철을 발판으로 삼을 수 없는 이상 새로운 길을 모색해야 했던 것이다.

그렇게 자신들의 입지를 다시 생각해야 한다는 것을 느끼며 한철의 뒤를 따르고 있던 천유동은 차신문의 수좌 가문인 백무요의 계승자들 이외에는 발을 들일 수 없는 곳이 눈에 드러나기 시작하자 생각을 멈췄다.

"오오!!"

평범한 한옥처럼 생긴 건물이지만 천유동은 백무요가 차지하는 위치를 누구보다 잘 알고 있는 사람이었기에 격정에 떨지 않을 수 없었다.

영가의 무리 중 수좌이며 오랜 세월 태고의 전설을 간직한 백무요는 생각대로 비범한 영기를 품고 있었다. 자신이 들어서는 것이 불경스러울 정도로 백무요가 간직한 영기는 가공스러웠던 것이다.

"잠시만 기다리지요. 잠시 후 다른 사람들도 도착할 것 같으니 말입니다."

"알겠습니다, 천왕존신이시여!"

자신의 동문들이 온다는 소리에 천유동은 고개를 숙이며 공손히 대답했다. 이제는 주천문의 꿈을 접고 따라야 할 사람의 명이었던 것이다.

사람들이 올라오고 있었다. 초대한 사람들은 아니지만 내가 들이기를 원하기에 백무요 주변에 펼쳐진 기운들이 그들에게는 아무런 영향을 끼치지 않았다.

네 명의 아이와 그들을 호위하듯 데리고 온 아홉 명의 사람을 보며 아무래도 전과 같이 손님을 잘못 받은 것 같은 느낌이 들었다.

아이들을 이끌고 온 자들은 불편한 손님이었지만 아이들은 아니었다. 아이들에게서 나와는 떼려고 해야 뗄 수 없는 인연의 끈을 볼 수 있었다. 아이들은 그 누구보다 순순한 에테르에너지를 품고 있었던 것이다.

"따라들 들어와요."

사람들이 모두 모였기에 집으로 들어갔다. 불안한 듯 기절해 있는 아이들을 데리고 들어오는 그들의 모습은 가관도 아니었다. 백무요가 그리 볼품 있는 집이 아니었건만 격정에 떠는 듯한 그들의 모습이 영 아니었던 것이다.

"백무요가 당신들에게 어떤 의미인지는 모르겠지만 일단 아이들은 방에다가 눕히고 당신들은 나와 이야기 좀 해봅시다."

"알겠습니다."

천유동이라는 자가 사람들을 대표해서 대답했다. 아무래도 아이들을 데려온 이 중 천유동이라는 사람이 제일 높은 사람 같았다.

다섯 아이들이 빠르게 방에 눕혀졌다. 남자 아이가 셋, 여자 아이가 둘. 대부분 중학생이나 고등학생으로 보이는 아이들이었다. 아이들의 모습이 보이는 순간 이미 의지를 일으켜 경련을 잠재웠기에 더 이상 위험은 없을 터였다.

"그럼 누가 이야기를 해줄 거지요? 당신인가요?"

"제가 말씀드리겠습니다. 그전에 좌정을 하시지요."

공손하게 말하는 천유동을 보며 마루에 앉았다. 그러자 아홉 사람이 마당에 일렬로 서더니 나에게 절을 하기 시작했다.

"천왕존신의 존체를 뵈옵니다."

여섯 명의 사나이와 세 명의 아줌마가 나에게 일제히 절을 하는 것은 보기 좋은 광경이 아니었다. 마루에 앉아 있던 나도 황급히 맞절을 했다.

'역시나 귀찮은 손님이었어……'

안 좋은 일에 휘말릴 것 같다는 생각에 인상이 저절로 찌푸려졌다.

예기치 않은 손님들이 전에 최경아가 말했던 사람들임을 상기한 한철은 짜증스러운 표정으로 천유동들에게 물었다.

"한천구라는 노인이 보낸 것 같은데 나에게 원하는 것이 무엇입니까?"

절을 끝내고 자신을 향해 묻는 한철의 물음에 천유동은 귀찮다는 기색을 역력히 읽을 수 있었다.

'잘해야 한다. 그동안 어둠에 가려져 있던 주천문이 밝은 세상으로 나가기 위해서는 지금까지 가지고 있던 욕심은 모

두 버려야 한다. 모두……'

싸늘하게 흘리는 기운 사이로 인상을 쓰고 있는 사천왕의 모습이 보였다. 천유동은 한철을 보며 그동안 자신들이 꿈꾸어왔던 것이 한낱 부질없는 짓이었음을 실감할 수 있었다.

세간에 알려진 것과는 다른, 진짜 이능(異能)을 가진 무맥(巫脈)을 이은 자들이 모인 집단이 영가(靈家)다. 그런 영가를 이끌어 나갈 기운을 타고난 아이들을 거둔 것은 주천문으로서는 행운이었다.

그런 아이들을 거두었기에 주천문을 영가들 사이에 우뚝 세우고자 했건만 한철의 힘을 보고 난 후 자신들이 부질없는 야망을 불태우고 있었다는 것을 다시 한 번 알 수 있었던 것이다.

"저는 스승의 뒤를 이어 주천문을 이끄는 천유동이라고 합니다. 저 아이들은 MP로 들어가게 되어 있었는데 의도가 의심스러운 MP를 피해 저희들이 지금까지 보호하고 있었습니다. 저희들은 사실 저 아이들을 통해서……"

천유동은 주천문이 가지고 있는 야망을 숨기지 않았다. 신기(神氣)는 하나도 가지고 있지 못한 채로 주법(呪法)만으로 영가의 한 부분을 차지하고 있는 주천문이 영가들에게 사람 이하의 대접을 받는다는 것은 물론이고, 아이들을 이용해 주천문을 영가의 제일로 올려놓으려 한철을 이용하려 했다는 것까지 솔직히 다 털어놓았다.

"좋아요. 그것은 뭐, 나하고는 아무런 상관도 없는 일이니까. 그런데 MP의 마수를 피해 아이들은 내게 맡기려 하다니 그것은 무슨 말인가요?"

국정원 산하에 있는 능력자 집단인 MP가 다른 목적으로 사용되고 있는 것 같았기에 한철이 사연을 물었다.

"MP는 지금 누군가 불순한 무리에 의해 장악당해 있는 상태입니다."

"누군가 MP들을 장악하고 있다는 말입니까?"

"그렇습니다. MP 요원들은 한 달에 한 번 약물을 주입받습니다. 불안정하기에 영력이 폭주하는 것을 막기 위한 것이라고는 하지만 알아본 바로는 그 약물은 의식이 없는 상태에서 누군가가 MP 요원들을 마음대로 이용하기 위해 주입되는 것이었습니다. 해서 스승님과 대사고께서는 암암리에 MP로 들어가게 될 아이들 중 능력이 출중한 아이들을 빼돌리신 것이지요."

"그 말이 사실인가요?"

능력자를 약물로 다룰 수 있다는 사실이 뜻밖이었는지 한철이 확인하듯 물었다.

"사실입니다. 스승님과 대사고님께서 확인하신 일입니다."

"으음, MP들을 누군가 비밀리에 이용하고 있다면 정말이지 심상치 않은 일이겠군요."

"그런 것 같습니다. 약물이 그런 작용을 하는 것을 알고는 있지만 중독성이 강한 것이라 벗어날 방도가 없으니 MP들은 누군가의 꼭두각시나 마찬가지인 상태입니다."

"안 좋은 상태로군요."

"천왕존신께서 도와주셔야 합니다. 대사고께서도 중독을 벗어날 수 없는 것은 마찬가지이니 말입니다. 스승님께서는 약물과는 상관이 없는지라 놈들의 눈을 피해 대사고님을 지키고 계시지만 조만간 위험한 일을 당할 수도 있습니다."

역시나 생각했던 대로 내 짐작이 맞았다. 귀찮은 손님들인 것이다. 그렇다고 어머니와 인연의 끈을 가진 사람들을 모른 척할 수도 없는 일이었기에 골치가 아파왔다.

"알았습니다. 그 문제는 생각해 보도록 하겠습니다."

"감사합니다, 천왕존신이시여."

무릎을 꿇고 앉아 있는 사람들이 나에게 감사하다며 계속 해서 머리를 조아렸다. 그리 기분 좋은 일이 아니다.

"그런 것은 별로 좋아하지 않으니 앞으로 천왕존신이니 뭐니 하는 말은 하지 말아요. 절 같은 것도."

"그럴 수는 없는 일입니다."

절대로 안 될 말이라는 것이 표정에 가득하다. 다른 이들도 마찬가지다. 하지만 난 그 말이 정말 싫다. 강공으로 나가는 수밖에 없을 것 같다.

"내 뜻대로 하는 것이 좋을 겁니다. 만약 내 뜻을 따르지
않으면 도움이고 뭐고 없는 줄 알아야 할 겁니다."

"그, 그럼 뭐라고……."

협박이 통했는지 천유동이 자신의 뜻을 접고 어떻게 해야
할지를 묻는다.

"내 이름은 유한철이라고 하니 알아서 보통 사람을 대하듯
이 평범하게 대하십시오."

"그리할 수는 없는 일입니다. 하지만 천왕존신께서……."

"또 천왕존신!!"

"아, 알겠습니다. 존가께서는 차신문을 이으신 분이니 앞
으로는 문주님이라 부르도록 하겠습니다. 이것은 어쩔 수 없
는 일이니 막지 말아주시기 바랍니다."

속으로 욕이 튀어나왔다. 부르는 호칭으로 나를 완전히 엮
으려는 속셈이 분명하다. 하지만 어쩔 수 없음을 알았다. 방
에 누워 있는 아이들은 나와는 인연이 깊은 것이 분명하기 때
문이다.

"알았습니다. 앞으로 문주라 부르도록 하십시오. 그리고
그자들을 상대하느라 지쳤을 테니 그만 쉬는 것이 좋을 겁니
다. 여러분 모두가 쉬기에는 공간이 부족하겠지만 알아서들
쉬십시오."

"고맙습니다, 문주님. 저희들은 아무 곳이라도 전혀 상관
이 없습니다."

"알았습니다. 임시로 안정을 시킨 것이라 일단 아이들을 다시 한 번 봐야겠으니 그리 아십시오."

"감사합니다, 문주님."

감격하는 표정이 역력한 천유동을 뒤로하고 아이들이 누워 있는 방으로 향했다. 천외의 존재를 바라본 이유로 심령에 타격을 받은 아이들을 안정시켜야 했던 것이다.

방 안으로 들어온 후 기운을 끌어내 아이들을 안정시켰다. 아이들을 안정시키는 데는 시간이 그리 오래 걸리지 않았다. 내가 가진 기운을 일부 주입했을 뿐인데도 아이들이 금방 안정을 되찾은 것이다.

아이들을 살펴본 후에 방을 나섰다. 그러자 한쪽 구석에서 나와 아이들을 주시하고 있던 천유동이 급히 다가왔다.

"어디를 가시는 겁니까?"

"아까 그자들에게서 알아볼 것이 있습니다. 잠시 자리를 비울 테니까 아이들을 돌보도록 하십시오. 경련은 일어나지 않을 테지만 아직은 안정을 취해야 하니 소란이 일지 않도록 주의하시고 말입니다."

"알겠습니다, 문주님."

나에게 고개를 숙이며 인사를 하는 천유동을 뒤로하고 집 밖으로 나왔다. 문주님이라는 소리가 귀에 거슬리면서도 묘하게 마음에 닿았다.

Chapter 6
주식회사 한얼의 창립식

천유동에게 부탁을 하고 나서 대문을 나섰다. 집에서 모습
이 보이지 않을 때까지 갔을 때 미네르바를 불렀다. 주천문의
인물들을 막아섰던 자들은 이미 네르키즈로 옮겨갔기에 나
또한 워프를 해야 했기 때문이다.

"네르키즈로 가서 그자들을 직접 만나봐야겠어. 부탁해,
미네르바."

"알겠습니다, 함장님."

미네르바는 순식간에 나를 네르키즈로 옮겼다. 워프를 통
해 함교로 이동한 나는 미네르바가 가두어놓은 자들을 만나
보러 제일 밑바닥 함저의 공간으로 내려갔다.

처음 미하일이라는 자들을 사로잡았을 때 사람들을 가두
어놓을 별도의 공간을 마련할 수 없었던 미네르바는 네르키
즈의 화물칸을 변형해 그들을 가두어놓고 있었던 것이다.

그들이 있는 곳으로 내려온 나는 불안한 눈빛으로 두리번
거리는 자들이 보였다. 공간 왜곡장이 펼쳐져 있기에 저들의
눈에는 내가 보이지 않을 터이다.

"그동안 분석한 자료와 저들에게서 알아낸 자료를 통해 내
가 상대해야 할 자들이 누구누구인지 한번 설명해 봐."

―러시아 마피아는 물론 석유메이저인 일곱 자매와 관련
이 있는 자들도 있고, 군산복합체의 인물들까지 매우 다양한
구성원입니다. 그럼에도 단일한 명령 체계에 의해 행동을 한
것을 보면 이상한 구석이 하나둘이 아닙니다. 첫 번째는 저들
은 자신들이 속한 조직에 대해서만 알 뿐 최종적인 명령을 내
린 자가 누구인지는 모르고 있다는 사실입니다.

"하수인일 뿐이라는 건가?"

오직 명령을 따라 자신의 임무만을 수행할 뿐 자신이 속한
조직에 대해 모르는 자들임이 분명했다. 그런 자들에게서 그
들이 속한 조직의 실체를 알아낸다는 것이 그리 쉽지만은 않
을 것 같았다.

―그렇습니다.

"곤란하군. 세계를 주무르는 자들이 연합했다는 이야기일
수도 있는데 그런 조직이 있을 수 있을까?"

─가능성은 매우 높습니다. 에너지와 무기는 매우 중요한 것들입니다. 젠트리온의 오랜 역사를 살펴보면 이 두 가지 분야에 있어 항성을 초월한 조직이 여러 차례 나타난 바 있습니다. 연관성이 상당히 많기에 아예 두 가지 분야를 합쳐 관리하는 조직도 간혹 있었습니다. 그들이 권력을 차지했을 때는 언제나 항성 간에 참혹한 전쟁이 일어나기도 했습니다.

"그럼 미네르바는 그런 조직들을 총괄하는 또 하나의 조직이 있을 수도 있다는 말이로군."

짐작하고 있었던 것이지만 생각 외로 내가 맞부딪쳐야 할 상대가 거대함에 저절로 눈살이 찌푸려졌다.

─그럴 확률이 현재 85%가 넘습니다. 천상천이 완성되면 놈들을 좀 더 빠르게 추적해 실체를 파악하는 것이 가능하겠지만 지금까지 나타난 자료로만 보아도 전 세계를 아우르는 조직이 있다는 것은 분명합니다. 함장님께서도 그것을 염두에 두셔야 할 것입니다. 그나마 특이한 점은…….

"특이한 점은?"

─그들 중에 동양인은 거의 보이지 않고 있다는 것입니다.

"그게 뭐가 특이한 것인데?"

미네르바가 어째서 동양인을 언급하는 것인지 의문이 아닐 수 없었다.

─지금 함장님의 타깃이 되어 있는 조직과 거의 비등한 힘을 가진 조직이 있을 수 있다는 말씀을 드리고자 해서입니다.

"젠장!! 그런 조직이 또 있다는 말이야?"

상대해야 할 조직의 거대함에 기가 질리고 있는 판에 그에 맞먹는 다른 조직이 있을 수 있다는 말에 놀라지 않을 수 없었다.

─그렇습니다. 지금까지 조사해 본 결과, 지금 제가 구금해 놓은 자들이 움직일 때 일단의 움직임이 있었습니다. 아직 조사가 끝나지 않았지만 화교권을 중심으로 비밀스러운 움직임이 있었던 것으로 파악되고 있습니다.

"골치 아프군."

화교권이라면 문제가 무척이나 컸다. 전 세계에 그들이 퍼져 나가 있지 않은 곳이 없었다.

화교들 중에는 자신들이 이주한 터전에서 상당한 입지를 다진 이들이 상당히 많았다. 특히 동남아시아 권에서는 정치, 경제 등을 거의 독점하다시피 한 경우가 많았다.

─제 생각으로는 함장님이 앞으로 일을 추진해 나가기 위해서는 상당한 입지를 다지셔야 할 것 같습니다. 제가 있기는 하지만 모든 것을 일일이 개입할 수 없는 입장이고 보면 빠른 시일 내에 입지를 굳힐 수 있는 기반을 만드셔야 할 겁니다.

"내가 생각하고 있는 것만으로는 부족하다는 건가?"

─지금 판단으로는 그들을 상대한다는 것은 한국 속담으로 계란으로 바위를 치는 격이라고 할 수 있습니다. 함장님의

계획이 완성된다고 해도 최대 그들의 절반 수준 정도밖에는
되지 않을 것입니다.

"으음, 그렇다면 방법을 찾아봐야겠군."

─저도 최선책을 찾기 위해 노력해 보겠습니다만 전체적
인 계획의 맥락은 함장님께서 세워주셔야 할 것 같습니다.

"알았어. 그렇게 하도록 하지. 그건 그렇고, 저자들을 만나
보고 싶은데……."

─알겠습니다. 하이미드마나포스 계열의 힘을 사용하는
자들이지만 모든 힘을 봉쇄해 놓았으니 별다른 위험은 없을
겁니다.

"좋아, 만나보도록 하자고."

미네르바가 왜곡된 공간의 문을 열었다. 왜곡되어 있는 공
간을 비집고 내가 들어서자 갑자기 나타난 나 때문인지 안에
있던 자들이 한곳으로 모이며 경계하기 시작했다.

"우리를 왜 가두어둔 것이냐?"

다른 자들과는 달리 미하일이라는 자는 예리한 눈으로 나
를 살피며 물었다. 제일 처음 가두어둔 자들이라 그런지 생각
이 많았던 모양이다.

"재미있는 것 같아서 말이야. 꽤나 다양한 출신들이더군.
당신과 당신 수하들은 세븐 시스터에서 보낸 것 같고, 저자는
러시아 마피아에서, 그리고 저 둘은 군산복합체에서 보내온
자들이더군. 그 외에 여러 조직들이 있지만 일일이 열거하자

니 입이 아플 지경이군.”

“…….”

자신들의 정체를 알고 있는 것 같은 말투에 놀랐는지 모두들 안색을 굳히며 입을 다문 채 나를 바라보았다.

“거기다. 국가 정보 조직에서 온 자들도 있으니 너무 복잡해. 너무 말이야.”

“너, 너는 누구냐?”

살기가 가득한 눈으로 로버트라는 자가 물었다. 내가 자신의 정체를 정확히 파악하고 있다는 사실도 그렇고 자신과 제이슨이라는 동료를 단숨에 무력화시킨 것 때문인 것 같았다.

“알려고 하지 마. 기분이 별로 좋지 않으니까.”

할아버지와 부모님이 저들과 관계된 자들로 인해 돌아가셨다는 생각에 올 때부터 기분이 안 좋은 상태였기에 대답할 마음조차 없었다.

거기다 가지고 있는 힘을 제어해 놓은 상태임에도 살기까지 내보이는 것을 보면 그냥 두어서는 안 될 것 같았다.

“네까짓 놈이!!”

퍽!

“컥! 이… 이런 개새끼가!!”

화를 내는 로버트의 입에도 주먹을 곱게 박아줬다. 이빨이 튀고 입술 한쪽이 뭉그러졌다. 생각보다 상처가 덜했다.

내가 뻗어낸 주먹이 보이지 않았기 때문인지 비명을 지르며 뒤로 물러서는 그의 눈은 믿을 수 없다는 표정이 역력했다. 하지만 아직 더 맞아야 했다.

'생각보다 힘을 덜 줬나? 눈 딱 감고 처음 줬던 힘의 반 정도만 더 주자.'

퍽! 퍼퍼퍽!

"끄아아악!"

입가에 피를 흘리면서도 기세가 꺾이지 않기에 그의 입에다 주먹을 계속해서 박아줬다. 조금 전보다 훨씬 충격이 컸는지 점점 눈이 풀려가고 있다.

지금 내가 쓰고 있는 기술은 젠트리온 연합의 전투기술인 데블나이트 중에 보이지 않는 주먹의 폭탄인 고스트익스플로전이다. 최소한의 힘만을 사용해서 그렇지 여기서 조금만 더 힘을 가했다면 로버트란 자의 머리는 폭발하듯 부서졌을 것이다.

"잉… 렁! 새… 새기… 가!"

이빨이 부러져 새는 소리가 들려왔지만 못 알아들을 내가 아니다. 아직도 정신을 못 차린 것 같아 몸 전체에 고스트익스플로전을 펼쳤다.

콰콰콰쾅!

폭발음과 함께 로버트의 몸이 멀리 나가떨어졌다. 욱한 기분이 들어 주변에 있는 자들을 쓸어보았다. 나를 바라보던 자들의 눈이 가늘게 떨리고 있었다.

내가 움직이지도 않고 가만히 있는 상태에서 로버트라는 자를 박살을 내버리자 모두들 두려운 듯했다.

"그냥 보내주려고 했는데 이제는 안 되겠거든. 미네르바, 이 자식들을 그곳으로 옮기고 제한된 능력을 모두 풀어줘. 오늘 수련을 겸해서 타작 한번 제대로 해보자."

—알겠습니다, 함장님!

로버트란 자를 팼지만 분이 풀리지 않았기에 반입자 가상 공간으로 모두 옮기도록 했다. 분도 분이지만 그동안 고심해 온 것을 풀 수 있는 단서를 발견한 때문이다.

＊　　　＊　　　＊

무섭다. 아니 솔직히 공포스럽다. 인간이 어떻게 저런 능력을 가진 것일까?

그리고 이곳도 그렇다. 이런 공간이 있을 수 있다는 사실조차 믿을 수가 없다. 분명 제한된 공간으로 옮겨졌건만 푸른빛이 역력한 창공과 멀리 지평선까지 보인다.

처음에는 이곳이 그저 너른 대지인 줄로만 알았다. 그러나 도착하자마자 도망을 친 자 중 하나가 다시 돌아오는 것을 보고는 제한된 공간임을 인식했다.

텔레포트를 했을 때처럼 눈앞이 흐려지고 난 후, 이곳에 도착하자마자 가지고 있는 제약을 받던 능력들도 다시 돌아왔다. 힘의 파장이 느껴지는 것을 보니 나와 같이 잡혀온 자들은 능력자들로 분명히 나와 같은 현상을 겪은 것이 분명했다.

능력이 돌아오자 자신했다. 다른 자들이 있기도 했지만 카르넨코와 유린이 보조만 해준다면 눈앞에 있는 자를 처리하고 이곳을 벗어날 수 있을 것이라 생각했다.

하지만 그것은 나의 오판이었다. 앞에 있는 자에게는 내가 가지고 있는 능력을 극한까지 끌어올리더라도 상대할 수 없는 자였다. 이곳에 있는 자들의 능력을 모두 합한다 하더라도 털끝 하나 건드릴 수 없는 존재였던 것이다.

인간의 한계를 초월했다는 나조차 그의 주먹 한 번에 뼈가 부서지는 듯한 고통이 느껴졌다. 살짝 스치기만 했음에도 영혼을 울리는 듯한 처절한 고통이 뒤를 따랐다.

인간의 눈으로 볼 수 없는 가공할 속도의 주먹과 바람처럼 사라지는 움직임을 가지고 있는 저자에게 반항한다는 것은 무의미했다.

우리들의 반항은 처절하게 응징을 받았다. 온몸 가득 저자의 주먹이 작렬했다. 그의 주먹은 막는다고 막을 수 있는 것이 아니었다. 가진 바 능력을 이용해 각종 방어막을 펼쳤지만 그의 주먹에 갈가리 찢겨지며 팔이 꺾이고 다리가 부러졌다.

더 무서운 것은 저자의 눈빛이다. 10여 명의 사람들에게 무자비한 폭력을 자행하고 있지만 눈빛 하나 변하지 않는다. 담담한 분노를 드러낸 채 보이지 않는 주먹만을 휘두르고 있었다.

마치 고양기가 쥐를 가지고 놀 듯 자신의 공격권에서 도망치려 발버둥치는 사람들을 하나하나 찾아다니며 공포스러운 주먹으로 때릴 뿐이었다.

나를 비롯한 그와 마주한 모든 이가 전의를 상실했다. 그저 공포에 질려 도망치는 쥐새끼로 전락해 버린 내 모습이 처량하기까지 하다. 하지만 도망쳐야 한다. 의식의 근본부터 흔들어 버리는 그의 주먹은 절대로 맞아서는 안 되는 것이기 때문이다.

"헉! 헉!"

공포스러운 주먹을 피해 도망을 치던 미하일은 유린이 만들어준 틈을 이용해 잠시 숨을 돌렸지만 더 이상 피할 곳이 없음을 알았다.

23명의 능력자를 상대하면서 숨 한 번 흩뜨리지 않고 있는 한철은 그야말로 괴물이었다. 자신이 가진 능력이 모두 돌아왔지만 괴물을 상대할 방법은 아무것도 없었다. 오직 어떻게 하면 피할 수 있는지 그것만 생각해야 했다. 하지만 이제는 그마저도 힘들 것 같았다.

자신을 제외한 다른 이들은 이미 기괴한 모습으로 쓰러져 있었다. 다들 온몸이 만신창이가 된 채 피를 흘리며 바닥에 나동그라져 있었다.

유린과 카르넨코도 마찬가지다. 유린의 두 다리는 완전히 부러졌고, 카르넨코는 코뼈가 주저앉은 채로 이미 기절해 있는 상태였다.

"헉! 헉! 이, 이대로 우, 우리를 죽일 셈이냐?"

"후후후, 이렇게 죽으면 내가 섭섭하지. 너희들에 대한 처분은 너희들이 모르는 사이에 이루어질 테니 걱정하지 마라."

쾅!

한철의 말이 끝남과 동시에 미하일은 자신의 눈앞에서 폭탄이 터지는 듯한 강한 압박을 느꼈다.

"크… 윽!!"

뇌리를 흔드는 고통에 정신이 흔들리고 눈앞이 흐려졌다. 어찌해 볼 도리도 없이 강한 공격을 당한 미하일은 이내 정신을 놓았다.

"미네르바!"

어느 정도 화를 풀었기에 미네르바를 불렀다.

—말씀하십시오, 함장님.

"이 자식들, 회복실로 옮겨. 정신 조작을 통해 세뇌하는 것도 잊지 말고, 잠재의식 속에 나에 대한 공포와 복종심을 각인시켜 놓도록 해. 후에 놈들을 찾아 나설 때 도움이 될 수 있을 테니까."

이미 어느 정도 의논을 해놓은 상태라 미네르바에게 세뇌를 부탁했다. 나중에 요긴하게 쓰일 것이 분명했기 때문이다.

—알겠습니다. 그럼 회복된 다음에는 어떻게 할까요?

"완전히 회복시키지는 말고 적당히 회복시킨 후에 아무데나 버려. 의심하면 곤란하니까. 그리고 저 자식들 버리는 장소가 이왕이면 난지도가 좋겠군. 쓰레기 같은 자들이니까."

사람의 생명을 아무렇지도 않게 취하는 암살자들이다. 그야말로 인간쓰레기나 다름없기에 같은 대접을 해주기로 했다. 지금은 없어져 공원으로 변모했지만 쓰레기 하면 난지도이니 그곳에 버리는 것이 좋을 것 같았던 것이다.

—알겠습니다. 그리고 기억을 약간 조작해 놓는 것이 좋겠습니다. 처음 함장님께서 상대한 자들도 그렇고 나머지 자들도 배후를 끌어내야 하니 자신들의 임무가 실패한 것으로 기억을 조작해 놓겠습니다.

"좋아. 그렇게 해. 그러면 놈들을 부리는 자들이 조금은 헷갈리겠지. 그리고 나 좀 집으로 워프시켜 줘."

—알겠습니다. 그런데 쉬시지도 못했는데 괜찮으시겠습니까?

"걱정하지 마. 선무화를 익히고 난 뒤 피로가 거의 느껴지지 않으니까."

—알겠습니다. 그럼 곧장 워프시켜 드리겠습니다.

미네르바의 말이 끝남과 동시에 집 근처로 워프됐다.

워프를 통해 돌아온 후 집으로 들어가 몸을 씻었다. 미네르바가 워프를 시켜주며 내 몸에 묻어 있던 피 같은 불순물을 제거해 주었지만 찜찜한 마음이 들어서였다.

우물물을 길어 씻고 난 다음 방 안에 있는 사람들을 살폈다. 그동안의 피로 때문인지 방 안에는 아이들과 주천문의 사람들이 정신없이 자고 있었다.

"이들에 대해서도 방도를 마련해야 할 텐데 걱정이로군."

주천문의 사람들과 아이들을 노리고 있는 자들이 누구인지는 모르지만 능력자들을 동원했음을 볼 때 만만한 자들이 아니었다. 거기다 MP를 장악하고 있는 자들과도 관련이 있을 것이 분명했다.

임시방편으로 이들을 죽은 것으로 인식시켜 놓기는 했지만 방도를 찾지 않으면 안 되었던 것이다.

특히 다섯 명의 아이는 능력이 각성될 경우 상당한 도움이 될 것이 틀림없다. 미네르바의 분석으로는 겐트리온 엽합에서도 보기 드문 전사의 자질을 타고났다고 했으니까. 어차피 평범한 생을 살기는 힘들 터. 그럴 바에는 거두어들이는 편이 좋을 것 같았다.

그리고 주천문의 사람들도 나름대로 도움이 될 것이기에 방법을 생각해 보기로 했다.

"여기서는 힘들 것 같으니 광에 가서 수련을 좀 해야겠구나."

조금 전 능력자들과의 싸움에서에 선무화가 상당히 유용하다는 것을 깨달았다. 그렇기에 좀 더 수련하기 위해 광으로 향했다. 천조신경에 대한 실마리를 찾을 수 없는 지금, 선무화에 좀 더 매진하는 것이 좋을 것 같아서였다.

내가 가진 네 가지 절대 힘을 자유롭게 사용할 수 있게 되는 것은 지금의 나로서는 무척이나 절실한 것이다. 데블나이트만으로는 그 힘들을 사용하기에는 불가능하다.

그런데 이번에 싸우는 동안 선무화로 인해 절대 힘이 상당 부분 움직였다. 미약하게 느껴지는 것이 아니라 상당한 양의 기운이 내 의지에 따라 스스로 움직였던 것이다.

거기다 데블나이트와의 연계도 무척이나 잘됐다. 덕분에 털끝 하나 다치지 않고 그들을 순식간에 처리할 수 있었다. 미약한 기운으로 인해 이제까지는 제대로 된 힘을 발휘할 수 없었지만 이제는 아닌 것이다.

하지만 아직은 미숙했다. 조금 전 능력자들을 상대하며 선무화와 네 가지 절대 힘이 조금씩 융화되기 시작했지만 좀 더 수련을 통해 완벽히 내 것으로 만들어야 하는 것이다.

마음을 편하게 하고 선무화의 구결을 떠올렸다.

의지에 따라 선무화를 떠올리자 호흡을 따라 여러 가지 힘이 일어남을 느낄 수 있었다. 기지개를 켜고 일어난 힘들은 조금 전 싸울 때보다 더 커져 있었다.

미네르바와 동기화한 이후 처음으로 네 가지 힘이 가지는 진정한 힘을 느낄 수 있어 무척이나 기뻤다.

실제로 가지고 있는 힘의 크기에 비해 내 안에 휘돌고 있는 힘은 그리 크지 않은 양이었지만 지구인의 눈으로 봤을 때는 감당할 수 없는 강력한 힘이었던 것이다.

기쁨에 들뜬 마음을 애써 가라앉히고 천천히 선무화의 구결에 따라 움직이는 힘을 관조했다. 그렇게 난 네 가지 절대 힘을 내 것으로 만들어갔다.

짹! 짹! 짹!

산새 소리에 눈이 떠졌다. 광으로 비쳐 드는 아침 햇살을 보며 명상을 통해 선무화를 수련하는 사이 어느덧 날이 샜음을 알았다.

밤사이 쌓였던 피로는 어디론가 멀리 달아나 버렸고, 여느 때보다 더 상쾌한 아침을 맞을 수 있었다.

"한철 오빠!!"

미연이가 새벽같이 올라왔는지 날이 터오고 얼마 후 나를 부르는 소리가 집 밖에서 들렸다.

"알았다. 나가마."

광에서 나와 아직까지 잠들어 있는 사람들을 한 번 둘러보고는 이내 밖으로 나갔다. 문 앞에서 아저씨와 미연이가 서성이며 기다리고 있었다.

"안녕하셨어요? 그리고 미연이도 안녕!"

“그래, 잘 지냈네. 그런데 어젯밤 이곳에 무슨 일이 없었나?”

“예?”

“아닌가? 아니면 상관없네만.”

어제 찾아온 불청객들은 상당한 능력자들이기에 그들이 뿜어낸 기운을 아저씨가 읽은 것 같았다. 알려 드릴 수 없었기에 감출 수밖에 없었다.

“별일없었습니다. 잠도 잘 잤고요. 이제 수련장으로 가시죠. 빨리 끝내고 아침 식사를 하셔야지 않아요.”

“허허허, 그래. 빨리 가세.”

“오늘 오빠가 밥 해주는 거야?”

“그래. 맛있는 걸로 해주마. 그리고 소개해 줄 사람들도 있고 말이야.”

“소개?”

“그래. 아직 다들 자고 있어서 깨우지 않았다만 수련을 마치고 돌아올 때쯤이면 깨어나 있을 테니 이따가 와서 인사하면 될 거다, 미연아.”

“그랬구나.”

조금은 이상한 표정을 짓던 미연이와는 달리 아저씨는 집 안에 사람이 있음을 알아차린 듯 아무런 말도 하지 않았다.

“어서 가세. 빨리 수련을 끝내고 오도록 하지.”

“예.”

우리 셋은 숲길을 가로질러 수련장으로 향했다. 수련장에 들어선 후 선무도의 심법이라고 할 수 있는 선무화는 이미 어느 정도 경지에 들었지만 다 보여줄 수는 없는 노릇이기에 무련을 수련했다.

그나마 무련도 다 보여줄 수 없었다. 인간의 잠력을 끌어올리는 잠승(潛昇)을 시작으로 자연의 기운을 감싸는 포연(包燃), 자연과의 조화로움을 인식하는 제화(濟化), 자연과의 경계를 넘어 밖의 세상을 인식하는 주연(周緣), 그리고 이를 통해 조화로움을 이끌어내는 화승(化拱)만 수련했다.

인체에 하늘의 단을 쌓는 천단(天壇)이나 그 뜻을 드러내는 천인(天印)은 일부러 하지 않았다.

그도 그럴 것이, 천천히 움직이며 무련을 수련했지만 그 바탕은 선무화가 깔려 예상치도 않게 주변의 기운을 이끌어냈기 때문이다.

화승의 단계에서 주변의 자연지기가 급격히 높아지기 시작하자 아저씨와 미연이는 너무나 놀라 자신들의 수련을 잊은 채 나를 바라보기만 했기에 7단계인 천인까지 할 수 있건만 그만둔 것이다.

5단계인 화승까지만 시전하는 데도 꽤나 시간이 걸렸다. 거의 9시가 되어서야 수련을 끝낼 수 있었다.

"이제 가시죠. 집에 가면 좀 놀라실 겁니다. 집에 머무는 사람들이 좀 많아서요."

"얼마나 되기에 그런가?"

"모두 열다섯 명입니다."

"자네 집에 그렇게나 많이 있다는 말인가?"

"하하하, 그렇게 됐습니다. 내려가시죠."

"알았네."

내리막길이라 집까지는 빠르게 올 수 있었다. 집에 도착해 문을 열고 안으로 들어서자 사람들이 마루에 앉아 있었다. 그리 크지 않은 곳이라 꽉 찬 듯 보였다.

"오셨습니까?"

나를 따라오는 아저씨와 미연이가 의외였는지 약간 멈칫하던 천유동이 내게 다가와 인사를 했다.

"이분은 제게 도움을 주신 분입니다. 가족 같은 분이지요. 유평리 이장님이신 강천우 아저씨와 이분의 따님인 미연이라고 합니다."

"아! 그러시군요. 전 천유동이라고 합니다."

어느 정도 눈치를 챘는지 천유동이 아저씨에게 인사를 했다.

"예, 강천우라고 합니다. 그런데 어쩐 일이신지……."

마루에 앉아 있는 주천문의 사람들을 보며 아저씨가 의문스러운 듯 물었다. 아이들은 모르겠지만 주천문의 사람들은 오랜 동안 수련을 해온 사람처럼 비범한 모습을 지니고 있었기 때문이다.

"제가 말씀드리지요. 원래 이곳은 돌아가신 어머님이 물려주신 곳인데 어머님이 무격을 이으셨던 것 같습니다. 이분들은 어머님에게는 사질이 되시는데 이번에 수련을 하러 오신 겁니다. 집이 비어 있을 때는 아무도 모르게 오셨다가 가시고는 했는데 제가 이곳에 정착한 것을 알고는 한동안 머무르시기로 했습니다."

어느 정도 생각한 바가 있었기에 아저씨에게 주천문의 사람들이 머무는 이유를 설명해 주었다.

"그랬군. 몇 년 전에 이곳을 드나드는 사람 중에 치성을 드리는 모습을 본 적이 있는데 그랬었군."

"저에 대해 실망하셨겠네요."

무당의 아들이라고 하면 색안경을 끼고 보는 세상이었다. 전부는 아니지만 어머니가 무격이었다는 사실은 진실이었기에 숨기고 싶지 않아 이야기한 터였다.

"실망은. 그분이 누구신지는 모르겠지만 오래전 먼발치에서 뵌 적이 있네. 정말이지, 놀라운 분이었네. 보통의 사람하고는 차원이 달랐지. 난 그분에게서 자연이 노니는 모습을 보았네. 오히려 세상이 말하는 선도와 가깝다고 할 수 있더군. 나 또한 그분이 수련하는 것을 보면서 배운 점도 많고. 그리고 이분들을 보아하니 그분과 같은 수련을 하는 것 같은데 실망을 하다니 아닐 말일세."

"스승님을 보신 모양이로군요."

아저씨의 말에 천유동이 대답했다.

"그분이 스승님이시라는 말씀입니까?"

"그렇습니다. 이곳에서 한동안 수련을 하셨다는 말씀을 들었습니다. 이곳에 깊은 경지를 가지신 선무가(仙武家)가 한 분 계시다고 하더니 선생님이셨군요. 만나 뵙게 되어 반갑습니다."

주천문의 문주인 한천구와 아저씨가 알고 있었다니 나로서는 뜻밖이었다. 천유동도 아저씨에 대해 들은 것이 있는 듯했다.

'잘됐군. 당분간은 이들을 이곳에 두어야 하는데 말이야.'

자는 곳이야 광을 수리하면 될 테고, 수련을 하러 왔다고 하면 큰 문제는 없을 것 같았다.

두 사람은 이야기가 통하는지 여러 가지 이야기를 나누기 시작했다. 천유동은 넉살 좋은 미소를 흘리며 주천문의 사람들을 하나하나 소개하기 시작했다. 자신의 사제들을 소개하고, 이어 아이들에 대해서 소개할 무렵 미연이가 내게 다가왔다.

"오빠!"

"왜?"

"저 아이들 말이야."

"저 아이들이 왜?"

“좀 이상해.”

미연이가 아이들에게서 뭔가 느끼는 것 같았다. 흥미로운 눈빛으로 아이들을 보고 있었다.

“뭐가 이상한데?”

“글쎄, 뭐라고 딱 꼬집어서 이야기할 수 있는 것은 아니지만 만약 내 생각이 맞는다면 저 아이들의 몸속에 뭔가 있는 것이 느껴져. 강대한 뭔가가 말이야.”

선무화를 익혀서 그런지는 몰라도 상당한 능력이었다. 능력을 발휘하는 것도 아니고, 봉인된 능력이었는데 그런 것을 쉽게 알아내는 미연이의 능력이 새삼 놀라웠다.

‘미연이도 혹시 능력자가 아닌지 모르겠다. 미네르바에게 한 번 알아보라고 해야겠구나. 이건 선무화를 익혔다고 해서 알 수 있는 것이 아니니까.’

같은 능력자가 아니면 느끼기 쉽지 않은 일이기에 미연이에게 관심이 갔다.

“글쎄다. 난 아무것도 느껴지지 않는데?”

“몰라. 그냥 느낌일 수도 있으니까.”

자신이 잘못 느꼈다고 생각했는지 미연이는 고개를 갸웃거렸다.

“그래, 그럴 수도 있겠지. 그나저나 아침 차리는 것 좀 도와주지 않을래? 오늘은 사람이 워낙 많아서 말이야.”

“알았어, 오빠.”

계속해서 고개를 갸웃거리는 것이 조금 더 있다가는 아이들에 대해 알아차릴 것 같아 아침 식사 준비를 핑계로 미연이를 이끌고 부엌으로 갔다. 사람이 많은 관계로 아침밥을 준비하는 데 시간이 꽤 걸릴 것 같았다.

오늘 아침은 피로 회복에 좋은 콩나물밥과 콩나물국을 끓이기로 했다. 매운 고추를 썰어 넣은 간장에 비벼먹는 콩나물밥과 얼큰한 콩나물국은 사람들의 입맛을 돋아줄 터이다.

아침을 먹은 후부터는 무척이나 바빴다. 사람들이 거주할 곳을 꾸며야 하기에 아저씨와 난 산을 내려가 읍내로 가서 몇 가지 재료를 사왔고, 집에 남아 있던 사람들은 안팎으로 대청소를 했다.

읍내에서 돌아와 침상을 만들 나무판자와 목재들을 한 번에 묶어 머리에 이고 집으로 올라오는 나를 보며 미연이가 놀라기는 했지만 그 뒤는 순조롭게 진행됐다.

주천문의 사람 중에 목수 일을 해본 이가 있어 광 안에다가 침상을 만드는 일은 금방 끝이 났다.

광 안에 만들어진 침상은 꽤나 넓었다. 열 명 정도가 충분히 잘 수 있는 넓이였다.

침상이 만들어지자 주천문의 사람들은 광에서 머물기로 하고, 아이들과 나는 방에서 머물기로 했다. 방이 두 개였기에 하나는 나를 비롯한 남자 아이들이 쓰고, 다른 하나는 주천문의 여자 술사들과 여자 아이들이 쓰기로 했다.

얼마 안 있으면 방학을 하는 미연이는 수련을 위해 집에서 머물기로 했기에 산에 올라오면 여자들이 머무는 방에 같이 있기로 했다.

머물 곳이 마련되자 사람들이 어느 정도 안정을 찾았다. 특히 아이들은 그동안 불안한 생활을 해왔는지 눈에 띄게 얼굴 표정이 좋아졌다.

아이들이 한천구가 시전한 주법에 의해 자신의 능력이 봉인되어 있었기에 천유동이 풀어주기를 바랐지만 난 그럴 수가 없었다.

봉인을 푸는 방법을 자세히 모를뿐더러 아직은 아이들의 능력을 각성시킬 수 있을 정도로 충분하지 못했다.

대신 주천문의 주법을 집중해서 수련토록 했다. 천유동에게 들은 주천문의 바람도 바람이지만 아이들이 주천문의 술법에 관심을 가지고 있다는 것을 알았기 때문이다.

아이들은 주법을 수련하고 싶었지만 그동안 피해 다니느라 제대로 된 수련을 하지 못했기에 주법을 배우기를 열망했던 것이다.

봉인을 풀고 각성하기 전까지 주천무의 주법을 수련하는 것도 좋은 방법이었다. 해서 이번 기회에 완전히 아이들에게 주천문의 주법을 수련할 수 있도록 한 것이다.

아이들에게 주법을 수련하게 한 것은 미네르바의 조언 때문이기도 하다.

천유동이 나에게 준 주천문의 주법이 적혀 있는 책자의 분석을 통해 상당히 유용한 기술이라는 판단과 함께 아이들에게 가르치기를 권유했던 것이다.

물론 주천문의 주법도 미네르바의 분석은 동기화를 통해 내 의식 속에 새겨졌다. 내게도 유용한 것이었던 것이다.

천유동은 이런 내 생각에 매우 고마워했다. 자신들이 백무요를 이용해 입지를 다지려는 계획이었다는 것을 들었음에도 내가 주천문을 용서했다는 것을 알아차린 것이다.

그것은 차신문의 문주가 된 내가 주천문의 주법을 인정했다는 뜻도 되기에 무척이나 감격해했다.

아이들이 주법을 수련하는 동안 나는 그동안 계획해 오던 것을 마무리 짓기로 했다. 내가 불러들인 사람들이 모일 시간이 다가온 것이다.

학교 동아리인 삼족오를 통해 알게 된 선배와 후배, 그리고 동기생들이 모일 시간이 된 것이다.

이번에 모인 사람들은 정말 엄격하게 선발된 사람들이다. 미네르바가 하나하나 분석하고 살펴보면서 최고의 사람들만 모은 것이다.

내가 만들려고 하는 것은 우주왕복선이라고 할 수 있는 스페이스셔틀이다. 전장은 1,500미터에 폭 300미터, 높이가 100미터인 거대 스페이스셔틀로 수송선으로도 이용할 수 있고 전투도 가능한 그야말로 전천후 기종이다.

사람들에게 발송된 자료들은 각자 전공에 맞게 스페이스 셔틀을 구성하는 세부 계획 및 설계도다.

보내진 계획들은 하나하나 굉장한 것이다. 전부 합쳐져야만 스페이스의 윤곽이 드러나게 만들어진 계획들이지만 그 하나만 가지더라도 웬만한 중견 기업을 만들 수 있는 신기술들이었다.

몇몇 중요한 기술들을 제외하고 대부분의 기술들은 이미 준비된 서류와 자료들에 의해 특허가 신청된 상태다. 한국은 물론 미국, 일본, 독일 등 유수의 국가에 이미 특허를 신청해 놓은 것이다.

특허를 신청해 놓은 기술들은 총 14,387가지다. 처음에 각 특허 기술마다 원리 및 실험 수치들을 첨부한 방대한 매뉴얼을 내놓았을 때 한영 선배가 무척이나 놀랐었다.

단기간 내에 혼자서는 검토하는 것조차 불가능할 정도로 많았기에 한영 선배는 자신이 알고 있는 사람들을 합류하게 해줄 것을 요청할 정도였다.

제공된 매뉴얼과 수치들로 볼 때 기술적 문제는 거의 없을 것으로 판단했기에 향후 생길 수 있는 법적 문제를 검토하기 위한 사람들이었다.

한영 선배의 요청에 따라 난 미네르바에 통해 그들의 신분 조사를 했고, 문제가 있는 사람을 제외하고는 전부 합류하도록 하고 별도의 사무실을 마련해 주도록 했다.

이런 조치를 취한 것은 훗날을 대비하기 위해서다. 엄청난 기술들이었기에 내가 세우는 회사만으로 모든 것을 한다는 것은 당초 불가능한 일이었다.

그럴 바에는 관련 기술들을 중소기업으로 이전해 스페이스셔틀뿐만 아니라 이에 기반이 되는 거대 산업군을 만드는 것을 최종 목표로 잡았기 때문이다.

이번 일에 직접적으로 참여하는 사람은 모두 20명이다. 미우해양조선을 인수하기 위해 움직이는 유준이를 비롯한 다섯 명과 내가 보낸 설계도를 실현할 기술진 15명이 주식회사 한얼의 초기 멤버로 정해진 것이다.

연구소로 사용할 곳은 이미 마련되어 있었다. 일전에 내가 사놓은 가든형 음식점이 초기 연구소가 될 것이다. 내가 사놓은 곳은 주차장을 포함한 주변 부지가 모두 대지였기에 향후 연구소가 커지게 되면 추가로 건물을 지을 수 있는 곳이었다.

주변의 땅도 매입을 시작했다. 농지라면 살 수 없을 터였지만 대부분 잡종지로 되어 있어 땅을 사는 데는 어려움이 없었다. 주변의 시세보다 높게 쳐주었기 때문이다.

어느 정도 땅이 확보되고 계획이 궤도에 오르기 시작하면 진주시장을 만나볼 계획이다. 지역 경제 활성화 차원에서 지방자치단체에서 산업군을 유치하는 것을 목표로 삼고 있기에 시장을 만나 연구소가 있는 주변을 첨단 산업단지로 만들 계획이기 때문이다.

아직은 먼 훗날의 일이지만 미리부터 준비하는 것이 좋을 것 같았기에 땅을 서서히 매입하는 것이었다.

매입해 놓은 땅을 주변으로 미네르바는 이곳에 많은 준비를 했다. 눈으로 보이지는 않지만 지하에 엄청난 시설을 만들고 있었던 것이다.

지하에 준비되고 있는 시설들의 전체 개요가 밝혀지면 그야말로 악 소리가 날 정도로 경악할 만한 시설들이 여럿 만들어지고 있는 것이다.

개보수 공사가 진행되는 동안 미네르바는 비밀리에 공간 확장을 통해 건물 지하에 상당한 공간을 마련하고 각종 실험을 할 수 있는 최첨단 시설을 마련했던 것이다.

주변에 매입한 땅을 포함해 상당한 면적이었지만 공간 확장을 통해 진행되었기에 매입한 땅의 거의 백 배에 가까운 공간이 지하에 조성되었고, 그 안에 각종 실험실이 만들어졌다.

모든 기자재는 전함 네르키즈에서 만들어져 이곳으로 운반되었다. 워프로 운반된 것이기에 건물 지하에 대규모 연구 시설이 있다는 사실은 누구도 알아차리지 못했다.

이제 연구소가 문을 열 시기가 찾아왔다. 사람들이 모이기로 한 날짜가 가까워 온 것이다. 연구소로 시작하는 주식회사 한얼의 출범인 것이다.

한얼은 삼족오의 비상을 알리는 첫 번째 신호탄이 될 것이다.

＊　　　＊　　　＊

부우우웅!

은색 승용차가 고속도로를 질주했다. 주변의 차량과는 현저하게 속도 차이를 내는 승용차였다.

한가한 주중이라 고속도로의 차량들이 대부분 제한 속도를 넘어 달리고 있었지만 은색의 승용차가 내는 속도는 무시무시했다. 시속 180킬로미터를 가뿐히 넘어 무섭게 질주하고 있었던 것이다.

"한철이 녀석, 무슨 일을 꾸미는 것인지는 모르겠지만 상당히 재미있을 것 같군. 하지만 한동안 모습을 보이지 않았으니 각오는 해야 될 거다."

은색의 승용차를 운전하고 있는 유창준은 투덜거리며 뭔가를 살피고 있었다. 그것은 두툼한 매뉴얼이었다. 놀랍게도 그는 운전대에서 손을 떼고는 사전 두께만 한 두툼한 매뉴얼을 보고 있었던 것이다.

운전은 믿을 수 없게도 자동으로 되고 있었다. 자동 운전이 되는 자동차가 실험이 되고 있기는 하지만 보통 70킬로 정도에서 속도를 조절하는 것이 지금의 기술 수준이었다.

그런데 지금 시속 180킬로미터가 유지되는 자동차가 실험을 위한 도로도 아니고 일반 고속도로에서 스스로 운행을 하고 있었던 것이다.

자동 운전이 되고 있는 자동차는 한철이 보낸 매뉴얼을 보고 창준이 만든 것이다. 그동안 자신이 연구해 온 자동항법장치에 한철로부터 그가 택배로 받은 매뉴얼의 기술을 접목시켜 스스로 판단하고 운행할 수 있는 자동차를 만들었던 것이다.

"후우! 아직도 떨리는군. 이런 기술이 현실화될 수 있다니 말이야. 아직 한 시간은 더 가야 하니 그동안 좀 더 봐야겠다."

잠시 매뉴얼에서 시선을 떼고 주변을 살핀 그는 자신이 만든 무인 운전 시스템이 안전하게 자동차를 운행시키는 것을 확인하며 다시 매뉴얼에 시선을 던졌다.

처음 매뉴얼을 받아 보았을 때 얼마나 놀랐는지 아직도 가슴이 떨리는 그였다.

GPS를 이용한 자동항법장치를 이용한 기술을 개발 중이던 그는 삼차원 영상 기술을 접목한 수치지형도를 바탕으로 한 새로운 개념의 공간 좌표 인식 기술과 이를 자동 운전으로 실현할 수 있는 기계적 메카니즘을 보고 얼마나 놀랐는지 보는 순간 거의 기절할 정도였다.

전율이 이는 가운데 기술적 메카니즘이 결코 허구가 아니라는 것을 확인하는 순간, 어떻게 이런 기술을 가지고 있었는지는 중요하지 않았다.

그동안 자신 앞에 놓여 있던 수많은 난관을 단번에 뚫어줄 수 있는 지침이 될 매뉴얼을 자신의 것으로 소화해 낼 수 있는지가 중요했다.

자신의 꿈인 하늘을 나는 자동차의 최종판이라고 할 수 있는 보라매라 이름 붙여진 매뉴얼의 기술을 자신이 모두 구현할 수 있는지 그것이 중요했던 것이다.

"초기 기본 기술을 적용시켰는데도 이 정도라면 이 매뉴얼이 말하는 기술이 모두 사실이라고 봐야 할 것이다. 그렇다면 지금부터 이 유창준이의 모든 것을 이것에 걸어야 된다는 결론이군. 삼족오의 비상이라는 이름으로 말이야. 하지만 그전에 한철이 이 자식부터 조져 놔야겠다. 나뿐만 아니라 다른 사람들에게도 갔을 테니 말이야. 이 형님에게 감추는 것이 있다면 안 될 말이지. 그럼!"

창준은 매뉴얼을 받아 살펴본 후 몇몇 지인들에게 전화를 걸었었다. 모두가 옛날 삼족오의 멤버였던 사람들이다. 이야기는 하지 않았지만 그들도 자신과 같은 것을 받은 모양이었다.

비밀을 지키지 않는다면 자료를 회수하고 삼족의 비상에서 제외시킨다는 매뉴얼에 명기된 약속 때문에 자세한 이야기는 하지 않았지만 전화상으로 풍기는 분위기로는 자신과 같은 일을 겪고 있음을 알 수 있었다.

매뉴얼에 담긴 내용으로 봤을 때 비밀을 지키는 것이 당연했지만 서운한 마음을 감출 수 없었기에 창준은 한철을 단단히 혼내주리라 작정하고 있었던 것이다.

삐이!
"거의 다 온 모양이로군. 그럼 슬슬 가볼까?"
목적지에 거의 도착했음을 알리는 내비게이션의 신호에 창준은 자동 운전을 수동으로 돌렸다. 고속도로를 나와 국도로 들어선 창준은 10여 분을 운전해 약속된 장소로 갈 수 있었다.

수리한 지 얼마 되지 않았는지 페인트 냄새가 가시지 않은 건물 앞에 주차한 유창준은 심호흡을 하며 건물로 들어섰다.
'많이들 왔군.'
건물 안에는 제법 많은 사람들이 와 있었다. 모두들 굳은 안색으로 자리에 앉아 있는 모습을 보며 빈자리를 찾았다.
'아무래도 내가 제일 늦은 모양이구나.'
앞에 놓여 있는 것을 제외하고 빈 좌석이 하나밖에 없었기에 창준은 조용히 자리에 가서 앉았다.
'내 생각이 맞는군. 오준이 녀석, 자기도 받아놓고 시치미를 떼다니. 하긴 나도 그랬으니 할 말은 없다만.'
자리로 가는 동안 몇몇이 아는 척 눈인사를 보냈다. 그중에는 자신의 가장 친한 친구인 강오준도 있었다.

국방과학연구소에서 유도무기를 연구하는 오준은 학교 동기이기도 하지만 비슷한 분야를 연구하고 있었기에 라이벌 의식을 가지고 있기도 한 친구였다.

오준 또한 붉은색 표지로 된 매뉴얼을 무릎에 올려놓고 있었다. 다른 사람도 각자 무릎 위에 두툼한 책자를 올려놓고 있었는데 두 손을 꽉 쥐고 있는 모습이 자신과 비슷한 처지임을 알 수 있었다.

'하긴 자신의 꿈을 이루어줄 것들이니까.'

자신도 자리에 앉은 후 매뉴얼을 꼭 쥔 것이 다른 이들과 다르지 않음을 느끼며 창준은 시간이 되기를 기다렸다.

정각 12시. 사람들이 건물 안으로 들어오기 시작했다. 미리 와서 다른 건물에서 이번 설명을 준비했던 한철 일행이다.

'괴물들은 다 끌어 모았군. 칫! 저 자식, 손 좀 봐주려고 했는데 틀렸네.'

자신이 가장 아끼는 후배인 한철과 같이 들어오는 사람들을 보며 창준은 질리지 않을 수 없었다. 앉아서 기다리고 있는 사람들의 면면도 화려하기 그지없는데 들어오고 있는 사람들은 그야말로 괴물이라 불렸던 사람들이기 때문이었다.

그들은 아직도 학교에 전설로 남겨 있을 정도로 특출난 재능을 선보였던 사람들이다.

중학교 재학 시절 독일에 있는 연구소의 초청을 받아 유학을 떠난 민유준은 진짜 천재 중의 천재로 불리는 이였다.

거기다 기술 특허 때문에 자신이 신세를 많이 졌던 김한영은 전자 및 기계공학 분야에 있어 둘째가라면 서러워할 사람이다.

자신의 동기로 땅꾼이라 불리는 천호영과 돈귀신이라 불리는 오창운은 말할 것도 없다. 그들의 천재성은 자신이 누구보다 잘 알고 있었던 것이다.

'설마!!'

창준은 갑자기 불안한 마음이 들었다. 호영과 창운, 그리고 오준과 자신이 함께 모여 있기에 자연스럽게 한 사람의 얼굴이 떠오른 것이다.

재학 시절 오천왕이라 불리며 학교를 주름잡았던 사람 중에 하나가 기억난 것이다.

'민석이 그 자식도 합류한 것은 아니겠지? 우리와는 부류가 다른 녀석이니까.'

창준과 민석은 사이가 그다지 좋지 않았다. 워낙 운동을 좋아 하는 창준인지라 특활 시간에 배우는 민족 무예를 익히고 있었는데 같은 반인 민석과의 대련에서 한 번도 이겨본 적이 없었기 때문이다.

공부야 자신이 항상 앞섰지만 운동에서는 항상 지는 것이 약간의 콤플렉스로 남아 있었던 것이다.

"많이 기다리셨습니다."

창준도 마찬가지지만 한철의 이야기가 시작되자 모두들 굳은 눈빛으로 주목하기 시작했다.

"제가 여러분께 보내 드린 것으로 인해 많이 놀라셨을 것이고, 그동안 많은 고심이 있었을 줄로 압니다. 궁금하신 것이 많을 테니 우선 질문부터 받겠습니다."

한철의 말이 떨어지기가 무섭게 창준이 손을 들었다.

"말씀하십시오."

"네 말대로 궁금한 점이 많다. 삼족오의 숙원인 비상을 시작한 것도 그렇고, 나에게 보낸 이 매뉴얼도 그렇고 말이다. 이런 매뉴얼이 나에게만 온 것은 아닌 것 같은데 자세히 좀 설명해 봐라."

창준은 자신의 매뉴얼을 들어 보이고는 한철을 주시했다. 다른 사람들에게도 가장 중요한 이야기였는지라 한철의 입을 주목했다.

'역시 창준 선배가 제일 먼저 나서는군.'

비행 청소년이라 불리던 창준 선배가 제일 먼저 나설 줄 알았다. 궁금한 것은 참지 못하는 성격이라는 것을 누구보다 잘 알기 때문이다.

요점을 정확히 짚고 질문을 해오니 오히려 이야기하기가 편했다.

"모두가 그것이 제일 궁금하셨을 겁니다. 우선 매뉴얼에 대한 이야기부터 하겠습니다. 검토를 해보셔서 알겠지만 그 안에 담겨 있는 기술들은 확실히 실현 가능한 것들입니다. 몇 몇 중요한 핵심 기술이 빠져 있기는 하지만 그것만으로도 놀라운 기술들이라고 할 수 있지요.”

모두들 고개를 끄덕이는 것을 보니 상당히 깊이 검토한 모양이었다.

“저는 여러분께 보내 드린 기술들을 이용해 그룹을 하나 만들려고 합니다. 이미 하나의 회사는 만들어졌고, 다른 하나는 인수 중입니다. 여러 선배님들이 가지고 있는 매뉴얼에 담긴 기술들은 그 회사들의 주력 상품이 될 기술입니다. 저는 그 기술들을 이용해 대한민국을 강대국의 반열에 올려놓고자 합니다.”

간단한 설명이지만 내 생각을 함축한 것이기에 모두들 주변을 돌아보며 웅성거리기 시작했다. 사람들이 웅성거리고 있을 무렵 오준 선배가 자리에서 일어났다.

“오준 선배, 말씀하십시오.”

“충분히 가능하다만 몇 가지 의심스러운 것이 있다. 하나는 이 기술들의 출처와 권리가 누구에게 있느냐 하는 것이고, 다른 하나는 회사를 만들 자금이 있느냐는 것이다.”

조목조목 짚어나가는 것이 오준 선배의 성격도 그리 변하지 않은 것 같았다.

“기술의 출처와 권리에 대해서는 염려하지 마십시오. 이것

은 오랜 세월 동안 연구의 연구를 통해 실증을 거친 것이고,
사정에 의해 제가 그에 대한 전반적인 소유권을 가지고 있습
니다. 이미 특허 또한 모두 신청해 놓은 상태이니 얼마 있지
않아 전부 기술 특허를 받을 수 있을 겁니다. 그 부분은 김한
영 선배께서 수고해 주셨습니다."

"그랬군."

오준 선배가 고개를 끄덕였다. 기술에 대한 권리는 무척이
나 중요한 항목이었기에 관심을 갖는 것 같았다. 출처가 의심
스러웠지만 한영 선배가 나서서 처리했다고 설명하자 모두들
수긍하는 표정이었다.

"그럼, 자금 분야에 대해서는 오창운 선배께서 설명해 주
시겠습니다."

모두 내 개인 계좌에서 나온 것이라 자금에 대해서는 말하
기가 쑥스러운 부분이 있었기에 창운 선배에게 미뤘다.

복잡한 과정이 있었지만 미네르바의 도움으로 이미 미국
국채를 전부 매각해 놓은 상태였기에 자금력이 풍부해진 탓
에 창운 선배는 자신있게 앞으로 나섰다.

"자금 담당을 맡고 있는 오창운입니다. 현재 진행하고 있
는 프로젝트의 출자는 모두 보스의 개인 자금에서 나온 것입
니다. 자본금은 보스께서 유산으로 물려받은 것으로 총 3조
6천억 원이 투입됩니다."

창운 선배의 설명에 모두의 시선이 내게로 일제히 쏠렸다.

"돈귀신! 그 말 정말이냐?"

창운 선배의 설명에 창준 선배가 놀라 물었다. 다른 사람들도 마찬가지로 놀라는 표정이 역력했다.

"맞다. 보스께서 전액 출자하신 거다."

"보스라니? 설마 한철이가……"

"맞다. 보스의 전 재산이 이번 계획에 투입된다."

"허, 이거야!!"

창준 선배가 믿을 수 없다는 듯 나를 바라보았다. 제일 친한 친구인 민준이도 그랬으니 나에게 불만이 많을 것이 분명했다. 창준 선배 또한 내가 알거지 상태로 막노동판을 전전하는 것을 보며 무척이나 안타까워하며 도움을 아끼지 않았던 분이니 말이다.

"그럼 간략하게 우리의 계획을 말씀드리도록 하겠습니다. 우리의 목표는 여러분께 나누어 드린 매뉴얼에 담긴 기술들을 집약해 무엇을 만들고자 합니다. 이를 위해서 이미 적당한 회사에 대한 인수 계획이 수립되어 있으며, 이미 가시화된 성과를 얻고 있습니다. 보스께서는 계획한 사업을 위해 여러분을 선택하셨습니다. 1차 매뉴얼을 받으시면서 주식회사 한얼의 멤버로 선택받으신 거지요."

창운 선배가 간단하게 설명을 마쳤다. 그러자 한 사람이 손을 들었다. 다시 오준 선배였다.

"이런 계획에 우리를 동참시키고자 한다면서 너무나 간단한 설명 아닌가 모르겠다."

차분한 어투로 묻는 것이 뭔가 더 할 이야기가 있는 것이 아니냐는 뜻이었다.

"자세한 계획에 대한 브리핑은 비서인 한지예 양께서 하겠지만 그전에 먼저 여러분께서 서약을 해주서야 하겠기에 자세한 말씀을 드리지 못한 겁니다."

"서약의 내용이 뭐지?"

오준 선배가 인상을 굳히며 물었다. 다들 서약이라는 말이 의미심장했는지 창운 선배를 바라보고 있었기에 내가 나서야 하는 시점이었다.

"그것은 제가 말씀드리지요. 다른 것은 없습니다. 이 기술들은 사사로이 이용하지 못한다는 것하고, 절대 비밀을 지켜야 한다는 것, 그리고 이 프로젝트를 실행하기 위해서는 모든 것을 버리고 와야 한다는 것입니다."

"으… 음."

다들 어느 정도 각오는 하고 온 상태였지만 쉽지 않은 일인지 얼굴이 굳어졌다. 삼족오의 비상이라는 문구를 보았을 때부터 어느 정도 짐작은 했겠지만 직접 이야기를 들으니 고민이 되는 모양이었다.

"어려운 결정이기는 하지만 이미 이곳에 오실 때부터 짐작하셨을 테니 생각할 시간을 드리겠습니다. 하지만 그리 오래 드리지는 못합니다. 바로 이 자리에서 결정해 주서야 하니 말입니다."

지금까지 노력해 온 것들을 모두 버리고 나서는 일은 그리 쉽지 않은 일이라는 것을 알기에 모두에게 생각할 시간을 주었다.

"좋아, 서약을 하지."

말이 끝나자마자 더 이상 생각해 볼 것도 없다는 듯 오준 선배가 순순히 승낙을 했다.

"나도 좋다. 매뉴얼을 보는 순간 이미 다른 것은 눈에 들어오지 않았으니까."

오준 선배에 이어 창준 선배도 승낙을 했다. 다른 선배들도 마찬가지였다.

"서약서는 어디 있냐?"

다들 찬성하자 오준 선배가 물었다.

"승낙하신 것으로 됐습니다. 이미 삼족오의 비상을 위해 모이신 것이니 마음으로 서약을 한 것이나 마찬가지입니다. 우리의 맹세가 마음에 있는 이상 서약서 같은 것은 필요없다고 생각합니다. 믿음을 가질 수 없다면 이미 서약서 같은 것은 허무한 이야기일 뿐이니까요."

"좋아."

내 말이 마음에 드는지 오준 선배가 미소를 지었다. 보기가 좀처럼 힘든 미소였다. 다른 선배들도 마찬가지였다.

"그럼 지금부터 자세한 설명을 드리겠습니다. 우선 말씀드리지만 우리가 최종 목표로 하는 것은 바로 스페이스셔틀입니다."

"스페이스셔틀?"

"그렇습니다. 우리가 만들 스페이스셔틀은 기존의 우주왕복선하고는 차원이 다른 것입니다. 그야말로 현존하는 최고의 기술들이 집약된 프로젝트입니다. 우리는 우리가 만들 스페이스셔틀의 이름을 한얼이라고 이름 붙였습니다. 그럼 빔프로젝트를 보시기 바랍니다. 설명은 제 비서인 한지예 양께서 해주실 겁니다."

사방에 나 있는 창문이 가려지고 빔프로젝트가 비쳐지기 시작했다. 삼차원 영상으로 만들어진 빔프로젝트는 ㅁ 자형으로 만들어진 회의장의 중앙 공간에 미네르바가 설계한 스페이스셔틀의 입체 설계도를 비추기 시작했다.

그리고 장장 다섯 시간에 걸쳐 우리가 만들게 될 스페이스셔틀에 대한 설명이 끝날 때까지 미네르바가 화신한 한지예 말고는 입을 여는 사람들이 아무도 없었다.

계획의 후반부를 설명할 때는 모두 눈을 부릅뜨고 주시했다. 스페이스셔틀은 내가 세운 계획의 초반부에 지나지 않았기 때문이다. 스페이스셔틀의 전략화와 아울러 새로운 에너지 계획에 대한 설명으로 미네르바의 설명이 끝나고 있었기 때문이다.

설명이 끝나고 모두들 계획에 적극적으로 참여하기를 희

망했다. 국운을 바꿀지도 모르는 계획이었기에 자신들이 초기부터 참여한다는 사실이 자랑스러운 모양이었다.

스페이스셔틀은 내가 계획하고 있는 계획의 일부분에 지나지 않았다. 자원과 에너지가 고갈되어 가고 있는 지구의 사정으로 볼 때 후속 계획으로 이어질 경우 세계 속에 우뚝 설 대한민국의 미래가 마음을 설레게 한 것이다.

기초 설명이 있은 후 미네르바는 지하에 연구 기초 시설이 만들어져 있다고 이야기했다. 그러자 선배들이 구경을 하고 싶다는 요청을 했다.

아직은 개방할 때가 아니며 들어가는 순간 기밀 유지를 위해 상당 기간 나올 수가 없다고 설명했음에도 선배들은 막무가내였다. 지금부터 연구에 들어가고 싶다고 아우성을 친 것이다.

난 우선 선배들에게 집으로 연락을 하도록 했다. 지하 시설로 들어가면 외부로는 일체 연락을 할 수 없기에 자칫 집에서 실종신고를 할 수도 있기 때문이었다.

대부분 가정이 있는 사람들이기에 잘 다니던 직장을 때려치우고 이름도 알 수 없는 연구소로 옮긴다고 하면 가정에 불화가 생길 수가 있기에 한얼의 목적 등을 제외하고 받게 되는 혜택 위주로 설명하도록 했다.

기초 연봉 2억에 매년 10%로 연봉이 등가하며, 보너스는 600%, 그리고 연구 성과에 따라 성과급이 주어지며 성과급은 매출액의 1%를 옵션으로 지급한다는 설명과 머지않아 완공될 사택의 입주권이 주어진다는 설명이었다.

사실 가족들은 연구소에서 얼마 떨어지지 않은 곳에 대지를 매입해 주택 단지를 조성할 계획이었기에 시간을 봐가며 이주할 수 있도록 할 계획이었다. 그에 따른 준비도 착착 진행되고 있었기에 설명하도록 한 것이다.

전화로 연락을 하면서 자녀들의 교육 문제로 이주를 꺼리는 분들이 있었지만 회사 차원에서 최고의 강사진으로 별도의 교육시스템을 운영할 것이라는 설명으로 부인들의 불만을 잠재웠다.

웬 공처가들이 많은지 한 시간 가까이 통화하는 선배를 끝으로 통화가 끝나자 모두들 연구실로 향했다. 새로운 터미널을 개설해 주 컴퓨터와 역할을 바꾼 미네르바의 분신이 선배들을 인도해 지하로 들어갔다.

"잘 끝난 거 같지?"

연구에 매달릴 선배들이 들어가자 한영 선배가 감회가 남다른 듯 나를 보며 물었다. 유준이와 다른 선배들도 조촐하지만 뜻 깊은 창립식이었기에 다들 감회가 남다른 듯했다.

"그런 것 같습니다. 이제 인수전에 매달려야겠군요, 선배."

"그래, 우리는 이제 서울로 돌라가야 할 것 같다. 넌 여기

남아 있을 거냐?"

"그래야 할 것 같습니다. 주주총회가 시작되기 전에 연락을 주십시오. 바로 올라갈 테니 말입니다."

"알았다. 그럼 우리는 이만 가보마."

"그렇게 하십시오."

"한철아, 이곳에 무슨 일이 있는지 모르겠지만 될 수 있으면 빨리 끝내고 올라와라."

유준이가 불안한 듯 내게 말했다.

"걱정하지 마라. 금방 끝날 테니까. 그리고 그리 위험한 일은 없을 테니 쓸데없는 걱정은 하지 말고."

"알았다."

"어서 나가시죠."

길어질 것 같기에 먼저 밖으로 나갔다. 선배들과 유준이도 뒤를 따라서 나왔다. 모두들 차에 몸을 싣고는 서울을 향해 출발했다.

'이제 새로운 시작이지만 잘될 것이다.'

서울로 떠나는 사람들을 보며 잠시 서 있었다. 이제 새로운 시대를 열어갈 첫 삽을 떴다는 생각 때문이다. 대부분의 계획은 이미 설명을 해놓은 상태였기에 잘할 수 있을 터이다. 한 지예로 화신한 미네르바의 터미널이 다른 선배들에게 연구 시설을 안내한 후 곧바로 서울로 올라갈 것이었기에 문제가 없을 터이다.

남은 사람들이 서울로 올라가는 것을 보고 집으로 돌아갔
다. 한얼의 창립식 말고도 앞으로 준비할 것이 많았기 때문이
다.

Chapter 7
불완전한 초월의 영역

미국의 중앙정보국 CIA(Central Intelligence Agency)는 워싱턴 D.C. 근교인 버지니아주 랭글리(Langley)의 포토맥 강가에 있어 일명 랭글리로 불린다.

CIA를 책임지고 있는 자가 머물고 있는 7층 집무실에는 지금 다섯 명의 사람들이 심각한 안색으로 뭔가를 논의하고 있었다. 지금 모인 다섯 사람은 CIA의 핵심 부서를 이끌고 있는 자들이다.

관리부(DDA), 첩보부(DDI), 그리고 공작부(DDO)와 과학기술부(DDS&T)로 이루어진 CIA의 4대부서를 책임지고 있는 수뇌들과 총책임자인 버논 국장이 얼마 전에 발생한 긴급 사안에 대해 의논 중이었던 것이다.

전형적인 앵글로색슨족의 모습을 한 버논 국장은 눈살을 찌푸리며 회색빛 머리에 푸른 눈을 한 사나이에게 물었다. 공작부를 책임지고 있는 로버트 말토였다.

"로버트, 이 보고서의 내용이 모두 사실인가?"

"그렇습니다, 국장님. 전부 사실입니다. 아무래도 그쪽 라인은 한동안 폐쇄해야 할 것 같습니다."

벌써 6년째 CIA를 이끌어오며 이라크 사태 때에도 눈도 꿈쩍하지 않던 버논 국장이 이번 사안에 심각하게 생각하는 것이 의외였지만 로버트는 그다지 동요하지 않는 어조로 버논 국장의 질문에 대답했다.

"으… 음."

신음과 함께 고민스러운 눈빛을 보인 버논 국장이 과학기술부(DDS&T)를 맡고 있는 헨리 앤트를 바라보았다.

"그다지 심려하실 바가 아닙니다. 그곳에 파견되었던 자들은 우리가 보유하고 있는 자들에 비해서는 하수라 할 수 있습니다. 모두 당했다는 것이 뜻밖이라고는 하지만 한국에 마스터 급이 없었던 것도 아니니 말입니다."

"마스터 급이 나타났다고는 하지만 그것은 그리 염려할 바는 아니네. 문제는 우리의 실험 대상들이 뭔가를 숨겼고, 그것을 빼돌렸다는 사실이지. 미스터 J로부터 보고된 바로는 능력이 있는 아이들 같은데 그렇게 감쪽같이 숨겼다면 마스터 급의 아이들일 가능성이 높다고 할 수 있다는 것이 문제지."

버논 국장의 심려에는 이유가 따로 있었다. 마스터 급으로 성장할지도 모를 아이들이었다. 마스터 급의 능력을 가진 자들이 가지고 있는 힘에 대해 누구보다 잘 알고 있기 때문에 이번 상황을 심각하게 생각하고 있었던 것이다.

"위성으로도 파악되지 않는 곳에 뭔가가 있다는 것이 조금은 의외이기는 하지만 그리 염려할 바는 아니라고 봅니다. 이미 한국의 MP들로부터 충분한 자료가 수집되어 있는 상태입니다. 그들의 능력을 조금 더 관찰하는 것도 좋기는 하지만 새로 기획되고 있는 것에 더욱 관심을 가져할 것으로 생각됩니다. 얼마 안 있으면 완성될 테니 말입니다. 그리고 안심이 되지 않으신다면 시험 삼아 제작되고 있는 기종을 보내보는 것도 괜찮은 방법일 수도 있고 말입니다."

"프로토 타입을 보내보자는 말인가?"

헨리 앤트의 말을 못 알아들은 것은 아니다. 아직은 시험 생산된 것들이기에 좀 더 연구가 필요하다는 것이 문제였다.

"이미 1차 실험은 성공적으로 끝났습니다. 유용성 여부에 대해서는 실전을 거쳐야 확실히 판단할 수 있으니 이번 기회에 실전 테스트를 거치는 것이 바람직할 것 같아서 말입니다."

적당한 실험 대상을 물색하지 못했다는 보고를 받은 적이 있기에 버논은 헨리의 의견이 괜찮다는 생각이 들었다.

“실전 테스트라? 그래, 한국까지 반입하는 것에 대한 문제는 없겠나?”

“얼마 안 있으면 팀스피리트 훈련이 시작됩니다. 그 시기에 맞추어 이번에 완성한 프로토 타입을 조용히 들여보내면 한국에서도 알아차리지는 못할 겁니다.”

“좋아, 그렇게 들여보내면 문제가 없겠군. 그렇다면 이번 기회에 프로토 타입에 대한 실험을 실시하도록 하지. 그동안 안개에 가려져 있던 그곳에 대한 정보를 캐보기도 할 겸 말이야. 이번 작전명은 라스트워리어로 하도록 하고 모든 부서에서는 차질이 없도록 준비해 주게.”

여러 가지 신무기의 유용한 시험장이 되는 한미 합동군사 훈련을 통해 목적하는 바를 이룰 수 있을 것이라는 생각에 버논 국장은 헨리 앤트의 계획대로 추진하기로 했다.

이렇게 공식 석상에서 의견을 꺼낸 것을 보면 이미 모든 계획이 입안되어 있을 것이기에 충분하다고 생각한 것이다.

“알겠습니다.

버논 국장의 말에 4개 부서를 총괄하는 수뇌들은 일제히 대답했다. 이번 실험의 중요성을 잘 아는 그들로서도 상당히 준비할 것이 많기에 곧장 국장실을 나서 자신의 부서로 돌아갔다.

각 부장들이 돌아가고 난 후 버논 국장은 컴퓨터를 통해 메일 한 통을 보냈다. 만약을 위한 대비책을 준비하기 위해서다.

"프로토 타입의 신병기들이 잘해주기는 하겠지만 만약의 경우라는 것도 있으니 그들도 파견해야겠다."

버논 국장은 이번 실험의 결과를 낙관하고 있지만 문제가 있다는 것도 인식하고 있었다. 아직은 자신들이 만들어낸 신병기가 불완전했던 것이다. 버논 국장은 실패할 가능성에 대비해 자신들이 보유하고 있는 자들 중 진짜 능력자들을 한국에 보내기로 결심을 굳혔던 것이다.

10여 년의 노력 끝에 완성된 신병기는 오메가라는 암호명으로 불리고 있다. 휴머노이드형 생체병기로 세상의 종말에나 가서야 나올 법한 병기였다.

오메가가 가진 파괴력만큼은 자신하는 것이었지만 아직은 손봐야 할 것이 많았다. 그동안 최대의 난관으로 인식되던 것이 슈퍼내츄럴파워의 보유 여부였다.

생체병기에 각종 첨단 무기와 함께 인공지능을 부여하기는 했지만 초능력이라 불리는 슈퍼내츄럴파워가 없는 한 마스터 급 능력자들을 상대하는 길은 요원했던 것이다.

그 문제를 해결할 수 있었던 것이 바로 한국에 존재하는 능력자들이 능력을 가지게 된 방식이었다. 지금까지 슈퍼내츄럴파워는 태어날 때부터 자연적으로 가지게 된다는 것이 정설이었지만 한국의 능력자들은 다른 방식을 취하고 있었던 것이다.

　신의 능력을 빌려서 사용하는 한국의 능력자들을 발견해 내고 그들의 방식을 차용하여 오메가에게 능력자들의 힘을 부여하는 방안이 연구됐다. 하지만 그것 또한 쉬운 일이 아니었다. 만들어진 것이라서 그런지 스스로 수퍼내츄럴파워를 가질 수 없었던 것이다.

　무수한 실험이 실패한 뒤, 개체 스스로 슈퍼내츄럴파워를 가진다는 것이 불가능하다는 결론이 내려졌다. 하지만 실험이 전적으로 실패한 것은 아니다. 스스로는 아니지만 능력자의 힘을 동기화시켜 오메가가 사용할 수 있는 방법을 찾아낸 것이다.

　방법을 찾아낸 것은 CIA가 아니었다. 불가능하다는 결론과 함께 그때까지 연구한 결과가 비밀 지역으로 보내졌는데 그곳에서 새로운 방법을 찾아낸 것이다.

　당초의 목표로 했던 것과는 다른 것이었지만 능력자가 보내오는 능력을 수십 배 증폭시켜 사용할 수 있는 오메가의 탄생은 CIA를 고무시켰다. 몇 번의 화력 시범에서 엄청난 위력을 보여주었기 때문이다.

　그러나 아직 완성된 것은 아니었다. 아직은 능력자와의 동기화가 조금은 불안정한 상태였던 것이다. 기계라서 그런지는 몰라도 슈퍼내츄럴파워가 생체병기인 오메가와 융화되지 못하고 있었던 것이다.

　헨리 앤트가 제안한 이번 실험의 최대 목적은 오메가의 한계를 실험하는 것이다. 생체병기인 오메가가 슈퍼내츄럴파워를 사용할 수 있는 한계가 어디까지인가였다.

슈퍼내츄럴파워를 사용하는 오메가의 한계를 측정하려면 능력자들과의 전투가 필수다. 그렇지만 버논 국장은 얼마 전 오메가의 프로토 타입을 완성하고도 실험의 기회를 잡지 못하고 있었다.

러시아나 서유럽 국가들이 보유하고 있는 마스터 급 능력자들을 상대로 실험하는 것이 정확한 데이터를 얻는 일이었지만 그렇게 할 수가 없었기 때문이다.

마스터 급 능력자들을 대상으로 실험을 하게 되면 외교적 마찰은 물론이고, 자칫 능력자들 간의 전쟁으로 비화할 가능성도 컸기 때문에 섣불리 실험을 진행할 수가 없었던 것이다.

고심하는 와중에 때마침 한국에서 문제가 발생했다. 일곱 자매와 죽음의 상인들의 공조하에 공작을 진행 중이던 일이 실패한 것이다.

CIA에서 보유 중인 마스터 급의 능력자들에 비해 수준이 낮다고는 하지만 한국에 파견을 보낸 자들은 상당한 수준의 능력을 지녔는데 그들이 실패한 것이다.

그들뿐만이 아니었다. 일곱 자매와 죽음의 상인들이 자체적으로 보유한 능력자들이 함께했음에도 실패한 것으로 볼 때 한국에도 마스터 급 능력자들을 보유하고 있음이 분명했다.

또다시 마스터 급 능력자가 한국에 나타났다는 것은 심각한 문제를 야기할 수도 있는 일이었다. 오래전 한국에 있던 마스터 급 능력자로 인해 곤욕을 치른 바 있는 버논 국장이었다. 그로 인해 자신의 입지가 흔들리기까지 했었다.

그렇기에 한국에 새로 나타난 마스터 급 능력자를 제거도 할 겸 실험을 한국에서 진행하는 것을 허락한 것이다.

경제적 의존도도 높고 군사동맹을 맺고 있는 한국으로서는 항의조차 하지 않을 것이기에 실험을 진행하더라도 별다른 문제가 없을 것이 분명했다.

자신들이 행하고 있는 실험을 위해 귀중한 자국의 능력자들을 제공하는 한국은 그의 안중에도 없었던 것이다.

메일이 완전히 전송되고 수신자가 메일을 받았음을 확인한 버논 국장은 책상 위에 놓인 은색 상자에서 쿠바산 시가를 꺼내 입에 물고는 불을 붙였다.

"후우!"

숨결을 따라 담배 연기가 집무실 안을 감돌았다. 언제나와 같이 은은한 향이 심신을 안정시키기를 기대했지만 오늘은 영 불안했다.

"한국의 능력자들이 능력을 발휘하는 방식도 모두 파악했고, 또다시 마스터 급 능력자가 나타날 수도 있으니 모두 제거하는 것이 나을 것이다. 그때 같은 악몽을 다시는 꾸고 싶지 않으니까."

시가를 피워대는 버논 국장의 눈동자가 흐려졌다. 지난날의 악몽 같은 기억이 떠오른 것이다. 비록 얼마간이었지만 자신은 물론 자신과 뜻을 같이하던 사람들을 공포 속으로 몰아넣었던 한 사나이의 얼굴이 기억에 떠오른 것이다.

"그들이라면 이상없이 모든 일을 끝내주겠지. 그 양반에게는 미안한 일이나 국익을 위하는 일이니까. 나중에 그의 무덤에서 미안하다고 인사나 한번 해야겠군."

슈퍼내츄럴파워를 임의대로 불러 사용하는 방식이라면 위협적이지 않을 수 없기에 메일의 말미에 그동안 협조해 온 자는 물론 한국의 능력자들을 모두 제거하라는 명령도 같이 내렸다.

동맹국이라 불리는 한국에게는 미안한 일이지만 어쩔 수 없는 일이다. 자신과도 인연이 있는 자가 불같이 화를 내겠지만 그것도 잠시뿐일 것이다. 그 또한 제거 대상에 이미 포함되어 있으니 말이다.

＊　　　＊　　　＊

창립식을 마치고 집으로 올라오는 산길에서 미네르바를 불렀다.

"미네르바!"

ー예, 함장님.

"닫혀진 공간이라 연구하는 데 힘들지 않을까?"

인수전에 뛰어든 사람들을 제외하고 연구에 매달릴 사람들을 몰 듯이 지하에 마련된 연구실에 처박아 버리고 온 것이 마음에 걸렸기에 미네르바의 의견을 물었다.

─걱정하실 것 없습니다. 지하 6층으로 구성된 그곳에는 지상과 다를 바 없는 시설이 구비되어 있습니다. 식사는 물론 모든 것이 완전 무인 시스템으로 운영되기에 생활하는 데는 불편이 없을 겁니다. 따로 휴식 공간도 마련되어 있으니 미우 해양조선을 인수하기 위한 1차 작업이 끝나는 6개월 후까지는 문제없이 버틸 겁니다. 그리고 지금 그분들에게 새로 나누어 드린 자료들이 유출될 경우 심각한 문제가 발생할 수도 있기에 정보를 통제해야 할 측면도 있지만 임원진으로 등록도 시켜야 하기에 보호를 위해서도 어쩔 수 없는 조치입니다.

"하긴, 놈들도 만만치 않을 테니 말이야. 내가 관련이 있다는 것을 알면 어떻게 해서라도 접근할 테고. 좋아! 그것은 그리 마무리하면 되고, 주천문의 사람들과 아이들은 어떻게 하면 좋을까?"

집 안에 머물고 있는 골칫덩어리들에 대한 문제도 만만치가 않았기에 미네르바의 조언을 구했다.

─그에 앞서 일단 함장님의 신체를 최적화시키는 것이 중요합니다. 그래야만 그 아이들의 봉인을 해제한 후에 제대로 안정을 시킬 수 있을 테니까 말입니다. 이미 함장님께서는 선

무도를 통해 가지고 계신 힘을 어느 정도 안정화시키기는 했지만 동기화를 통해 의식을 중첩화시키면서 걸어두었던 제약을 풀기에는 아직 미흡합니다.

"천부인과 제법문을 찾아야 한다는 소리로군."

―맞습니다. 그래야 함장님의 몸은 휴먼족으로서 최적의 조화를 이끌어내실 수 있을 겁니다.

미네르바의 어조가 심각한 것을 보면 빠른 시간 안에 조치를 취해야겠다는 생각이 들었다.

"국립박물관으로 가야 하나?"

―그래야겠지요.

"그럼 가야지."

―지금 가시려는 것입니까?

"그래."

―잠시만 있다가 가시는 것이 좋을 것 같습니다. 일단 조동원 씨에게 연락을 취하겠습니다. 제가 임의대로 함장님을 대신해 조동원 씨와 통화해도 되겠습니까?

"그래. 그렇게 하도록 해."

―…….

미네르바가 연락을 취하는지 잠시 조용해졌다. 소리는 들리지 않았지만 미네르바는 목소리를 변형시켜 나를 대신해 조동원과 얼마 동안 통화를 했다.

—함장님, 연락이 끝났습니다. 하지만 조동원 씨가 조치를
취하려면 시간이 좀 걸리니 백무요에 머물 사람들을 위해 몇
가지 준비를 하는 것이 좋겠습니다.

조동원으로서도 박물관에 협조를 구해야 할 테니 당장은
곤란할 것이 분명했다. 미네르바의 말대로 주천문도들에게
몇 가지 조치를 취하는 것이 좋을 것 같았다.

"그렇게 하도록 하지. 그럼 아이들 옷부터 사도록 하자. 어
차피 모두들 같이 수련해야 하니까 단체 도복 같은 것으로 했
으면 좋겠는데……."

—옷과 관련한 매장은 동대문 쪽에 많습니다만.

"그럼 일단 동대문으로 워프시켜 줘."

—알겠습니다. 그럼 곧바로 워프시켜 드리겠습니다.

"알았어."

동대문으로 워프된 것은 금방이었다. 옷과 관련한 쇼핑몰
은 물론 그와 관련한 인프라가 잘 갖추어진 곳이기에 주천문
의 사람들과 아이들을 위한 옷을 장만할 수 있었다.

사람들이 입을 옷은 통일된 복장으로 맞추었다. 사람들의
신체 사이즈야 미네르바를 통해 알 수 있었고, 디자인은 이장
아저씨와 미연이가 입고 있던 도복을 참조해 좀 더 심플하게
만들도록 했다.

옷 주문을 하고 완성되는 대로 택배로 백무요로 보내줄 것
을 요구하며 계약금을 지불했다. 그 외에도 거주하면서 필요

한 물건들을 워프를 통해 구입한 후 모두 이장 아저씨의 집으로 배달을 부탁했다.

그렇게 몇 가지 준비를 마친 후, 약속 시간이 다 되었기에 약속 장소로 향하기 위해 박물관이 가까운 곳으로 워프를 감행했다.

시야가 흐려졌다가 다시 밝아져 옴을 느끼며 나는 내가 남산에 와 있음을 알았다. 사람들의 시선이 닿지 않는 녹지대 안이라 내가 갑자기 나타난 것에 대해 알아차린 사람은 없었다.

남산을 내려 서빙고동에 있는 국립중앙박물관으로 향했다.

지금은 오후 6시. 조 사무관과 약속한 시간 안에 충분히 도착할 시간이었다.

'미네르바 말로는 다른 청동거울과는 달리 기이한 파동이 느껴진다는데 의문이로군.'

남산을 내려오면서 미네르바가 나에게 해준 설명이 생각났다. 천부인을 워프시켜 가져오려다가 검색된 기이한 파동에 대해 생각이 난 것이다.

천부인이 있는 곳은 이미 미네르바가 정확한 좌표를 알아낸 상태다. 미네르바는 천부인을 워프시켜 가져오려고 했지만 그럴 수가 없었다. 천부인이 가지고 있는 자체의 기운이 공간을 건너뛰는 워프를 방해하기 때문이었다. 그렇기에 이렇게 내가 직접 가는 수밖에 없었던 것이다.

워프를 방해할 정도로 강한 기운을 가지고 있다는 사실이 무척이나 흥미로웠다. 이미 나를 통해 새로운 에너지원을 확보하고 태양을 통해 막대한 에너지를 흡수하고 있는 미네르바의 힘을 막을 정도라면 범상치 않은 것이기 때문이다.

'조 사무관이 아니면 힘들었을지도 모르겠군.'

국보급이나 다름없는 유물을 직접 볼 수 있는 기회는 그리 쉽지가 않은 일이었다. 그나마 국가정보원이라는 막강한 배경을 지닌 조동원이 도와주었기에 가능한 일이었다.

국립중앙박물관에 들어가 유물을 보는 것에 대해서는 이미 조동원을 통해 부탁을 해놓았다. 문화재 밀수 조직과 관련한 사건에 대해 안기부에서 국립중앙박물관에 수사 협조를 요청하는 형식을 통해 천부인을 살펴볼 생각이었던 것이다. 의문이 날 만도 하겠지만 아무 말 없이 도와주는 조동원이 고마웠다.

남산을 내려와 택시를 타고 서빙고동으로 향했다. 아직 퇴근 시간이 되기 전이라 차량이 그리 막히지 않아 빠른 시간 안에 국립중앙박물관 앞에 도착했다.

'애인인가? 그래도 재주는 있으신 모양인가 봐?'

조동원의 옆에 낯선 여자가 서 있었다. 서늘한 눈매에 꽤나 잘 빠진 몸매를 하고 있는 아름다운 아가씨였다.

"왔습니까?"

먼저 나를 알아보고 인사를 하는 조 사무관을 바라보며 이상한 듯 아가씨가 고개를 갸웃거렸다. 아마도 나에게 존대를 하는 것이 이상했나 보다.

"먼저 오셨군요. 그런데 옆에 계신 분은?"

내가 의아한 듯 묻자 조 사무관이 멋쩍게 웃었다.

"하하하, 그게 말입니다."

평소의 모습과는 다르게 말을 잘 잇지 못하는 조 사무관을 대신해 나선 것은 옆에 있는 여자였다.

"이 사람과 같이 일하고 있는 정수희라고 해요. 비공식적으로는 장래 같은 방을 쓸 사람이죠."

"하하하, 그러시군요."

"하하하, 맞아. 우리 그런 사이지."

옆에 있는 조 사무관이 정수희를 보고 멋쩍게 웃으며 시인하는 것을 보면 꽤나 당찬 아가씨 같았다.

"오늘 유한철 씨를 만나러 이곳에 온다니까 따라온다고 해서 어쩔 수가 없었습니다."

"일 때문에 데이트를 거의 못해서요. 이 사람이 워낙 바빠서 말이죠."

정수희가 가볍게 조 사무관을 흘겼다. 하지만 두 눈에 애정을 가득 담고 있는 것이 잘 어울리는 한 쌍 같았다.

‘후후후, 무서운 실력을 가진 사람이 이렇게 잡히다니 역시 여자는 남자의 천적이라는 말이 맞는 것 같구나.’

“자, 들어가지요. 이미 협조 요청을 해놓았으니 원하는 것을 볼 수 있을 겁니다.”

조 사무관이 멋쩍은 듯 들어가기를 재촉했다.

우리는 관람 시간이 끝나 밖으로 나오는 사람들을 헤치고 박물관 안으로 들어섰다. 로비 안쪽에서 우리를 기다리고 있는 검은 테로 만들어진 안경을 낀 학예사를 만나볼 수 있었다.

“조 사무관님이십니까?”

학예사가 조 사무관에게 다가와 신분을 물었다.

“그렇습니다. 이렇게 협조를 해주셔서 감사합니다. 그리고 이것은 제 신분증입니다.”

신분증을 보여주자 학예사가 조 사무관과 신분증을 번갈아 보며 신분을 확인했다.

“이쪽으로 오시죠.”

신분 확인이 끝나자 학예사가 우리를 안내하기 시작했다. 그의 안내를 받아 간 곳은 국보급 보물들이 보관되어 있는 국립중앙박물관의 수장고였다.

삼엄한 경비와 보안 시스템을 거쳐 들어간 수장고 안에는 이미 준비를 해놓았는지 커다란 밤색 책상 위에 하얀 목재 상자가 놓여 있었다.

그리고 탁자 옆에는 보안요원으로 보이는 사람이 대기하고 있었다.

"저것입니까?"

"그렇습니다. 이번에 고대 유물 전시회를 끝내고 수장고에 보관 예정이었는지라 상자에 넣어놓은 상태입니다. 그런데 어느 분이 보실지……?"

학예사가 나와 조 사무관을 번갈아 바라본다.

"유물을 보실 분은 이분입니다."

학예사의 말에 조 사무관이 나를 가리켰다. 학예사가 의미심장하게 나를 바라보았다.

책상으로 가서 책상 위에 놓여 있는 면장갑을 끼고 상자를 열었다. 상자 안에는 충격 흡수재로 감싸인 푸른 녹이 낀 청동거울이 들어 있었다.

상자 안에서 청동거울을 꺼내 조심스럽게 살폈다. 청동거울이 꺼내지는 순간부터 미네르바는 내 시야를 통해 분석을 시작하고 있었다.

―놀랍습니다. 이런 거울이 존재하다니 말입니다.

감탄하는 듯한 느낌의 목소리가 뇌리로 흘러들었다.

"뭔가 이상한 것이라도 있어?"

―미약하기는 하지만 이 거울에는 우주의 절대 힘이라는 네 가지 힘이 조화롭게 공존하고 있습니다. 어떻게 이럴 수가

있는지 저로서도 의문입니다.

"으…음."

머릿속을 울리는 미네르바의 목소리에 천부인이라는 것이 단순한 것이 아님을 알 수 있었다.

─천부인은 놀랍게도 청동거울 내부에 새겨진 것 같습니다. 그리고 나타난 부분은 녹이 생겨난 부분이 부식되며 드러난 것 같고요. 대략 삼천오백 년 전 것인데 내부에 이런 것을 새겨 넣을 수 있었다니 놀라운 일입니다. 지구의 현대 기술로도 금속 내부에 이런 형태로 글자를 새겨 넣는다는 것은 힘든 일인데 말입니다.

"고대의 기술 중에는 미스터리한 부분이 많은 면도 있으니까. 그나저나 안에 새겨진 것은 다 인식한 거야?"

─다 끝났습니다. 내일이면 완전하게 해석할 수 있을 것 같습니다. 이제 그만 살펴보셔도 됩니다.

"알았어. 하지만 이상한 기분이 드는군."

─예?

"몰라. 느낌이지만 상당히 기분이 이상해."

거울을 보는 순간부터 묘한 느낌에 사로잡혀 있었다. 그것은 말로 표현할 수 없는 느낌이었다.

─아마도 거울에 잠재된 기운 때문일 겁니다.

"그럴지도 모르지."

미네르바의 말처럼 거울 안에 잠재된 힘 때문인지도 모를 일이었다. 그렇게 미네르바와 대화 중에 학예사의 목소리가 들려왔다.

"뭔가 특이한 것이라도 있습니까?"

"생각보다 조금 특이하군요. 그런데 손으로 직접 만져 봐도 되겠습니까?"

나를 사로잡고 있는 묘한 느낌을 확인할 필요가 있었기에 직접 살펴보고 싶어서 맨손으로 만져 볼 수 있는지 물었다.

"상관은 없습니다만 일단 손을 씻고 오십시오. 사람 손에서 묻어나는 기름이 유물을 상하게 할 수도 있으니 말입니다. 그리고 만져 보는 것도 잠깐뿐입니다. 세척실은 밖에 있습니다."

"알겠습니다."

딱딱한 학예상의 말에 수장고 밖에 있는 세척실로 가서 손을 씻고 다시 돌아왔다. 잠깐의 시간이지만 직접 만져 보면 뭔가를 알 수 있지 않을까 하는 느낌 때문에 손이 약간 떨렸다.

동경을 손으로 잡았다.

"으음!"

"무슨 일입니까?"

내가 신음을 흘리자 학예사가 놀라 물었다.

"아닙니다. 이런 유물을 직접 만질 수 있어서 그랬습니다."

"그러셨군요."

"잠시만 더 만져 보겠습니다."

학예사의 시선을 뒤로하고 동경에 집중했다. 내가 신음을 흘린 이유는 학예사에게 말한 것과 같은 이유가 아니었다.

직접 만졌을 때 따끔한 느낌과 함께 뭔가 내 몸속으로 급격히 들어왔다. 난 그것이 무엇인지 대번에 느낄 수 있었다. 꿈속에서 느꼈던 네 가지 절대 힘의 기운과 같은 것이었던 것이다.

미네르바의 말대로 크기는 미약하지만 조화로움과 순도는 내가 가지고 있는 것보다 더욱 높았다. 워낙 작은 양이라 힘이 다했는지 더 이상의 느낌은 없었지만 내가 가지고 있는 힘을 사용할 수 있는 실마리를 잡은 것 같기에 기분이 좋아졌다.

용무가 끝났기에 동경을 상자에 넣고 다시 닫았다.

"다 살펴보신 겁니까?"

"그렇습니다. 그런데 저희가 조사하고 있는 것과는 다른 종류로군요. 세문경인 것은 맞는데 이것은 북방의 영향을 받은 것이고, 저희가 찾고 있는 것은 원삼국시대의 것이라 말입니다."

"그렇군요."

학예사가 흥미로운 듯 나를 바라보았다.

"이렇게 협조를 해주셔서 감사합니다. 찾는 것이 아니라고 하니 다른 쪽으로 조사를 해보는 것이 좋을 것 같군요."

옆에 있던 조동원이 나가기를 재촉했다. 옆에 있던 그의 애인이 눈치를 준 모양이었다.

"원하시던 것을 찾지 못했다니 아쉽군요. 하지만 다음부터는 이런 협조를 요청하실 때는 신중을 기해주십시오. 살펴보신 분이 유물에 대해 해박하신 분인 것 같아 다행이지만 자칫 아무나 만지면 귀중한 유물이 상할 수도 있으니 말입니다."

"알겠습니다."

학예사의 핀잔에 조동원이 머리를 숙여 사과했다. 내 부탁으로 이루어진 일이라 조금은 무안했다.

목적한 것을 이루었기에 바로 박물관을 나왔다. 조 사무관이 같이 저녁을 먹자고 했지만 데이트를 방해받는 것에 눈치를 주는 애인이 옆에 있기에 애써 거절했다. 같이 밥을 먹었다가는 먹자마자 체할 것 같았기 때문이다.

네온사인이 반짝이는 거리는 무척이나 밝은 분위기다. 팔짱을 끼고 걷고 있는 연인들의 모습도 정감있게 다가왔다.

'후후후, 그 양반, 상당한 실력자던데 모습을 보니 평생 잡혀 살 팔자가 분명하군.'

자신의 여자에게 쩔쩔매는 모습의 조 사무관이 뇌리에 스치자 웃음이 나왔다. 그런 모습을 보이는 것이 의외였던 것이다.

'좀 걷자.'

한동안 거리를 걸었다. 지금까지 지나온 일들이 너무도 급박했던 까닭에 잠시 생각해 보고 싶었던 것이다. 천부인이라는 것을 얻었으니 이제 제법문만 얻으면 내가 가진 힘을 전부 사용할 수 있다고 생각하니 가슴이 뛰었다.

'행방을 빨리 찾아야 할 텐데… 그나저나 지금 내 몸에 들어 온 힘이 천부인의 본체인 것 같은데, 어디.'

천부인이 무엇인지 한번 가볍게 살펴보기로 했다. 자세한 사항은 집에 돌아가 살펴봐야겠지만 궁금증을 참을 수 없었다.

'응?

조그만 점 같은 것들이 몸 안에서 느껴졌다. 처음 느꼈을 때와는 다른 형태다. 어느새 몸 안에 들어왔던 천부인이 일곱 개로 나뉘어 각자 자리를 잡고 있었던 것이다.

사지와 배꼽, 심장과 머리에서 나누어진 천부인의 힘이 느껴졌다.

'어째서 나누어진 것이지?

길거리이지만 이상한 생각에 정신을 집중했다. 분할된 이유가 궁금했기 때문이다.

정신을 집중하는 순간 일곱 개의 점으로 나누어진 천부인들이 급격히 내 안에 잠재한 힘들을 빨아들이기 시작했다.

"이런!! 미네르바, 어서 나를 워프시켜 줘! 어서!"

─함장님, 지금은 곤란합니다.

갑자기 소리를 지른 탓에 걷고 있던 사람들이 나를 바라보고 있는 것이 보였다. 미네르바의 말대로 이대로 워프하는 것은 곤란했다. 주변을 살펴보니 지하철 입구가 보였다. 사람들이 이상하게 보든 말든 지하철을 향해 뛰었다.

'제길, 천부인이라는 것을 만만하게 생각하는 것이 아니었는데 급하게 됐다.'

지하철에 마련된 화장실로 들어선 나는 미네르바에게 곧바로 워프를 단행해 네르키즈로 향했다.

방금 전 동경 속에서 쏟아져 들어온 기운 때문에 나에게 심각한 일이 벌어질지도 모른다는 생각이 들었기 때문이다.

몸에서 이는 기운이 심상치 않았다. 겨자씨보다 더 작은 기운이었는데 일곱 개로 나뉘어 감당하기 힘들 정도로 점점 커져 가고 있었다.

내 몸속에 있다고는 하지만 나조차 제대로 느끼지 못하고 있는 네 가지 절대 기운들을 흡수하며 급격하게 자신의 세를 불려나가고 있었던 것이다.

"미네르바! 어서 나를 수련장으로! 어서!"

함교로 워프된 나는 미네르바에게 곧장 반입자 가상공간으로 옮겨주기를 부탁했다. 이대로 있다가는 몸이 터져 나갈 것 같았기 때문이다.

"가상공간의 중력을 천천히 높여줘."

수련장에 도착한 나는 미네르바에게 중력을 높여줄 것을 요청했다. 중력의 압력으로 몸 안에서 번져 나오는 기운을 상쇄해 볼 요량이었던 것이다.

내가 수련장으로 사용하고 있는 반입자 가상공간에 펼쳐지는 중력장은 지구의 중력 크기로 거의 200G까지 중력을 걸 수 있기에 중력을 이용해 커지고 있는 기운을 막으려고 수련장으로 오자마자 중력을 높이도록 한 것이다.

─아, 알겠습니다, 함장님!

다급한 내 말에 미네르바도 당혹해하는 것 같았다. 수련장으로 사용했던 반입자 가상공간의 중력장을 서서히 높여 나갔다.

"크, 으윽! 더 높여! 더!"

온몸이 터질 것만 같았다. 겨자씨만 한 기운이 점점 커져 이제는 내 몸을 전부 잠식했다. 그리고 터질 듯이 점점 더 커져 갔다. 마치 핵융합을 이용한 핵폭탄처럼 네 가지 절대의 힘이 합쳐지며 커지는 속도는 무척이나 강대하고 가팔랐다.

'크으! 이, 이대로는 안 된다. 어서 선무화를……'

어떻게 해서든지 늘어나는 기운을 다스려야 했다. 이것을 다스리지 못하면 끝장이기에 선무화의 구결을 외우고 또 외웠다.

선무화를 통해 어느 정도 기운을 끌어낼 수 있었기에 잘하면 내 몸속에서 융화되어 가는 기운을 다스릴 수 있을 것 같았기 때문이다.

‘제, 제기랄!’

내가 생각한 것은 오판이었다. 선무화의 구결로 잠시 주춤하던 기운이 어느새 더 빠른 속도로 융화하기 시작한 것이다.

빠지직!

뼈가 뒤틀렸다. 피부도 쩍쩍 갈라지고 붉은 피가 흘러내렸다. 기운의 여파를 몸이 견뎌내지를 못하는 것이다. 아무리 애를 써봐도 방법이 없었다. 이대로 끝이라는 생각이 들며 정신이 점점 혼미해져 갔다.

—함장님! 정신을 차리십시오!

정신을 잃으려는 찰나 미네르바의 음성이 정신을 일깨웠다.

‘크으! 다, 다스리지 못하면 모두 끝장이다. 어쩌면······.’

폭주하고 있는 기운을 다스리지 못하면 나는 물론이고 미네르바도 위험했다. 필사적으로 해결할 방법을 찾았다. 한 가지 방법밖에는 없다는 생각이 들었다. 동경 속에 숨어 있던 천부인을 해석하면 어쩌면 이 위기를 극복해 낼 수 있다는 생각이 들었던 것이다.

“처, 천부인을 빠, 빨리 해석을 해야 해. 미네··· 르바.”

—천부인을 말입니까?

“그, 그래. 천부인.”

―함장님, 제가 해석을 끝내는 동안 참고 계십시오. 될지는 모르겠지만 함장님의 기운을 일부 넵코로 돌리고 제 능력을 최대한 가동하겠습니다.

미네르바도 천부인이라면 가능성이 있다고 생각한 모양이었다. 폭주하는 기운의 일부가 조금씩 빠져나가는 것이 느껴졌다. 하지만 이미 풀로 채워져 있는 넵코로 기운을 돌리는 것도 한계가 있을 터이다.

천부인이라고 하는 것은 아직 해석이 되지 않은 상태였다. 미네르바라도 해석을 하는 데 상당한 시간이 소요될 터다.

하지만 미네르바가 최대한 능력을 발휘하겠다고 하니 뭔가 방법이 있는 것이 분명했다. 그때까지는 어떻게 해서든지 참고 버텨야 했다.

겨자씨만 한 기운은 너무도 가공했다. 지옥에 있다는 아귀처럼 모든 것을 집어삼켰다. 블랙홀처럼 모든 것을 빨아들이며 그 힘을 더해갔다. 미네르바가 넵코로 기운의 일부를 돌려서 돕지 않았다면 얼마나 더 커질지 짐작조차 가지 않았다.

인간인 내 몸에 이토록 거대한 기운이 있다는 것이 믿을 수 없을 정도다. 꿈속에서 그런 기운이 있다는 것을 느끼기는 했지만 이토록 거대한 기운일지는 미처 짐작하지 못했던 것이다.

어째서 미네르바가 내가 가진 기운에 그토록 신경을 쓰고 있는지 이제야 실감할 수 있었다. 만약 내 몸 안에 있는 기운이 터져 나간다면 내가 사는 지구는 물론 태양계조차 소멸할 만한 강력한 기운이었던 것이다. 나는 마치 블랙홀처럼 거대한 기운을 몸 안에 품고 있었던 것이다.

한철이 동경에서 흘러들어 온 기운으로 인해 생사지경에 놓여 있을 때 미네르바는 심각한 고민을 하고 있었다. 지금 위급지경에 놓인 한철을 구할 수 있는 방법이 있기는 하지만 자신의 의지로는 찾아낸 방법을 시행할 수 없었기 때문이다.

미네르바가 찾아낸 방법은 3단계 차폐를 해제하는 것이었다. 하지만 그것은 한철이 스스로 뚫어야 하는 것이었기에 고민하고 있었던 것이다.

3단계 차폐를 넘어선 정보는 준비되지 않은 자가 함부로 넘볼 수 없는 초월자의 영역이었다. 우주의 인과율을 깨달은 자들만의 전유물이자 그들만이 넘을 수 있는 초월의 영역인 것이다.

가지고 있는 힘만으로 따질 때 지금 한철의 상태는 초월자라 할 수 있다. 아니, 초월자를 훨씬 넘어서는 궁극의 힘을 가지고 있는 상태다.

그렇지만 초월자의 깨달음을 가진 것은 아니었다. 정보를 중첩화시켜 의식에 각인시키기는 했지만 그것은 그야말로 정보일 뿐이다 깨달은 자의 정보는 차원을 달리하는 것이기에.

거기다 처음 한철의 힘을 분석하고 난 뒤 미네르바는 자신이 따라야 할 명령 중 하나를 어겼다. 힘을 조율하기 위해 어쩔 수 없이 자신과의 동기화를 통해 2단계 차폐를 개방한 것이다.

미네르바는 2단계 차폐를 개방함과 동시에 자신의 힘으로 한철의 몸에 존재하는 힘들을 안정시키며 임의적으로 한철의 힘을 봉인시킨 것이었다.

그로 인해 2단계 차폐의 해제는 불완전한 것이 되어버렸다. 이 상태에서 3단계 차폐를 해제할 경우 어린아이에게 핵폭탄의 발사 스위치를 들려준 것이나 마찬가지로 심각한 위험에 부딪칠 것이기에 미네르바로서는 고민하지 않을 수 없었던 것이다.

사실 미네르바는 한철이 스스로 깨달아 2단계 차폐를 넘어서게 해야 했지만 그렇게 하지 않은 이유는 미네르바로서도 시간이 없었기 때문이다.

한철의 기운이 안정화되지 않으면 그 힘을 자신의 동력원으로 쓸 수가 없을뿐더러, 포바인 함장을 비롯한 네르키즈의 승무원들에게도 비밀로 하고 진행하고 있는 계획에 차질이 발생할 우려가 있었기 때문이다.

그로 인해 2단계 차폐를 스스로 개방해 강제로 한철이 가지고 있는 기운을 안정화시킨 것이었다.

승무원들에게도 비밀로 하고 있는 계획은 겐트리온 연합의 생존과 관련이 있는 최후의 힘인 골든나이트에 있었다. 골든나이트가 완성이 되어야만 진행할 수 있기에 건설에 차질을 빚지 않도록 어쩔 수 없는 선택을 한 것이다.

그렇지만 명령을 어기고 2단계 차폐를 개방한 것은 지금까지 그리 큰 문제는 아니었다. 문제가 생기면 자신이 가진 능력이나 이제 겨우 기초가 완성되었지만 골든나이트가 가진 힘으로 충분히 한철의 힘을 제어할 수 있었기에 2단계 차폐를 개방했던 것이다.

휴먼족의 특성상 그 정도까지 이른 이는 셀 수도 없이 많았기에 나름대로의 대처법이 있었던 것이다.

그렇다고 문제가 아주 없는 것은 아니었다. 2단계 차폐를 해제했다고는 하지만 한철이 가진 힘의 크기가 미네르바가 가진 힘과 거의 비슷한 크기였기에 완전히 봉인하지는 못했던 것이다.

미네르바가 강천우가 가진 선무도에 집착한 것도 그 때문이었다. 선무도의 무련과 선무화는 의지를 키우는 마음의 수련법이었기에 그런 것이다. 선무화와 무련을 수련해서 한철의 의지가 커질수록 힘에 대한 제어가 더욱 견고해지기에 어떻게 해서든지 한철이 수련하기를 바랐던 것이다.

강제로 2단계 차폐를 넘은 한철의 의지를 견고히 하고, 위험하다 할 수 있는 3단계 차폐의 벽을 보다 안정적으로 넘을 수 있게 하기 위한 조치였던 것이다.

초월자의 벽이라 할 수 있는 3단계 차폐를 넘기 위해서는 막대한 기운과 초월의 영역을 관조자의 입장에서 인지할 수 있는 깨달음이라 할 수 있는 것이 필요했다.

그랬기에 2단계 차폐를 풀기는 했지만 한철의 불안정한 상태로써는 시도조차 해볼 수 없는 것이었던 것이다.

이제 미네르바는 선택을 해야 했다. 간신히 봉인한 힘이 풀린 이상 자신뿐만 아니라 태양계의 소멸을 막기 위해 3단계 차폐를 개방해야 할지 선택의 기로에 놓인 것이다.

이로 인해 한철이 자신의 통제를 벗어난다고 할지라도 다시 한 번 강제로 3단계의 차폐를 해지할지 선택할 순간에 놓인 것이다.

"아직 40%도 완성하지 못했는데 어쩔 수 없다. 잠들어 있는 지구차원의 주재자가 깨어나는 한이 있더라도 골든나이트를 기동하는 수밖에……."

미네르바는 결정을 내렸다. 자신의 제어할 수 있는 한계가 얼마 남아 있지 않았기 때문이다.

"골든나이트! 기동! 절대 명령 해제! 초월자의 정보에 대한 권한을 전함 네르키즈의 함장인 유한철에게 이양하기 위한 절차를 시작합니다."

아무도 없는 함교에 미네르바의 목소리가 울렸다. 미네르바가 결정을 내리자 네르키즈의 함교가 푸른빛으로 휩싸였다. 그와 함께 화성에 만들어지고 있는 골든나이트도 첫 번째 기동을 시작했다.

함교 안 중심에 반투명한 황금색의 구체가 생겼다. 골든나이크가 움직이기 시작했음을 알리는 신호였다. 완벽한 상태라면 완전한 황금의 구체를 형성했겠지만 아직은 불완전했기에 반투명한 모습으로 나타난 것이다.

"골든나이트 접속! 정보 이양을 시작한다. 아직은 불안정한 상태이므로 중첩화를 이용해 정보를 각인시킨다. 이상!"

골든나이트가 기동을 시작하자 미네르바도 3단계 차폐를 개방하고 초월자의 정보를 수련장에서 고통에 떨고 있는 한철의 의식 속에 중첩화시키기 시작했다.

한철이 가까스로 버티고 있는 반입자 가상공간 안이 황금빛으로 물들었다. 구체를 이루고 있는 공간 안에 수많은 선들이 그어지고 있었다. 황금빛으로 빛나는 광선들이 공간을 채우고 있었던 것이다.

눈을 감고 있었기에 한철은 주변이 변화하고 있다는 것을 느끼지 못했다. 공간을 가득 메운 황금빛의 선들이 자신의 전신에 연결되는 것도, 그것을 통해 정보가 각인되고 있다는 것도 느끼지 못하고 있었다. 그저 신음을 흘리며 블랙홀처럼 모든 것을 빨아들이고 있는 일곱 개의 천부인에 대항할 뿐이었다.

2단계와는 비교도 할 수 없을 만큼 방대한 양의 정보가 한철에게 이양되기 시작했다. 3단계 차폐 너머에 보관되어 있는 정보에는 광에서 찾아낸 정보와 동경에서 찾아낸 정보도 함께 포함되어 있었다. 그것은 초월자만이 가질 수 있는 정보였던 것이다.

"으… 음."

알 수 없는 정보가 머리에 가득 차기 시작했다. 이해하기 힘든 정보들이다. 하지만 얼마 있지 않아서 자연스럽게 그 뜻이 이해되기 시작했다. 의식 속에 강렬한 황금색 섬광이 일고 난 후였다.

제일 먼저 나타난 것은 광에서 본 글자들이었다. 미네르바도 해석하는 데 오래 걸렸던 그 글자들의 뜻이 전부 이해되기 시작한 것이다.

동경 속에 있는 글자들의 뜻도 이해되었다. 해석이 되지 않은 상태였지만 자연스럽게 이해가 되었다. 그것은 내 몸속에 꿈틀거리는 힘들을 제어할 수 있는 정보를 담고 있었다.

이런 정보가 있으면서 어째서 미네르바가 나에게 알려주지 않은 것인지 이해가 되지 않았지만 급한 것은 휘돌고 있는 힘의 제어였다. 미네르바가 무엇을 생각하고 있는지는 나중의 일이었다.

동경 속에 새겨진 천부인은 힘을 제어하는 권능이 있었다. 초월자로서의 자격이 있음을 알려주는, 동경을 지칭하는 말 그대로 하늘이 인정한 증거인 천부인이었다. 하늘로부터 부여받은 인으로 힘을 제어하는 것이다.

뜻을 이해하는 순간, 저절로 생겨나는 힘에 대한 권능이 그 안에 담겨 있었다. 블랙홀처럼 모든 것을 빨아들이던 기운은 그대로 두었다. 그것이 자연스러운 절차였다. 내 몸에 잠재되어 있는 힘들이 하나가 되어가는 과정이었던 것이다. 천부인은 그 과정에서 내 몸이 소멸하지 않도록 지켜주는 역할을 하고 있었던 것이다.

그렇게 천부인의 뜻을 이해하는 순간 더 이상 고통스럽지 않았다. 조금 전과는 달리 내 의지로 힘들이 움직이고 있었기 때문이다.

내가 고통스러웠던 것은 몸 안에서 진행되고 있는 현상이 의지를 벗어나 있었기 때문이다.

겨자씨만 했던 기운이 이제는 블랙홀처럼 변했다. 천부인이 내 몸에 있는 기운을 빨아들이는 속도가 더욱 빨라졌다. 마치 원래의 모습으로 회귀하는 듯 그렇게 빨려 들어가던 힘이 어느 순간 갑자기 뚝 멈추어 버렸다. 그리고는 다시 빠른 속도록 작아져 갔다.

압축되고 압축되며 작아지기 시작한 기운은 점점 더 크기를 줄여 나갔다. 가공스러운 네 가지 기운이 하나로 합쳐져 한 점에 집중되어 나가기 시작한 것이다.

문득 겁이 들었다. 압축된 힘이 한계를 이기지 못하고 터져 나간다면 그야말로 끝장일 것이란 생각이 들었기 때문이다.

한 점으로 압축되던 기운들이 더 이상 작아질 수 없는 듯 멈추었다. 그리고 내 예상처럼 압축된 기운은 화려한 폭발을 일으켰다.

그러나 폭발의 결과는 내 예상과 달랐다. 한없이 편안한 기분 속에 나는 의식 속을 물들이는 찬란한 황금빛의 광휘를 볼 수 있었다. 그것은 소멸이 아니었다. 그것은 부활이며 창조의 기운이었다.

＊　　　＊　　　＊

"가네가와 상 좀 부탁합니다."

"잠시 기다리십시오."

기다리라고 하는 전화상의 목소리가 요시모토로 하여금 마음을 다급하게 했다. 거의 70여 년이라는 긴 시간 동안 그가 기다리던 일이 방금 전 발생했기에 오는 초조감이었다.

"누군가?"

언제나 들어오는 것이지만 여전히 고압적인 자세의 가네가와의 목소리에 기분이 상했지만 요시모토는 내색하지 않고 자신이 알아낸 사항을 보고하기 시작했다.

"그동안 지켜보던 물건의 주인이 나타났다고 합니다."

"사실인가?"

전화 속에서 들려오는 목소리에는 놀람이 가득했다. 좀처럼 놀라지 않을 것 같던 가네가와의 불안정한 목소리에 희미한 미소를 지은 요시모토는 자신의 보고가 틀림없음을 다시 한 번 확인해 주었다.

"그렇습니다. 저희 쪽 인물이 이미 확인을 마쳤습니다."

"으음, 알았네. 자네가 다시 한 번 확인해 보게. 난 오늘 저녁 한국으로 들어갈 테니 확인한 사항을 자세히 보고해 주기 바라네."

요시모토가 보고한 사항에 대한 무게감 때문인지 가네가와의 목소리는 놀람에 이어 무척이나 침중했다.

"알겠습니다. 이미 확인 절차를 위해 준비를 하라 일렀습니다. 전화 통화가 끝나는 대로 제가 직접 가서 확인할 예정입니다, 가네가와 상!"

"알았네. 나 또한 가서 보도록 하지."

"그럼 조금 있다가 뵙겠습니다."

전화 통화를 끝낸 요시모토는 자신의 사무실을 나섰다. 서빙고동에 위치한 그의 사무실은 국립중앙박물관과 마주 보고 있는 곳에 위치해 있었는데 가야출판이라는 역사 서적 전문 출판사로 위장해 있었다.

사무실이 있는 건물을 나와 길을 가로지른 그는 곧장 중앙박물관으로 향했다. 어두운 밤이라 중앙박물관에 있는 불은 거의 꺼진 상태였지만 주변에는 데이트를 하러 온 연인이나 산책을 하러 나온 사람들이 더러 있었다.

사람들의 시선을 피해 박물관 뒤편으로 향한 그는 자신을 기다리고 있는 권창호를 볼 수 있었다. 국립중앙박물관에 근무하는 학예사 중 한 사람으로 자신이 지휘하는 사람들 중 하나였다.

"어서 오십시오, 신 사장님."

요시모토는 현재 국적이 한국으로 되어 있었고, 신상천이라는 이름을 가지고 있는 상태였다.

"이런, 기다리고 계셨군요."

"어서 들어가서 보시죠."

"알겠습니다."

신상천은 다급하게 권상호의 뒤를 따랐다. 그가 따라간 곳은 권상호의 연구실로 고유물에 대한 감정과 연대 측정을 하는 곳이었다.

이미 조치를 취해놓았는지 그의 연구실로 가는 동안 신상천을 제지하는 사람은 하나도 없었다.

연구실로 들어온 그는 권창호가 꺼내는 유물을 볼 수 있었다. 그것은 바로 한철이 보았던 바로 그 청동거울이었다.

"한번 살펴봐야겠군요."

"여기 있습니다."

권창호가 신상천에게 뭔가를 내밀었다. 중간에 청동거울과 꼭 맞는 홈이 패여 있는 흑색 판으로 원형의 홈 주위에는 알 수 없는 한자들과 기호들이 빼곡히 기록되어 있었다.

신상천은 받아 든 흑색 판을 책상 위에 조심스럽게 놓고는 가운데에 있는 홈에다 청동거울을 끼워 맞추었다.

스스스스!

청동거울을 끼워 맞춰지자 흑색판에서 알 수 없는 소음과
함께 검은 기운이 뭉클거리며 뿜어져 나왔다. 검은 기운은 마
치 소용돌이치듯 청동거울의 중심부로 모여들었다.

"으… 음."

괴이한 현상을 바라보던 신상천이 신음을 흘렸다. 보고 받
은 내용이 사실이었음을 실제로 확인한 것이다.

"보시다시피 거울에 잠재되어 있던 기운이 사라진 상태입
니다. 평상시라면 거울 중심부로 흑야의 기운이 몰려들지 못
하겠지만 이렇게 전부 덮어버렸으니 말입니다."

"누가 이 거울에 접근했었습니까?"

권창호의 설명에 신상천이 물었다.

"제가 데리고 있는 학예사 중 하나가 공개를 한 것 같은데
국정원 쪽의 인물이었다고 합니다."

"국정원 쪽이라니? 무슨 이야기입니까?"

신상천은 상황이 심각하다는 것을 인지할 수 있었다. 국정
원에서 조사가 있었고 청동거울 안에 담겨 있는 기운이 사라
졌다면 그동안 자신들이 계획해 온 일이 발각되었을 수도 있
었기 때문이다.

"믿을 수는 없는 일이지만 문화재 해외 밀반출 사건에 대
한 비교 조사였답니다."

"표면적으로 핑계를 댔을 뿐 그걸 곧이곧대로 믿을 수는
없는 이야기지. 권 박사, 아니, 도이치 상!"

신상천이 권창호의 이름을 바꿔 불렀다. 대하는 투도 바뀌었다. 권창호 또한 국적은 한국으로 되어 있었지만 실제는 뿌리까지 일본인으로 그가 속한 조직의 일을 위해 한국에서 할아버지 때부터 암약해 온 사람이었다.

"하이!"

도이치는 간결하게 대답했다. 자신의 실명을 꺼낸 것은 조직의 상부자로서 명령을 내리기 위함이라는 것을 알기 때문이다.

"국정원이 개입한 이상 한국 내 조직에 도움을 요청해라. 어떤 수단과 방법을 쓰든 간에 저 청동거울에 담겨 있는 기운을 가져간 자와 이유를 밝혀내도록!"

"하이! 요시모토 상!"

"이것은 내가 가지고 갈 테니 처리해 놓도록!"

"염려하지 마십시오."

지시를 마친 신상천은 책상 위에 놓여 있는 것을 분리해 상자에 담아 들고는 곧바로 박물관을 나와 차를 몰고는 인천공항으로 향했다. 얼마 안 있으면 도착할 가네가와를 마중하기 위해서였다.

"누군지 모르지만 비밀을 알아냈다면 큰일이다. 흑룡회가 잘 해주기를 바라는 수밖에……."

한국 내의 협력 세력인 흑룡회에 도움을 요청하도록 했으니 청동거울에 접근한 자들의 내력은 금방 밝혀질 것이다.

하지만 자신들도 오랫동안 취하고자 했지만 성공하지 못했던 기운을 누군가 가져갔다는 것이 마음에 걸렸다. 대륙을 지배하던 자들의 힘이 되었던 기운이기에 그의 얼굴은 침중하기 그지없었다.

＊　　　＊　　　＊

"미네르바, 뭔가 감추고 있다는 것은 알았지만 어째서 나를 속인 거지?"

반입자 가상공간에서 깨어난 후 내가 처음 한 일은 미네르바를 다그치는 일이었다.

―죄송합니다, 함장님. 당시엔 저로서도 어쩔 수 없는 선택이었습니다.

"그나마 내가 세운 계획을 잘만 이용하면 대비할 수 있으니 다행이기는 하지만 중요한 문제일 수도 있어, 이건?"

―…….

미네르바가 말을 하지 못하고 있다. 비록 반입자로 만들어진 모습이지만 고개를 숙인 채 아무 말도 하지 못하고 있는 미네르바를 보며 마음이 답답해져 왔다.

3단계 차폐를 풀면서 알게 된 정보들이 나를 곤혹스럽게 했다. 미네르바는 자신의 에너지인 넵코를 나에게 빼앗겼기에 생존을 위한 어쩔 수 없는 선택이었다고는 하지만 나를 이용했다는 것이 마음에 들지 않았다. 그것도 내 정신의 일부를 조작해서 말이다.

미네르바는 처음 나를 발견하면서 내가 가진 에테르에너지를 빼앗기 위해 움직이다가 자신의 에너지인 넵코를 빼앗기자 두 가지 조치를 취했다고 한다.

하나는 내 의식에 약간의 조작을 가한 후 자신과 동질화시키는 것이었고, 다른 한편으로는 동질화를 통해 내가 가진 에너지를 가지고 골든나이트를 만드는 것이었다고 한다.

내게 귀속이 되기는 했지만 미네르바가 만들어진 이후 제일 우선순위에 두고 실행해야 할 명령이 겐트리온 연합의 안위였으니 어쩔 수 없는 선택이었다고 한다.

누가 생각해도 당연히 기분 나쁜 일이었다. 그렇지만 그리 마음이 쓰이지는 않았다. 미네르바의 그런 시도가 오히려 나에게는 이득이 되었기 때문이다.

미네르바는 내 몸에 들어 있는 에테르에너지를 빼앗으려 했다가 오히려 나에게 강력한 힘을 선물해 준 것이나 마찬가지였기 때문이다.

그리고 이제는 미네르바의 의도는 아무런 소용이 없는 것이었다. 나의 소멸을 막기 위해 어쩔 수 없이 3단계 차폐를 풀고 초월자의 벽을 넘을 수 있는 정보를 나에게 건넸기 때문이다.

비록 강제로 2단계와 3단계 차폐를 풀고 나에게 정보를 개방한 탓에 완전한 상태는 아니지만 초월자의 정보가 내게 넘어온 이상 미네르바도 내게 함부로 할 수 없는 상태였던 것이다.

3단계 차폐를 풀고 정보를 건네는 순간 미네르바의 운용 방식이 지금까지와는 다르게 완전히 바뀌었다. 미네르바가 내 의지에 반하는 일을 하는 순간, 내게 즉각적으로 알려지게 되어버린 것이다.

그리고 미네르바의 소멸에 관한 권한도 이제는 내가 가지게 되었다. 한마디로 내가 의지만 세우면 미네르바는 한순간에 소멸하게 되어버린 것이다.

그렇다고 전함 네르키즈까지 소멸하게 되는 것은 아니다. 초자아 컴퓨터를 운용하는 미네르바라는 의지가 소멸하게 되고, 내가 의도하는 다른 의지가 생겨 네르키즈를 관장하는 것이다.

거기다 미네르바가 만들고 있는 골든나이트에 대한 운용 권한도 나에게 생겼다. 원래는 불가능한 일이지만 특별한 사정으로 나에게 권한이 생긴 것이다.

골든나이트는 만드는 초기부터 초월자가 주관하게 되는데 사정이 여의치 않아 미네르바의 직권으로 만들어지고 있는 것이라 3단계 차폐를 푸는 순간 내게 자연스럽게 운용 권한이 생긴 것이다.

원래는 완성한 후 지구차원에서 찾아낸 젠가이드란 것과

함께 겐트리온 연합으로 보내져 그곳에 있는 초월자에게 인계될 예정이었던 것을 내가 관장하게 된 것이다.

사실 골든나이트는 미네르바를 훨씬 능가하는, 그야말로 전지전능한 힘을 지니고 있다. 골든나이트와 그를 운용할 초월자가 있다면 미네르바와 같은 초자아 컴퓨터가 탑재된 우주전함을 다섯 대까지 만들어낼 수가 있다고 하니 그 능력은 상상을 불허한다고 할 수 있다.

아직은 완성되지 않은 것이지만 골든나이트는 지금 상태로도 미네르바를 능가하는 능력을 가지고 있는 중이었다. 그런 골든나이트까지 내가 관할하게 됐으니 좋은 일이었지만 그렇다고 문제가 없는 것도 아니었다.

다름이 아니라 미네르바가 초월자들이 가지고 있어야 할 정보를 내게 건넴으로써 발생하게 된 문제들이었다.

하나는 내 기운이 아직은 불안정하다는 것이었다. 강제로 개방을 한 탓에 쓸 수 있는 기운이 한정적이라는 것과 한계를 넘으면 위험한 상태에 빠질 수 있다는 것이었다. 2단계 차폐를 해제하는 순간부터 그랬으니 그것은 문제도 아니었다. 더한 문제가 생겨 버린 것이다.

내가 초월자로서 불완전하게 각성하는 것과 동시에 골든나이트가 기동함으로 인해 지구차원의 질서가 미묘하게 비틀려 버린 것이 더욱 큰 문제였던 것이다.

차원의 비틀림으로 인해 지금은 잠들어 있다는 지구차원

의 주재자를 깨울 수도 있다는 것이 미네르바의 설명이었다.

지구차원의 주재자가 깨어난다면 나와 지구차원의 주재자 간의 차원을 소멸시킬 수도 있는 전쟁이 벌어질 수도 있음을 미네르바가 경고해 왔던 것이다.

다행히 지구차원의 주재자가 깨어나지 않는다고 해도 문제가 있기는 마찬가지였다. 골든나이트는 기동과 동시에 나의 의지를 반영해 지구차원에 대한 변혁을 시작한다고 했다. 그 변혁은 지구에 거주하는 생물들에게는 엄청난 시련으로 다가올 수 있다는 것이다.

"시간이 얼마나 남은 거지?"

─지구 시간으로 7년 후에 지각 축의 변동이 시작됩니다. 그리고 그 3년 후 극의 축이 서서히 이동하기 시작할 겁니다. 그리고 지구차원의 주재자가 깨어나게 되겠지요. 원래는 3단계 차폐를 풀더라도 깨어나지 않을 존재였지만 그동안 지구가 속한 차원 축에 많은 변동이 생겼기에 깨어나게 될 것이 거의 확실하다고 봐야 할 겁니다.

"10년 정도밖에 안 남았다면 정말이지 심각한 문제로군."

─그렇습니다. 차원의 주재자가 깨어난다면 틀림없이 자신의 의지에 반하는 것들에 대한 정화를 시작할 테니까요.

"그렇겠지. 기생충이나 다름없는 인간들을 지구차원의 주재자가 가만히 놔둘 리 없지. 나 또한 그의 정화 대상에 포함될 수도 있을 것이고."

정말이지, 심각한 문제였다. 적당한 인구수로 자연의 생태계를 깨뜨리지 않았다면 문제가 되지 않았겠지만 지금 지구는 인간으로 인해 자연의 질서가 상당히 깨져 있었기에 문제였다.

지구차원에서 본다면 인간은 해로운 존재였다. 자신들만을 위해 자원을 낭비하고 생태계를 파괴하는 극히 이기적인 존재인 것이다. 그런 존재들을 그냥 두고 볼 차원 주재자가 아니다. 차원의 주재자는 깨어나자마자 자신이 창조한 지구 차원을 바로 세우기 위해 정화를 시작할 것이 분명했다.

정화의 과정에서 대륙 간의 이동이 시작될 것이고, 극지가 변동을 일으킬 것이다. 그렇게 되면 많은 수의 인간들이 엄청난 변혁을 이겨내지 못하고 대부분 죽어나갈 것이 분명했다.

거기다 자신과 맞먹는 힘을 가진 나를 지구차원의 주재자는 용납하지 않을 것이고, 지구차원의 주재자가 전쟁을 벌이기라도 한다면 지구상에 존재하는 모든 생명체는 멸종을 각오해야 할 것이 분명했다.

완전한 각성을 이루었다면 모를까 지금 상태로 맞붙는다면 백이면 백 내가 패할 것이다. 지구차원의 주재자는 완성된 초월자이기에 그것은 확실했다.

"많은 사람이 죽겠지?"

—그럴 겁니다. 지구에 살고 있는 60억 명이 넘는 인간 중 살아남을 수 있는 자는 극소수겠지요. 천천히 진행되기는 하

겠지만 정화의 기간 동안 살아남을 수 있는 사람들은 정말이
지 극소수일 겁니다. 대략 추산한 결과 일천만 명에서 이천만
명 정도밖에 안 됩니다.

"99%는 죽는다고 봐야겠군. 방법이 없을까?"

─아시지 않습니까?

"으… 음."

미네르바의 말대로였다. 지금의 나로서는 차원의 주재자
가 벌이는 정화의 과정을 저지시킬 방법이 없었다. 초월자와
차원의 주재자는 가지고 있는 힘 자체가 근본적으로 다르기
때문이다. 살기 위해 차원 주재자와 전쟁을 벌인다 하더라도
패배가 자명했다.

─그렇지만 방법이 없는 것은 아닙니다.

"방법이 있어?"

방법이 있다는 소리에 되물었다.

─만약 함장님께서 골든나이트와 저를 이용해 4단계 차폐
를 해제하신다면 10% 정도는 살리실 수 있을 겁니다. 그리고
5단계 차폐의 정보를 풀 수 있으시다면 차원의 주재자를 다
시 잠재우실 수도 있고 말입니다.

"그렇지만……."

미네르바가 말한 방법은 나도 알고 있는 것이다.

하지만 그것은 현재로서는 불가능한 일이다. 3단계 차폐까
지는 나와 같은 특별한 경우가 아니더라도 깨달음을 얻을 수

있는 실마리를 얻기만 한다면 해제할 수도 있을지 모른다.

하지만 4단계는 거의 불가능한 일이다. 4단계 이상의 차폐는 젠트리온 우주의 차원 주재자와 초월자들이 만든 것으로 그 안에 정보를 차단하기 위해 상상을 초월할 정도의 차폐 장치가 걸려 있었던 것이다.

거기다 골든나이트와 미네르바가 가지고 있는 4단계와 5단계의 정보들은 젠트리온 연합이 멸망할 때를 대비하기 위한 것들이었다. 담겨 있는 정보들을 통해 새로운 차원을 만들기 위한 것들로 함부로 넘볼 수 있는 것이 아니었던 것이다.

그리고 내 상태는 아직 불완전하게 3단계 차폐를 해제한 상태라 스스로를 추스르기에도 바쁜 실정이었다.

─가능성은 있습니다.

방법을 찾지 못해 답답해하는 나에게 미네르바가 말을 걸어왔다.

"가능성?"

─지금은 모르겠지만 천부인이 보여준 능력이라면 제법문이라는 것을 찾으면 일말의 가능성을 찾을 수 있을지도 모르겠습니다.

"그럴지도 모르지. 천부인이 힘을 가지는 방법이라면 제법문은 힘을 쓰는 방법이니까 말이야. 그러면 내 불완전한 상태도 완전해질 것이고."

미네르바가 말한 뜻을 알아들었다. 지금 내 안에 잠재한 힘은 반 정도도 깨어나지 못했다. 제법문이 없는 이상 천부인으로도 한계가 있기 때문이다.

만약 제법문이 있어 그것을 완벽하게 수련할 수만 있다면 나는 초월자의 영역을 다시 넘어 새로운 세계로 진입할 수 있을지도 몰랐다.

─그렇습니다. 지금은 정보를 가지고 계시니 아시겠지만 제가 이곳 지구차원에 올 수 있었던 이유는 100년 전, 그러니까 지구시간으로 1908년에 지구차원의 축을 비트는 사건 때문이었습니다. 그렇지 않았다면 이곳으로 오지도 못하고 비틀린 시간차원 속에서 소멸되고 말았을 테니 말입니다. 그 당시 차원의 축이 비틀렸다는 것은 지금 함장님께서 가지고 계신 힘 정도의 에너지가 극한까지 운용되었기 때문일 겁니다.

"그러니까 그것이 제법문인지 아닌지는 모르지만 차원을 뒤흔들 정도의 힘을 쓰는 방법이 지구상에 있을 거란 말이군."

─그렇지요. 그것만 찾아낼 수 있다면 다는 아니더라도 10%는 살리실 수 있을 겁니다. 그것은 분명 4단계 차폐를 넘어선 힘이었으니까요.

"알았어. 그렇다면 빨리 찾아봐야겠다. 그렇지만 찾지 못할지도 모르니 최대한 준비를 해야겠지. 내가 세운 계획을 변경하는 것이 좋겠어. 큰 줄기는 그대로 가지만 사람들을 구하는 쪽으로 말이야."

―그러시는 편이 확률적으로 더 낫겠군요. 그 와중에 함장님의 개인적인 소망도 이루실 수 있을 테니까 말입니다.

"좋아, 그렇게 가자고. 앞으로 얼마 남지 않은 시간이지만 최선을 다해 노력해 보자고."

―알겠습니다. 저도 최선을 다해 함장님을 보필하겠습니다.

"그래. 하지만 미네르바, 앞으로 전과 같은 일이 있어서는 절대로 안 돼. 만약 그와 같은 일이 발생하면 미네르바를 소멸시켜 버려야 할지도 모르니까 말이야."

―명심하겠습니다.

미네르바에게 주의를 주고 집으로 워프해 왔다. 지구의 변혁에 비하면 사소한 일이겠지만 복수를 멈출 수는 없는 일이었기 때문이다.

『디멘션 워』 제3권에 계속…

Golden Key

박이수 소설

황금열쇠

「달의 아이」, 「붉은 소금성」의 작가 박이수.
그가 또 하나의 기대작 「황금열쇠」로 나타났다.

우연한 만남이란 단어는 그들에겐 존재하지 않았다.
얽혀 있는 사람들… 그리고 피할 수 없는 운명의 굴레!

뒤틀려 버린 운명의 주인공 세이엔 가이스카 리베 폰 라시에…
한순간 인생이 뒤바뀐 불운의 주인공 듀이 델뢰!
그리고… 유일하게 그녀를 기억하는 단 한 사람 이샤무딘!

이제 운명의 주사위는 던져졌다.
엇갈린 운명 속에 모든 사건은 하나로 연결된다!
황금열쇠를 차지하기 위한 그들의 위험한 모험이 지금 시작된다.

WWW.chungeoram.com

『무정지로』, 『십삼월무』, 『화산진도』의
작가 참마도, 그가 돌아왔다!!

새롭게 시작되는 그의 네 번째 강호 이야기!!

"힘이 있는 자가 없는 자를 돕는 것입니다.
또한 힘이 없다면 돕기 위해 노력이라도 하는 것입니다.
그것이 진정한 협 아니겠습니까?"
"호오……."
송완은 다시 봤다는 듯 곽우를 바라보았고 담고위는
무슨 케케묵은 보물단지 보는 듯한 얼굴을 만들었다.
송완은 살짝 킥킥거리며 웃다가 이내 곽우에게 말했다.
"틀렸다. 협이란 무공이 높은 자의 중얼거림일 뿐이야.
무공이 낮은 자는 그저 그 협을 바라만 보고 있어야 하는 것이지.
그래서 세상은 협사가 널렸고 그 협사의 주변엔 구더기들이 들끓고 있는 거야."

강호라는 세상 속에서 지금 한 사람이 그 눈을 뜨려 한다.
한 자루의 부러진 검과 함께 곽우라는 이름을 가지고……

유행이 아닌 자유추구 -
WWW.chungeoram.com
Book Publishing CHUNGEORAM

조돈형 **新** 무협 판타지 소설

운룡쟁천

팔룡전설을 아는가?

북녘 하늘을 밝히는 별의 정기를 받고 태어난 여덟 명의 기재가
한 시대에 나타나리니, 그들의 눈은 삼라만상(森羅萬象)을 살피고
지혜는 하늘에 닿고 웅심은 천하를 덮을 것이다.
그들이 화합을 한다면 더없이 평온한 세상을 이룰 것이나,
만약 그렇지 않다면 피의 광풍이 온 천하를 휩쓸 것이다.

혼란의 시대!! 모략과 음모가 극에 다다른 혼돈의 강호무림!!

이때 하늘이 안배해 놓은 이가 있었으니, 그의 이름 도극성이라……!!
도극성!! 그가 무림에 다시 모습을 드러내는 날,
팔룡전설은 그로 인해 깨질 것이고 새로운 전설이 탄생할 것이다!!

유행이 아닌 자유추구 -
WWW. chungeoram.com
Book Publishing CHUNGEORAM

임희정 소설

조선해술레

그러던 어느 날, 그에게 그 '능력' 이 찾아왔다.
조금은, 아름답지 않은 모습으로.

신의 뜻, 그것 외엔 없었다.
신의 영역, 시대의 금기를 깨는 그들의 불꽃같은 삶!

막연히 의사가 되기 위한 삶을 살아왔던 세요 폰 어뷔니트.
인간을 살리기 위해 의사가 되어야만 했던 웨인 파예트.

잔혹한 과거, 어긋난 현재.
그리고 우연히 찾아온 신비로운 능력!
보통 사람들과 다른 존재가 아니라는 것에 대한 증명.